人文社科

高校学术研究论著丛刊

多元化的中国现代文学思潮及其创作实践探究

于玲　李棘　著

中国书籍出版社

China Book Press

图书在版编目(CIP)数据

多元化的中国现代文学思潮及其创作实践探究/于玲，
李棘著.—北京：中国书籍出版社，2019.3
ISBN 978-7-5068-7249-2

Ⅰ.①多… Ⅱ.①于… ②李… Ⅲ.①中国文学一
现代文学一文学评论 Ⅳ.①I206.6

中国版本图书馆 CIP 数据核字(2019)第 050477 号

多元化的中国现代文学思潮及其创作实践探究

于 玲 李 棘 著

丛书策划 谭 鹏 武 斌
责任编辑 李 新
责任印制 孙马飞 马 芝
封面设计 东方美迪
出版发行 中国书籍出版社
地 址 北京市丰台区三路居路 97 号(邮编：100073)
电 话 (010)52257143(总编室) (010)52257140(发行部)
电子邮箱 eo@chinabp.com.cn
经 销 全国新华书店
印 刷 三河市铭浩彩色印装有限公司
开 本 710 毫米×1000 毫米 1/16
印 张 16.75
字 数 217 千字
版 次 2019 年 9 月第 1 版 2019 年 9 月第 1 次印刷
书 号 ISBN 978-7-5068-7249-2
定 价 76.00 元

目　录

绪　　论

在中国现代文学发展史上，中国现代文学思潮作为一个重要的现象，既与中国现代文学有着不可分割的血肉关系，又有自己独立存在的规范。就联系的基本方式看，中国现代文学思潮是与中国现代文学一同存在与发展的，在时间的范围上，它也隶属于五四至 1949 年这一时期。这种显在的联系在逻辑上决定了中国现代文学思潮的本质特征、基本矛盾与整个中国现代文学的一致性。但作为一种独立的文学现象，中国现代文学思潮又有自己的规定性与所指。

一、中国现代文学思潮的艰难选择

文学思潮是在历史发展的某一特定时期具有广泛影响、形成倾向和潮流的创作意识和批评意识。它有一定的社会思潮、哲学思潮作基础，有一定的文学理论批评思想作指导，有一批创作方法、艺术风格相近的文学作品来具体体现。这三个方面缺一不可。而文学又主要有两种形态：一种是理论形态，包括文字的一般原理、文学的主张及在原理与主张指导之下所进行的文学批评；另一种是创作形态，包括一切以人为本源，以生活为基础的表情达意、叙事写人的语言艺术。因此，文学思潮具体来说就是由以上两种形态所显示出来的，在一定历史时期有一定影响，并形成了一定个性特色的"思想倾向"。在此基础上，中国现代文学思潮逐渐有了独特的研究对象，即五四至 1949 年这一阶段，在中国文学领域，各种以理论形态或创作形态显现的、有一定影响的思想倾向。其中，理论形态又是主要的，这是因为它明朗、确切，在思想倾向上的规范比较严谨，而相对来说，创作中的思想倾向就较为“多义”，不那么严谨。这主要是由创作的特点决定的，因为一部作品的思想倾向，往往不会只有一种（如《阿Q正传》《女神》等）。同时，从中国现代文学的发展历史来考察，有一些思想倾向鲜明的“思潮”往往是有理论没有创作（如复古主义文学思潮），有的即使有几篇创作也难成气候，如以林纾为代表的复古派、20世纪30年代的“民族主义文学”等。

中国现代文学思潮在形成和发展流变的过程中，社团林立，流派纷呈，期刊庞杂，作家作品风格各异。然而，从这多声部的交响乐中，仍可分辨出一个多重变奏的主旋律，即从表现人生到表现政治。五四新文学的高涨，并不是知识分子文学热情煽动的结果，更多的动因是改造国民灵魂的社会责任的驱使。文学革命的发起者，大都不是纯文学家，而首先是“有所为”的思想启蒙家；大都不以文人自喻，而以救世者自居。他们注重文艺首务在于消灭两千年来旧的思想文化传统的“群鬼”，以便从“思想文艺上替中国政治建筑一个革新的基础”。这个基础便是以西方的民主科学为基础建立起的新的文化价值系统。他们把中国的文学革命，比作西方的文艺复兴和启蒙主义运动，力图使之成为一次人的解放运动。整个新文学的诞生和最初的发展，都受惠于人的觉醒的社会思潮。这就决定了五四新文学思潮首先是一个对人的发现和肯定的文化思潮，首先要表达的是人的觉醒的时代主题，找到的突破口是向以“文以载道”为纲领的“非人的”封建旧文学宣战。于是，“人的文学”的著名命题被提出。这一命题比较系统完整地提出了中国文学现代化的理论模式和思想结构，从创作态度和思想内容等实质问题上划清了新旧文学的界限，从而规定了新文学创作意识和批评意识的价值取向，推动了直面人生的新文学的长足发展。通过“人的文学”的思想，新文学的先驱者曾经系统地介绍了19世纪欧洲文学思潮中的人道主义和个性主义的文学观念，介绍了江户时期以来日本文学中的人本主义思潮。然而，“人的文学”的思想绝不是外国文学思潮的简单移植，它是中国现代文学思想家适应中国文学变革的现实需要，对西方文艺复兴以来各种文学观念加以选择、整合、再造的结果。经过这番创造性转化，它已经具有明显的民族特性和时代特征了。构成“人的文学”这一思想模式的主要内容的个性主义和人道主义，在西方是两种尖锐对立的思想学说，在中国则极力抑制着二者的矛盾和对立，强调二者的渗透和统一，使二者在统一中发挥其共同具有的反封建的思想力量，以便在中国新旧文学更替和嬗变的过程中，建立一个足以与顽固的封建主义文学思想相抗衡并最后取而代之的新的思想体系。为了这一目的，新文学的先驱者们还自觉地对西方各种相互排斥的文学流派加以调和、折中，兼收并蓄，将其都纳入“人的文学”的大潮之中。

不过，在进入 20 世纪三四十年代后，中国的民族矛盾、阶级矛盾空前激烈，战争连绵不断，人们再也无暇从根本上缓慢地进行改造国民性的启蒙工作，无暇广泛深入地传输民主民权、自由平等的现代观念，无暇思考有关人生宇宙等形而上的问题，而是集中全力于严峻的政治斗争和军事斗争。在这种情形下，时代所要求的文学就不再是广泛地表现人生，而是集中地反映政治；时代所关注的也不再是人生的丰富性和艺术的深刻性，而是文学的政治性和鼓动性。于是，中国现代主义文学思潮自觉地从表现人生转为表现政治。在此影响下，中国现代作家集合在抗日救亡的旗帜之下，自觉地把创作命运与民族命运联系在一起，呼吁“文章下乡，文章入伍”，决心“以血泪为文章，为正义而呐喊”。此外，还有许多作家怀着一种近乎宗教热忱的理想主义精神，奔赴抗日前线和革命根据地。在他们看来，文学已是“革命的前驱”，是“无产阶级解放斗争的一翼”，是激励人民、发动大众最有力的武器。

虽然在 20 世纪 30 年代以后，中国现代文学思潮开始注重表现政治，但这一时期仍然有一股表现人生的潜流存在，如巴金、老舍、曹禺等表现 20 世纪 30 年代小人物命运的创作活动。不过，这一思潮与整个政治化的左翼文学思潮相比，却要微弱得多。此外，从表现人生到表现政治这一文学思潮的变迁，是和中国社会那一段大起大落的历史进程相谐和的，是由满足那个时代要求的众多作家作品所充分体现的，无论辉煌和精彩，还是缺陷和遗憾，都有它存在的历史合理性，都是值得认真借鉴的宝贵的精神遗产。

二、中国现代文学思潮的本质与特征

（一）中国现代文学思潮的本质

本质作为事物的根本属性，作为一事物区别于其他事物的主要特征，是界定对象的首要内容。关于中国现代文学思潮的本质，可以简单地概括为在特定的时空中，以文学的形式表现出来的、具有一定社会意义的文化思潮。

关于文学思潮的本质，过去人们一般认为是“社会思潮”的一部分。这种观点有一定道理，但过于宽泛。因为“社会思潮”的外延很广，其内涵也十分庞杂，迄今为止，一切被人们视为思潮的现象都可以被包括在社会思潮这一概念之中，所有思潮的内涵也都无一例外地具有社会性。因此，这里将文学思潮的本质界定为“文化思潮”，是较为切合文学思潮本身特点的。因为文学本来就是文化的一个部分，它具有文化的各种品格，而不一定具有“社会”的各种品格。更何况，文学主要是一种特殊的意识文化，它的精神性特征使它无法涵纳社会的物质本质。

（二）中国现代文学思潮的特征

中国现代文学思潮作为一种文化思潮，其特征主要有以下几个：

1. 中国现代文学思潮具有创新性

中国现代文学思潮的创新性，指的是中国现代文学思潮是建立在崭新的历史与逻辑基点上的文化思潮。这个历史基点就是“人的发现”，逻辑基点就是“人的意识”。这一点是中国现代文学思潮最根本的特征。它与传统文学和文学思潮的不同就在这里，它的现代化的内在规定性主要也在这里。历史的回顾和比较告诉我们，在中国现代文学与思潮兴起的时候，引导它们与传统决裂的路标就是“人的发现”与“人的意识”。此外，从一定意义上说，是否关注人成了中国现代各种纷纭复杂的文学思潮的一个最根本的问题。对这一问题的不同回答，则构成了衡量现代文学各种思潮的社会价值与文学价值最内在的尺度。“怎样看人、写人、为人”和“是否注意人”，一直是中国现代文学与文学思潮要解决的重大问题之一，直接地影响了中国当代文学与思潮的发展。

2. 中国现代文学思潮具有外发性

中国现代文学思潮的外发性，指的是中国现代文学思潮不是本土文学的内在发展的产物，不是自发地生成的，而是受外来思潮的影响，从国外引进的。具体来说，中国现代文学思潮接受了欧洲文学思潮的影响，并且直接引进了欧洲现代文学思潮。五四以前，中国文学界就已经知道欧洲文学有理想与写实之分，以后又知道有写实与浪漫之分。五四以前，中国文学界以西方文学为榜样，发生了“三界革命”以及王国维的美学思想的革新，这是中国现代文学思潮发生的前奏。五四时期，中国文学界自觉地学习和引进西方现代文学思潮，对西方文学思潮的了解就更详细和真确了，不仅知道了诸如古典主义、浪漫主义、写实主义、新浪漫主义（现代主义）等文学主张，而且大量地翻译、介绍了这些文学思潮的代表性作品，使这些文学思潮获得了广泛的传播。同时，中国文学又对欧洲现代文学思潮进行了选择性接受，从而产生了中国第一个现代文学思潮——启蒙主义文学思潮；五四以后，又从苏俄接受了“社会主义现实主义”即新古典主义；同时也产生了现实主义、浪漫主义、现代主义等其他非主流文学思潮。在这种背景之下，中国现代文学思潮就发生了。

可以说，中国现代文学思潮的外发性，使中国文学思潮与世界文学思潮相沟通，并具有了基本内涵的一致性，从此，中国文学进入世界文学的行列。此外，中国现代文学思潮的外发性特征还有以下几个具体的规定性：

第一，自觉地吸收外来文学思潮，自觉地“开放”，不是被动的。这种自觉地开放、自觉地向外国文学与思潮学习倾向的产生，主要有客观与主观两个原因。客观原因是国门已洞开，西方的各种文化包括文学开始以各种方式被引入中国，从而使中国人有了直接与西方文化接触的机会。主观原因是新文学的先驱们具备了自觉接受外国文学与思潮的主体条件，这个条件就是他们的“双重智慧”。一方面，他们大多在国门开启之时，远渡重洋赴异邦留学深造，与现代工业文明所形成的新文化进行了全面的对话，吸取了现代工业文明，特别是西方文化的各种营养；另一方面，他们又曾在少年时代从家传和私塾中，饱览了中国传统的四书五经、诸子百家、唐诗宋词，奠定了深厚的中国传统文化的功底。正是凭借着这种特殊的双重身份和得天独厚的主体条件，当新时代降临之时，他们乘着时代的东风顺利地登上了文坛，开创了中国文学史上一个崭新的时代。也正是凭借着这种“学贯中西”的主体条件，他们充满信心地吸收外来文学营养，顺利地建构了中国现代文学史上的各种文学思潮。在一定意义上讲，新文学先驱们特有的这种主体条件，正是中国现代文学思潮得以构造的内在因素，而中国现代各种文学思潮在构建过程中所呈现的令人振奋的神采以及由此而形成的种种复杂内容，都与他们特有的这种主体条件密切相关。

第二，在全面的“开放”中又有选择。这种选择的标准非常特别：它常常不是以文学自身的需要为标准，起码可以说，主要不是以文学自身的艺术需要为标准，而恰恰是以社会的发展需要为标准，如启蒙主义文学思潮、左翼文学思潮、现实主义文学思潮、浪漫主义文学思潮等。这是因为中国现代文学的同仁大都具有强烈的社会责任感，他们倡导、引进新思潮的直接目的，往往是使文学更好地为时代和社会服务。

第三，“开放”的局面曾因各种原因被中断过，特别是抗日战争爆发以后，中国形成了国统区、解放区、沦陷区三个政治空间，这种中断在解放区文学思潮中表现得更明显。

3. 中国现代文学思潮具有非有序性

中国现代文学思潮的非有序性，主要表现为多种文学思潮同时出现，打乱了文学思潮的先后顺序。欧洲文学思潮虽然也有两种文学思潮同时存在的局面，但那是在思潮更替时期的短暂现象，如新古典主义与启蒙主义、浪漫主义与现实主义、现实主义与现代主义的交替时期。但我国多种文学思潮的同时存在并不是由于思潮的交替，而是由于中国现代性发展的滞后性以及外来文学思潮的同时性多元影响，产生了多种文学思潮的同时性存在。由于近代中国社会是半殖民地半封建社会，前现代性与现代性并存，建立现代民族国家与实现现代性并存，因此对现代民族国家的想象建构、对现代性的呼吁以及对现代性的超越批判都同时发生，加之历史上发生过的多种外来文学思潮的同时性影响，就形成了革命古典主义、启蒙主义、现实主义以及浪漫主义、现代主义同时并存的局面。20世纪三四十年代启蒙主义的余波仍然存在，而现实主义、浪漫主义已经产生，现代主义开始露头，而革命文学的新古典主义成为主潮。这种状况造成文学思潮混杂不清的局面，如果不加以准确地区分，很容易出现认知上的混乱。

4. 中国现代文学思潮具有复杂性

中国现代文学思潮的发展过程，一方面反传统，另一方面又割不断对传统的眷恋，这也就构成了它自身的矛盾。这种矛盾反映在文学思潮中，也就形成了中国现代文学思潮民族化的复杂特征。这种复杂特征的基本内容就是：中国现代文学思潮有两种民族化的思想倾向，一种以鲁迅为代表，是在现代化基础上形成的民族化文学思潮；另一种以赵树理为代表，是在粗糙的民间文艺基础上形成的、以“为工农兵”为特征的文学思潮。这两种文学思潮也都直接影响了中国当代文学思潮的发展。

第一章　中国启蒙主义文学思潮及其创作

中国现代文学是反帝反封建的，有着强烈的战斗性和使命性。同时，中国现代文学在发展的过程中始终以“人心的营构”和“思想的启蒙”为前提和中介，以便在反帝反封建的同时，带领人民大众摆脱蒙昧状态。也就是说，在中国现代文学的创作与发展中，启蒙主义文学思潮占据着重要的地位。本章中，将对中国启蒙主义文学思潮及其影响的文学创作进行详细论述。

第一节　中国启蒙主义文学思潮的发展历程与基本特征

启蒙主义文学思潮是兴起于 18 世纪的欧洲，并逐渐波及世界各地的文学运动。不过，这一文学思潮进入中国文坛，已是 20 世纪。中国启蒙主义文学思潮深受欧洲启蒙主义文学思潮的影响，但其又生长于中国这个古老的东方国度，必然会受到特定的文化氛围和民族心理积淀的影响。如此一来，中国启蒙主义文学思潮便呈现出自身独特的发展历程以及斑驳的形式特征。

一、中国启蒙主义文学思潮的发展历程

中国启蒙主义文学思潮发端于清末民初，兴盛于五四时期，衰落于革命文学时代。

（一）中国启蒙主义文学思潮的发端

在中国启蒙主义文学思潮发展的初期，发生了一些重要的事

件影响了中国启蒙主义文学思潮的发展，其中较为重要的有以下两个：

1. 戊戌变法运动促使启蒙主体的觉醒

在清朝末年，由严复、康有为、梁启超、谭嗣同等一批知识分子发动的戊戌变法运动在中国思想史上，在特定的时代语境中，具有特殊的意义。这场自上而下的、旨在强国富民的政治改良运动，其强烈的政治目的却隐喻了启蒙运动的"血雨腥风"。

在这一时期，中国面临着被帝国主义列强瓜分、灭亡的严重危机，同时，西方列强的暴力入侵成为中华民族最惨痛的集体记忆。面对这一现实，爱国的仁人志士开始积极探寻民族解放之路，并在探寻的过程中逐渐觉醒。他们开始将目光转向具有现代意义的西方，当时我国的国门在被坚船利炮攻破的同时，也从此向西方世界敞开。就这种分裂的历史图景而言，中国的现代化道路、中国的启蒙运动注定要在"救亡"与"启蒙"的相互纠缠中前行。当我们在中国的历史进程中抽出"戊戌变法"这一事件时，在风雨中飘摇的中国如千年古船即将沉入历史的海底，那一代有良知的知识分子用悲凉的声音发出响彻整个历史时空的救国呐喊。

戊戌变法运动的政治目的是在封建体制内部打开缺口，进行一场自上而下的政治改良运动，同样伴随戊戌变法运动而起的启蒙运动也在封建体制内部找到了缺口和裂痕。甲午海战一役，中国的新式海军惨败，中华民族的危机空前严峻。对于这场战争，知识分子进行了深刻分析，并意识到清王朝政治制度的腐败。于是，他们开始谋求制度层面的变革，试图以君主立宪制取代封建专制的戊戌变法运动便随之展开。无奈，面对过于强大的保守势力，这场运动仅维持了百日便失败了。不过，这场运动促使中国的启蒙主体逐渐觉醒。

具体来说，这一时期的知识分子不同于西方的知识分子把启蒙作为从神学的禁锢中进行自我救赎的思想资源，而是把启蒙作为国家迈向现代化的思想工具。这就需要知识分子从封建体制的规训中挣脱出来，建构自己独立的思想意识和批判精神，而不再是政治体制的附庸。正在此时，中国出现了能够为知识分子提供发表独立思想话语的公共空间，这是启蒙赖以生存的文化土壤。延续千年的科举制的废除使中国近代知识分子丧失了直接参与政治权力分配的机会而被迫游离于体制之外，但边缘化的地位却催生了其自我独立意识的建立。尽管还无法构成类似于18世纪法国独立的知识分子阶层，也没有能力去构建统一的思想理论体系，但无形中他们正集结成强大的启蒙主体。虽然边缘地位和流亡生涯给了中国近代启蒙者思想自由的契机，介入现实的传统却使其难以摆脱对政治的依附性，这使得他们不可能独立于正统之外成长为批判性知识分子，而无可避免地成为中心意识浓厚的文化触媒群体。这种角色定位使中国式启蒙自起始便置身于偏执中，与内心分裂的多重性一起构成了文化现代性的基础，对文学的近代转型产生着深远的影响。

此外，这一时期的启蒙主体在戊戌变法运动期间，全国各地成立各种学会、社团共42个，列名于学会的各界人士在千人以上。此外，这一时期的启蒙主体积极创办报刊，使得近代报刊的发展相当迅速。《马关条约》签订之前，中国从鸦片战争以来50多年创办的所有报刊，包括海外华文报刊，只有110多家，而在《马关条约》签订之后的1897年与1898年两年内，创办的报刊就达104家。戊戌变法运动的参与者梁启超早在1895年就投身报刊的编撰事业，编辑《万国公报》，1896年又任《时务报》主笔，戊戌变法失败避居日本后，他又创办了《清议报》《新民丛报》和《新小说》。这些杂志的声望使其成为20世纪初期的“舆论界之骄子”，影响深远。近代报刊在发表政论新闻的同时也刊载文艺作品，逐渐辟成副刊，而且专门的文学期刊也相继出现，已知晚清有二十几种专门的小说报刊。当时梁启超创办的《新小说》，李宝嘉主编的《绣像小说》，吴沃尧、周桂笙的《月月小说》，黄摩西的《小说林》，被称为“四大文学期刊”。除了报刊，商务印书馆等一批民办出版机构也在民族救亡运动中应运而生，随之还出现了专门的小说书局，如小说林社、新世界小说社、改良小说社等。晚清时期，中国沿海城市的现代化进程在打开国门以后进一步加快，城市普通民众的文化需求不断变化，对以消遣游戏为旨归的通俗文学的需求与日俱增。潜在的读者消费群体、市场化的运行机制、职业化作家的出现等因素使消费文学能够在一定程度上存在。这也为知识分子提供了生活的物质保障和精神自由的空间，以及独立发表见解的机会。由此，商业的发展、市民阶层的兴起、公共空间的建立，使文学不再是国家政治意识形态的简单图解，而开始有了自我个体生命的真实声音和独立的思想见解。第一代启蒙者在公共领域，以启蒙为己任，在脱离封建体制之后，找到了安身立命之所在。

2."三界革命"推动了启蒙文学预演

在清末，知识分子日益认识到西方文明作为一个由器物到精神的双向建构，是无法分割的整体；从物质文化到精神文化以西方为参照，是中国现代化进程不可摆脱的命运。在康有为等人鼓吹封建体制的政治改革的同时，严复、梁启超等知识分子则意识到给古老的中国注入新的思维方式和新的思想资源才是中国社会现代化之"本"，改造国民精神的"新民"运动遂成为思想启蒙的重心。就是在这样一种充满深重忧虑而又被热烈期待的思想启蒙运动中，中国文学开始了它的现代转型。从"白话文运动""诗界革命"到"小说界革命"，清末一系列文学革新都是为配合思想启蒙而产生的。

白话文运动使得我国文学的语义场被颠覆。人类社会赖以存在的是传统，赖以发展的是超越传统，这是一对互为存在的矛盾。文化传统总是巨大而强有力的，不管是有益于还是有碍于社会进步。然而，当一种新的文化因素出现在陈旧、古老的文化传统面前时，裂变就无法避免。中国第一代启蒙者深知要想推动古老中国的现代化进程，必然要对滞后而僵化的中国文化传统进行激进式的解构和再造。而中国封建传统文化的典型集中代表——文言文，恰在此时被晚清一代知识分子推上了历史的断头台。晚清时期，文言文已经严重阻碍了近代民主思想的传播，以白话文代替文言文成为中国现代化必须解决的紧迫课题。于是，白话文运动兴起。白话文运动主张：一是积极提倡“俗文学”，为改良主义“思想之普及”服务；二是主张言文一致；三是提倡报纸、著书撰文改用白话，以开通民智；四是明确提出“崇白话而废文言”的口号，具体说明了兴白话的“八益”，即省日力、除矫气、免枉读、保圣教、便幼学、炼心力、少弃才、便贫民；五是创造 60 个“官话字母”，主张用两拼法“专拼白话”，走拼音化的道路。这些主张反映出新一代知识分子强烈的忧患意识、变革意识和批判意识，也反映着那一时期初步的科学、民主的启蒙思想的兴起，以及在启蒙和种族革命主题下的种种观念的更新。最终，白话文运动以文言文的告退、白话文的胜利结束，从而为新文学的诞生打下了基础。不过，这一时期的白话文过于浅白，从而在一定程度上限制了近现代思想的传播和现代意识的表达。

诗界革命的发生，对于中国现代诗歌的发展发挥了重要作用。诗歌一向是中国古典文学的正宗，并紧紧跟随时代的步伐，反映时代的变化。然而，中国诗歌在唐代以后逐渐走下坡路，到了晚清已经衰落。“三界革命”发起之时，梁启超的意图就是突破中国诗文传统的桎梏，在古代传统文化的荒原上，再造一个新时代的诗歌世界。关于诗歌的革新，梁启超提出了三点：“欲为诗界之哥伦布、玛赛郎，不可不具备三长：第一要新意境，第二要新语句，而又须以古人之风格入之，然后成其为诗……若三者具备，则可以为 20 世纪支那之诗士矣。”[①]此外，梁启超主张利用中国传统的诗歌形式反映近代社会的现实矛盾，表达其改良主义的政治理想。

小说界革命把小说提高到新民兴国的高度上，有利于小说从文体的边缘走向中心。梁启超在 1902 年于日本创办的《新小说》

---

① 梁启超. 饮冰室合集 · 文集[M]. 北京：中华书局，1989：189.

创刊号上发表了《论小说与群治之关系》，明确道出了小说应有的启蒙角色："欲新一国之民，不可不先新一国之小说；故欲新道德，必新小说；欲新宗教，必新小说；欲新政治，必新小说；欲新风俗，必新小说；欲新学艺，必新小说；乃至欲新人心，欲新人格，必新小说。何以故？小说有不可思议之力支配人道故。"需要注意的是，梁启超在这里并不是有意抬高小说的地位，而是找到了启蒙与彼时大众文化样态的联结点，无意中打通了重建文学格局的突破口。自此，小说不但顺理成章地与诗文同列于"文学"这一神圣的名称之下，并且远离"小道"称谓，真正成为可以"借阐圣教""杂述史事""激发国耻""旁及彝情"的大学问。

（二）中国启蒙主义文学思潮的兴盛

在五四时期，中国启蒙主义文学思潮逐渐走向了兴盛。这一时期的知识分子有着明显的现代批判性，对中华文化秩序展开了深入整体质疑和重新估定评判，从而开启了现代思维模式的转化。他们将启蒙策略建构在理性法庭之上，以全面反省传统的价值取向，给几千年的封建传统文化根基以最强有力的震撼，体现出中国思想界最初获得启蒙理性和批判能力的勃勃生机。

五四启蒙思想家把攻击的矛头集中指向封建主义的正统思想——儒学及其代表——孔子，斗争的矛头指向吃人的封建礼教，喊出"打倒孔家店"的口号。比如，鲁迅在小说《狂人日记》中写道："我翻开历史一查，这历史没有年代，歪歪斜斜的每页上都写着'仁义道德'几个字。我……仔细看了半夜，才从字缝里看出字来，满本都写着两个字是'吃人'。"鲁迅借"狂人"之口，揭露了历时两千余载的封建礼教"吃人"的本质，并发出"救救孩子"的呼声，真可谓深刻之至。这就从根本上否定了代表中国文化正宗地位的儒家文化及其传统，撕开了掩盖其上的堂皇而虚伪的面纱。从总体上来看，这一时期的启蒙思想家们对封建伦理纲常的揭露和批判，从根本上对统治中国几千年来"吃人"的封建礼教进行抨击，从而动摇了一直占统治地位的封建伦理道德，为中国人首先成其为人开辟了现实的道路。这是中国人成为现代意义的中国人的最初的起点，沉重打击了阻碍中国现代化进程的封建势力，使中国人开始获得具有现代意义的思想自由，即人要成为独立、自主、自我发展、人格健全的主体。

此外，五四时期的中国启蒙主义文学思潮逐渐从理论探寻转入了文学创作。这一时期的启蒙主义文学创作，以诗歌和小说的成就最大。就诗歌来说，白话诗的创作取得了重要成就，胡适、刘半农、沈尹默、刘大白、俞平伯、康白情等中国新诗的诗人，改变了旧体诗的表现内容和书写形式，大胆表现平民的生活，流露出诗人的人道主义情怀；积极探索新诗的构成要素，以实际创作提高新诗的艺术品格，推进新诗审美范式的构建。此外，这一时期的白话诗创作有着鲜明的启蒙性质，并最终完成了从诗体解放到诗体重建的转变，真正把旧诗推入历史的故纸堆，确立了新诗的文学史地位。就小说来说，白话小说的创作增多，并自觉承担起启蒙使命。比如，鲁迅的白话小说创作便源于启蒙主义的夙愿，《呐喊·自序》记下他弃医从文的心路历程："凡是愚弱的国民，即使体格如何健壮，如何茁壮，也只能做毫无意义示众的材料和看客，病死多少是不必以为不幸的。所以，我们的第一要著，是在改变他们的精神，而善于改变精神的是，我那时以为当然要推文艺。"①而《狂人日记》这篇小说便首次实践了他的启蒙主义文学观，让小说承担起批判封建道德、警醒普通民众的神圣使命。在鲁迅之后，许钦文、彭家煌、冰心、王鲁彦、台静农、蹇先艾等小说家进一步展现了乡土中国的文化习俗和农民的劣根性。

（三）中国启蒙主义文学思潮的衰落

在中国现代文学史上，从"文学革命"到"革命文学"的转变是一个不可回避的重要事件，它标志着中国启蒙主义文学思潮的衰

---

① 鲁迅. 鲁迅全集(第1卷)[M]. 北京：人民文学出版社，1981：417.

落以及革命主义文学思潮的兴起。

在五四退潮之后，一些文化人对文化启蒙感到失望，对社会革命缺乏认同，遂从启蒙主义转向唯美主义、颓废主义等。比如，1926年，朱自清、梁宗岱、废名、邵洵美、朱维真、何其芳、俞平伯等人发起了纯诗运动，摒弃了启蒙主义的文化理念，主张“为诗而诗”，认为“诗是贵族的”，认为文学应该“成为绝对独立，绝对自由，比现世更纯粹，更不朽的宇宙”。李金发甚而提出：“艺术是不顾道德，也与社会不是共同的世界。艺术上唯一的目的就是表现自己的世界。所以，他的美的世界，是创造在艺术上，不是建设在社会上。”①

不过，中国启蒙主义文学思潮在这一时期并没有完全消失，仍有不少作家对启蒙主义文学传统进行了延续。比如，浅草—沉钟社的作家如冯志、陈翔鹤、林如稷等，在20世纪30年代的创作仍然义无反顾地秉持着文学启蒙的信念。

二、中国启蒙主义文学思潮的基本特征

中国启蒙主义文学思潮既表现出与西方启蒙主义文学思潮惊人的相似性，又表现出新的时代特征和民族特征。因此，它既是“启蒙主义”的，又是“中国的”。具体来说，中国启蒙主义文学思潮呈现出以下几个鲜明的特征：

（一）“他者”的颠覆与“自我”的确立

五四运动从思想史的角度来看，是以二元对立思维方式集结的紧张、对立的话语场：在现代与传统、中方与西方的相互断裂、对峙、纠缠的过程中，西方的各种主义、思潮蜂拥而至，中西文化孰优孰劣的论争四起。但是，作为一场精神领域的深刻变革，在纷繁的表象背后必然隐藏着某种共同的精神指向，或者说普遍认

① 林朝霞. 现代性与中国启蒙主义文学思潮[M]. 厦门：厦门大学出版社，2015：211.

同的价值。无论是激进主义者的全盘西化说，还是自由主义者的保守改良说，抑或是马克思主义者的继承扬弃说，关于人的觉醒、发现命题是它们共同的指向。从“国民”到“人”的话语转换既预设了一个怀疑主义时代的来临，也将“自我”与“他我”对立起来，重新界定人的存在。

陈独秀、胡适、鲁迅、周作人等新文学的先驱们以启蒙为目标，在思变的知识界形成一种综合性的文化场域及氛围，从而构成了现代文学启蒙的核心观念——对“人”的发现，诸如人性、个性、人权、自由、民主等一系列观念，都以无可争辩的事实融入现代文学主体的历史价值观和文化人格，并由此形成了启蒙者作为新型历史主体的基本素质。在他们看来，如果人们都能够脱离封建专制主义政治统领和思想控制的“奴隶之羁绊”，具有自己的价值和尊严，具有信仰、行为和权利的自由意志，而完全消除“盲从”和“隶属”的心态，整个社会的精神和思想氛围就必然会产生本质的变化。而这种本质的变化，必然会导致他们在社会和政治领域中的地位和作用也随之发生变化。

（二）批判与反思“国民性”

在清末思想界，所谓的国民性主要是指国人的心理素质、价值观念、思维方法、行为方式之类，有时也把风俗习惯、文明程度、知识水平纳入其中。他们用“国民性”理论来观照那些与时代发展不相宜的糟粕在中国民众心理和性格中的深重痕迹，并且以“批判国民性”的方式求得进一步的改良，以西方为参照取长补短。晚清以梁启超等为代表的知识分子认同“国民性”理论中民族精神与民族盛衰之关系的内涵，希望借“国民性”的改造来提高国民的素质，摆脱民族被压迫、被奴役的地位，争取民族的独立和强大，改造“国民性”是其民族国家理论中的重要内容。对中国的知识分子而言，从接受“国民性”理论之始，就只是站在启蒙主义的立场上加以理解和运用的，它从一开始就是以反抗西方殖民者的民族侵略和民族压迫、实现民族复兴为指向的，寄予着晚清爱国知识分子深厚的现实关怀。而五四新文化运动延续了晚清启蒙思潮中改造“国民性”这一核心思想，并在“人”的层面进行了超越，对“国民性”的批判更是深入到了封建专制体制与封建传统文化的内部，掀起了一场前所未有的旨在“立人”的思想革命、伦理革命与文学革命的热潮。

此外，五四新文学在对国民性进行批判时，首先指向了生活于乡土大地、与宗法制度和民间风俗文化已经融为一体的农民。比如，鲁迅作为深受晚清文化启蒙大师直接影响的五四启蒙主义者的杰出代表，他投向乡村的目光与情怀带着极为强烈的理想主义色彩，他是满怀对传统中国社会与文化彻底再造的整体性伟大理想来开创中国现代乡土文学的，他将忧郁而悲伤的目光投向古老而多灾多难的乡土大地，投向在这片神奇大地上世代繁衍、挣扎求生的“古国的子民们”，尤其投向他们在不断恶化的现代性生存境遇中精神和心理世界的日趋硬化与蜕变。由此，鲁迅将揭示民族精神病态和改造“国民性”的启蒙主题置于乡土文学的表现领域。又如，许杰、蹇先艾等人的创作把对于蒙昧、未开化的宗法制乡村中的人的病态灵魂的批判，置于对原始野蛮的乡风习俗的描绘之中。许杰的《惨雾》写出了宗族血亲意识下的原始蛮力造成的人性惨剧，而《赌徒吉顺》书写了“典妻”制度下的女性尊严的被吞噬。蹇先艾的《水葬》展现了贵州乡间习俗的原始冷酷，与老母相依为命的骆毛因为偷东西被村民按照“古已有之”的“文明”做法，处以“水葬”的死刑，同村的男女老幼都来看热闹，野蛮的杀人举动在他们眼中如同节日盛会一样的热闹、刺激，宗法制度下野蛮的风俗与麻木的人性扭结在一起，成为国民麻木灵魂的内在根源。

（三）凸显个体主体性

凸显个体主体性，也是中国启蒙主义文学思潮的一个重要特征。这一特征体现在文学主题、文学体裁、叙事视角、文本结构等各个方面。其中，文学主题上的反封建主义和宣扬个体主体性，是其显性表征。启蒙主义文学，不再把载道作为文学表现的重心，把人物作为载道的工具，发挥文学的道德教化功能，而是把个体的人作为文学表现的中心，展示人的生活遭遇，挖掘人的七情六欲，表现人的性格命运，揭示人的灵魂特性，歌颂人的自由精神，严厉批驳束缚个体的封建礼教。文学体裁的更新、叙事方式的转换、文本结构的调整等，则离不开主体性的内在作用，因此，它们是个体主体性在启蒙主义文学中凸显的隐性表征，是内容向形式积淀的结果。

（四）高歌平民精神

中国启蒙主义文学思潮兴盛于现代性蓬勃发展的五四时期。在这一时期，现代性的主体是现代城市平民，现代性主要体现平民精神。在此影响下，中国启蒙主义文学思潮及其影响下的启蒙主义文学便具有了平民主义的鲜明特征。陈独秀、胡适、周作人等人大力倡导“平民文学”，并积极提高平民文学的文化品格。具体来说，启蒙主义文学在文学体裁上，启用通俗易懂的白话文和小说、新诗、散文，打破了古代文学的惯用体裁；在表现对象、题材内容、故事模式上，突破了古代文学的既有框架，推崇平民题材，极大地拓宽了文学的题材内容；在形式规范、语言表达上，打破了贵族主义的审美情趣，具有平民主义的精神气质。

第二节　白话诗的创作

在中国现代诗歌发展的早期，白话诗创作取得了重要成就。白话诗是白话文运动的一个重要成果，但其完全以口语或俗语入诗，有的甚至近乎顺口溜儿。这不仅使白话诗显得十分稚拙，而且给新诗的反对者提供了诟病的口实。胡适、刘半农、沈尹默、刘大白、俞平伯、康白情等都是创作白话诗的重要诗人，下面具体分析一下胡适、刘半农和沈尹默的白话诗创作。

一、胡适的白话诗创作

胡适(1891—1962),原名胡嗣穈,后改为胡适,字适之。胡适出身于安徽绩溪上庄村的一个官僚地主兼商人家庭,因而自小就受到了良好的教育,9岁起便能熟读多种中国古典小说。1893年,他随母亲到了台湾,后因中日甲午战争的爆发返回了家乡。1904年,他到了上海,进入梅溪学堂、澄衷学堂、中国公学等学习。1910年,他留学美国,入康奈尔大学学习文学,毕业后进入哥伦比亚大学哲学系学习,师从约翰·杜威。1917年,胡适返回了国内,任北京大学教授,还积极参加了新文化运动和文学改良运动,并明确提出了"反对文言文、提倡白话文"的主张,在社会上引起了很大的反响。从1926年起,他先后游历了英国、法国、美国、日本等国,后回到北京,担任北京大学文学院院长兼中国文学系主任。1937年七七事变后,胡适应蒋介石的要求前往美国,争取美方对中国抗战的支持。1938年,他出任中华民国驻美国大使,直到1942年。之后,他旅居纽约,从事学术研究。1946年,胡适又回到了北京,任北京大学校长。中华人民共和国成立后,胡适前往美国纽约,并出任了"中华教育文化基金会"干事长,还被聘为普林斯顿大学葛思德东亚图书馆馆长。1958年,胡适回到了台湾并定居。1962年,胡适因病在台湾逝世。

胡适是白话文运动的积极支持者,他在《论新诗》中明确提出:新文学的语言是白话的,新文学的文体是自由的,是不拘格律的;必须"推翻词调曲谱的种种束缚;不拘格律,不拘平仄,不拘长短;有什么题目做什么诗;诗该怎么做,就怎么做"。后来,他把自己的诗歌观概括为"作诗如作文",即要打破诗的格律,解放诗的体式;要以白话写诗,让诗歌走向"散文化"。胡适的诗歌创作,对其诗歌创作理论进行了积极实践。1917年2月,他在《新青年》上发表了《白话诗八首》,两个月后又发表了四首白话诗。1920年,他再次发表了中国现代文学史上的第一部白话诗集《尝试集》,在文坛引起不小的震动。

胡适的白话诗大多是即事感兴、即景生情之作，而且诗中很少有汹涌奔腾的诗情和飞云翻卷般的想象，但大都言之有物，因而不乏情趣。例如，《蝴蝶》一诗：

两个黄蝴蝶，双双飞上天。
不知为什么，一个忽飞还。
剩下那一个，孤单怪可怜。
也无心上天，天上太孤单。

在这首诗中，诗人以蝴蝶为描写对象，行文自由，意象清新，诗意浅露，饶有情趣。另外，诗中讲究平仄和对偶，表明了对中国传统诗歌的继承与发展。不过，这首诗的具体写法过于平实，很少甚至缺乏使读者引起视觉、听觉或全身心感受的意象。这就造成胡适白话诗的理论主张与创作实践之间存在不小的距离。他的理论是从古人作诗的成败经验中总结、提炼出来的，但他在作诗中却不知道诗的意象的最终目的在于：诗的语言功能的发挥及其言外之意的生发。诗之所以为诗，被称为文学中的文学或最高的语言艺术，其原因就在于此。言外之意是：诗是由具体灵动的语言生发出来的，而意象一旦形成，则反过来挣脱具体语言的束缚，以进入自由想象的境界。诗人说出来的尽可能地少，读者间接想到的就尽可能地多。这在一定程度上说，它们是一种反比例的关系。古诗论上所谓言少意足、言有尽而意无穷，就是这个意思。其实，"以少胜多"正是一切艺术的通则，而诗艺，对它的要求更高一些。但胡适所倡导的意象与他新诗中缺乏言外之意的矛盾，正是早期白话诗"断奶"现象的表现。文言能创造的意象，白话肯定也能创造，这一点胡适坚信不疑。只是初用白话，其语言的功能还不可能一下子就发挥得很好。这正是胡适与朋友们论争的焦点——诗之文字与文之文字之辩。胡适之所以遭遇"孤单怪可怜"的尴尬境地，正是由于他的白话诗重在白话，而不重诗，这就死死地捆绑住了他作为诗人的翅膀。

胡适的白话诗从艺术手法角度来看，更多地运用了小说的描写、叙述的方法。在《尝试集・自序》中，胡适“主张用朴实无华的白描工夫”，认为“诗味在骨子里，在质不在文”“注重之点在言中的‘物’，故不问所用的文字是诗的文字还是文的文字”①。在这一诗歌创作主张的影响下，胡适在进行诗歌创作时，往往将自然的生活不加选择地入诗，让自然的生活内容不加诗化地表现在诗里。这样对不经情感过滤的客观事物，用诗、文通用的文字，借助小说的白描手法作出来的诗，其结果更像散文，而不像诗。例如，《鸽子》：

好一片晚秋天气！
有一群鸽子，
在空中游戏。

看他们三三两两，
回环来往，
夷犹如意。

忽地里，
翻身映日，
白羽衬青天，
十分鲜丽！

诗中，诗人将自己以及新文化运动中几位朋友比作自由翱翔的飞鸽，从而表达自己投身于新文化运动的自豪感。此外，这首诗平实明白，摄下了瞬间美丽的画面，但诗歌毕竟拘泥于具象，滞留于事实，缺乏对生活内容的净化和升华，平直叙述和随意白描，造成了意随言尽、没有隽永余味的单薄与浅近的后果。

总的来说，胡适的白话诗创作过于注重写实的叙述和白描，

① 胡适. 尝试集・自序[M]. 北京：人民文学出版社，1998：140.

导致了他对于艺术想象的放逐；而放逐了艺术想象，则无异于驱逐了诗的精灵，如此一来，诗歌便无法产生深邃、开阔、丰腴的诗境了。

二、刘半农的白话诗创作

刘半农(1891—1934)，原名刘寿彭，后改名刘复，江苏江阴人。他在1911年参加了辛亥革命，1917年到北京大学任法科预科教授。五四新文化运动爆发后，他是先驱者之一，曾积极参加《新青年》的编辑工作，并积极投身文学革命，反对文言文，提倡白话文。1920年，他旅欧留学，先是在英国伦敦大学的大学院学习实验语音学，后转入法国巴黎大学学习文学。1925年，他回到国内，任北京大学国文系教授，讲授语音学。1926年，出版了诗集《扬鞭集》《瓦釜集》等。1934年，刘半农在北京病逝。

刘半农的白话诗，多对现实社会以及劳动人民的生活和疾苦等进行真实的描绘，因而极具真实性，如《相隔一层纸》：

屋子里拢着炉火，
老爷吩咐开窗买水果，
说："天气不冷火太热，
别任它烤坏了我。"

屋子外躺着一个叫花子，
咬紧了牙齿对着北风喊"要死"！
可怜屋里与屋外，
相隔只有一层薄纸

这首诗从意境上来说，显然是脱胎于杜甫"朱门酒肉臭，路有冻死骨"的名句。在一幅画面里，屋内的老爷怕烤坏了自己，而屋外的叫花子却冷得要死，彼此之间相隔的只有一层纸，这层薄薄的纸却隔开了冷热两重天，也隔开了贫富贵贱两个世界。由此，诗作运用对比反讽的手法，深刻揭露了社会的黑暗和贫苦人民的悲惨命运，反映了贫富悬殊和阶级差别。

刘半农在进行白话诗创作时，也常关注诗歌形式和音节的改革。朱自清曾在《中国新文学大系・诗集・导言》中这样评价刘半农："他那时主张'破坏旧韵，重造新韵''增多诗体'，'增多诗体'又分自造，输入他种诗体，有韵诗外别增无韵诗三项，后来的局势恰如他所想。"[①]这里以《教我如何不想她》一诗为例进行说明。

《教我如何不想她》一诗是1920年刘半农在英国伦敦大学留学期间所作的一首现代诗歌，收录于刘半农1926年出版的诗集《扬鞭集》之中，是中国白话诗早期的重要诗篇之一，也是刘半农的代表诗作之一。在诗中，诗人运用比兴的手法，抒发了远离祖国的游子情怀。同时，整首诗打破了古典诗词的五七言的格律，还融入了口语，读来感觉韵律和谐、节奏明快，十分自然。后来，该诗被赵元任谱曲，成为我国音乐史上的著名歌曲，至今广为传唱。

总的来说，刘半农的白话诗在内容上非常具有真实性，强调以真为主，真实地描绘现实人生，揭露贫富对立，赞扬劳动人民的美好品质；在形式上对诗歌的形式和音节进行了各种尝试和探索。

三、沈尹默的白话诗创作

沈尹默（1883—1971），原名沈君默，浙江湖州人。他在早年时曾留学日本，归国后先后在北京大学、北京女子师范大学、辅仁大学任教。五四新文化运动爆发后，他与陈独秀、李大钊、鲁迅、胡适等人同办《新青年》，成为新文化运动的得力战士。1925年，他在"女师大风潮"中与鲁迅、钱玄同等人联名发表宣言，积极支

① 石兴泽，隋清娥．中国现代文学[M]．北京：中国社会科学出版社，2012：231．

持学生的正义斗争。后来，他经蔡元培、李石曾的推荐，担任了河北教育厅厅长、北平大学校长等职，但在 1932 年因不满政府对学生运动的遏制而辞职。之后，他到了上海，担任中法文化交换出版委员会主任。七七事变后，他辗转到了重庆，担任监察院委员一职，但抗战一胜利便辞了职，回到上海。中华人民共和国成立后，他历任中央文史馆副馆长、上海市人民委员会委员、第三届全国人大代表等职。1971 年，沈尹默在上海逝世。

沈尹默在进行白话诗创作时，注重用白描的手法对具体的生活场景或自然景物进行如实的描画，因而有着鲜明的客观写实倾向，如《月夜》：

> 霜风呼呼的吹着，
> 月光朗朗的照着。
> 我和一株顶高的树并排立着，
> 却没有靠着。

这首诗虽然只有短短的四行，但诗人用白描的手法，清晰地勾勒了一幅"月夜"的场景：霜风、月光、高树、"我"。"我"与高树之间存在着距离，但这距离是什么，是怎么造成的，"我"因何没有靠着高树，需要读者自己去思索。

沈尹默在进行白话诗创作时，还进一步对诗歌的形式与音节进行了探索，如《三弦》一诗：

> 中午时候，火一样的太阳，没法去遮拦，让他直晒着长街上。静悄悄少人行路，只有悠悠风来，吹动路旁杨树。
>
> 谁家破大门里，半院子绿茸茸细草，都浮着闪闪的金光。旁边有一段低低土墙，挡住了个弹三弦的人，却不能隔断那三弦鼓荡的声浪。
>
> 门外坐着一个穿破衣裳的老年人，双手抱着头，他不声不响。

这首诗以它的最具声韵之美，宣告了现代新诗的伟大胜利。全诗分三节，每一节都是一幅画，但整体又创造了一种氛围：夏日正午，在灼热沉静中，唯有三弦的声浪在断墙颓垣边鼓荡，只有一个穿破衣的老人抱头静听。这里将中国古老城镇的孤寂、颓败景象描画得极为传神，而那火一样的太阳、绿茸茸的细草、浮着闪闪的金光，还有那不能隔断的三弦鼓荡的声浪又似乎传奏着希望与理想，那悠长的人道主义的感叹也在低回摇曳……诗境呈现多重意蕴，让人们体寻、追索。此外，这首诗的语言白而不俗，有押韵又有自然和谐的节奏，从而构成了一种抑扬顿挫的声调，好像三弦跳荡的声音。这又极大地增强了诗歌的音乐感，因而一直受到人们的称赞。

第三节 启蒙主义小说的创作

中国启蒙主义文学思潮，在小说创作领域产生了重要影响。启蒙主义小说的主题主要是反对封建礼教、反对专制和愚昧、揭露国民的劣根性等。鲁迅、许钦文、冰心、王鲁彦、彭家煌、台静农、蹇先艾等都是中国现代文学史上著名的启蒙主义小说家，这里具体分析一下鲁迅、冰心、王鲁彦和彭家煌的启蒙主义小说创作。

一、鲁迅的启蒙主义小说创作

鲁迅(1881—1936)，原名周樟寿，后改学名为周树人，“鲁迅”是他发表《狂人日记》时开始用的笔名，出身于浙江绍兴一个没落的士大夫家庭。1902 年，鲁迅以优异的成绩毕业于矿物铁路学堂，之后留学日本。1904 年，鲁迅毕业于弘文学院后，来到仙台医学专科学校学医。不久，因为受“幻灯片事件”的刺激，他弃医从文，希望能用文艺来改变国民精神。1909 年，鲁迅回到中国，先后在杭州、绍兴任教。辛亥革命爆发后，他积极参加宣传活动。同年冬天，他以辛亥革命为背景创作了自己的第一篇小说《怀旧》。1912 年 1 月，鲁迅赴南京临时政府教育部任职，5 月，随部迁至北京。从 1912 年至 1917 年，鲁迅在工作之余不断抄写古书，辑录金石碑帖，研究分析中国社会、历史，这为他以后的文学创作和学术研究提供了丰富的文化积累。从 1918 年起，鲁迅开始进行文学创作，发表了多部影响深远的小说与散文作品等。1926 年 8 月，为了暂避北洋军阀政府的迫害，鲁迅赴厦门大学任教。1927 年 1 月，在北伐战争节节胜利的鼓舞下，鲁迅受中山大学的邀请，担任中山大学文科主任兼教务主任。不久，又因蒋介石叛变革命，逮捕进步学生、共产党人，鲁迅营救未果后愤而辞去中山大学的一切职务。此后，他积极参加了一系列文化活动，为中国文化事业的发展做出了突出贡献。1936 年，鲁迅在上海寓所逝世。

在中国现代文学史上，鲁迅以其独特的人生经历和强烈的文学使命感为中国文学的发展做出了巨大的贡献，他的小说在思想和艺术方面代表了中国现代文学的深度、广度和创新价值，影响了一代又一代的中国现代作家、中国现代知识分子，他也因此被誉为现代中国的“民族魂”。此外，鲁迅作为启蒙主义者，在进行小说创作时重视将中国人的精神面貌展示出来，让人们看清精神上诸种愚昧、麻木、庸俗、委琐、卑劣的表现，以期唤起人们的警觉，增强改造国民性的紧迫感。

《狂人日记》是鲁迅启蒙主义小说的代表作，对封建的礼教和封建的宗法制度进行了深刻的揭露，进而对“吃人”的封建社会进行尖锐批判。同时，《狂人日记》是中国现代文学史上第一篇用现代体式写作的白话文短篇小说，也是鲁迅对封建制度及封建礼教进行揭示批判的总宣言。具体来说，小说描绘了一个患有被害妄想病症的“狂人”以及他心目中所经历的社会人生。在小说中，“狂人”时时产生被他人谋害的种种联想，他从天上的月光怀疑到赵家狗的眼光，从古书记载的暴君桀纣的残忍，联想到不久前传闻的革命党人徐锡林被杀、被吃，从狼子村捉住恶人杀了来吃，联想到自己的大哥可能把妹子的肉做了羹饭等。“狂人”这个形象具有鲜明的象征意义，作者不仅通过“狂人”这个形象揭露了封建社会对人从肉体到精神上的毒害，而且寄托了先驱们对自身命运和精神的全面反省。因此，《狂人日记》是一篇人的觉醒的宣言。

鲁迅的启蒙主义小说也对辛亥革命进行了深刻反思，进而表明了对国民性进行改造的重要性，如《药》《阿Q正传》等。《药》通过偶然性的情节——买人血治病买的却是被杀害的革命者的血，极写群众的愚昧和先觉者的孤独、寂寞。虚写的革命者夏瑜是被吃者，封建专制的屠刀“吃”掉这位年轻革命者，愚昧的群众华老栓、华小栓也要来“吃”掉他。小说名为《药》，意含双关，一指治痨病的药，二指革命者的血。革命者为民族复兴而英勇献身，然而结果不过是用自己的血，做了愚昧群众“救命”的药。群众对革命十分冷漠，这就是当时中国的现状。鲁迅把这种现状如实地、显豁地展现出来。《阿Q正传》以我国辛亥革命前后江南农村的社会生活为背景，展现了辛亥革命前后一个畸形的中国社会和一群畸形的中国人的面貌。主人公阿Q是一个失去土地的、在耕作和游荡之间维系生计的农民，在他身上体现出种种的“国民性弱点”。其中，最突出的就是他的“精神胜利法”，主要表现为自尊自大、自譬自嘲、自欺欺人、自轻自贱、欺软怕硬、麻木健忘等。阿Q生活在未庄社会的最底层，面对自己的奴隶地位，他的对策是根本不承认自己被奴役，沉浸在自己营造的“尊严”之中；当虚构的尊严遭到践踏，他或将愤怒转泻在更弱者的身上，比如小尼姑等；或者自轻自贱、自欺欺人，于是在精神上他永远都是一个“胜利者”。事实上，不论是阿Q还是“阿Q精神”都是十分丑陋的，这是鲁迅高悬在全民族头上的一面大镜子，让中国人时刻照一照，深深反思。“阿Q精神”的形成，最重要的原因在于封建专制制度的残酷压迫。受压迫的人民群众不是没有反抗，但反抗斗争一次次地被抛入血泊中，残酷的镇压使得群众中产生了消极的失败情绪，精神萎靡不振。阿Q在听到辛亥革命的消息时，曾一度感到兴奋，但是社会现状仍然没有改变，那贫穷屈辱的生活又极为难忍，只有在痛苦中自己求解脱。闰土是求神，祥林嫂是到庙里捐个门槛。阿Q形象虽然凝聚了中国国民性的弱点，但因为“精神胜利法”归根到底是一种主观唯心主义的表现，也是人类普遍的思想缺陷，所以，这个人物形象也是普遍的人性弱点的概括。此外，小说中还对辛亥革命前后的历史教训进行了真实而深刻的描绘，反映了辛亥革命的不彻底性：革命前没有发动群众，革命起来后又不依靠群众、不发扬群众的革命积极性、不满足群众的革命要求。最后，辛亥革命以牺牲农民的利益向封建势力妥协而告终。小说通过对辛亥革命的反思，提出了中国民主革命需要深入到农民群众中去，启发他们的觉悟这一重大问题。

鲁迅的启蒙主义小说还对知识分子从辛亥革命前后到五四时期的思想历程进行了深入的探索。在鲁迅的小说中，知识分子的生存状态以及知识分子的命运是其着重表现的内容之一，并通过探索知识分子的思想历程，展现了他们自身的局限性以及其内心的矛盾。比如，《孔乙己》通过受到人们的百般嘲弄最后饿死的落魄书生孔乙己的悲惨一生，揭露了封建等级制度对人们的残害。小说中的孔乙己、酒客、丁举人等人不论言语还是行为都受制于等级观念，而且落魄的读书人孔乙己最后被成功挤入上流社会的读书人丁举人打折了双腿，走向了死亡，这可以说是对封建等级制度的辛辣嘲讽。又如，在《在酒楼上》这篇小说中，鲁迅塑造了辛亥革命时期的知识分子吕纬甫的形象。他经历并参加了辛亥革命，也为通过辛亥革命改变社会和国民的命运奋发过，但最终因辛亥革命的失败感到心灰意冷，对一切都失去了兴趣。对于吕纬甫的遭遇，鲁迅表示了深切的同情，但对其精神上的颓唐，鲁迅则表示了否定。

对旧时代农民的悲惨命运以及精神上存在的弱点进行生动而真切的反映，也是鲁迅启蒙主义小说的一项重要内容。比如，《祝福》讲述了一个旧中国贫苦农村妇女祥林嫂的悲剧故事。祥林嫂是一个勤劳、善良的劳动妇女，曾被迫与比自己小10岁的男人结婚，丈夫死后，狠心的婆婆将她卖给贺老六，很快祥林嫂便有了自己的儿子，她终于过上了稍微安定一点的生活。然而命途多舛，贺老六因伤寒发作去世，儿子阿毛也被狼吃掉，无奈之下，祥林嫂回到鲁四老爷家当佣工，可是封建礼教认为寡妇再嫁败坏风俗，何况她死了两个丈夫，更被视为不祥之物。封建卫道者鲁四老爷就告诫四婶，不要让祥林嫂祭祀时沾手，鲁镇人也以“又冷又尖”的态度对待她，祥林嫂精神上受到歧视、压迫，柳妈又告诉她死后要被阎王锯成两半分给两个男人，更使她极其痛苦，灵魂不得一点安宁。祥林嫂为自己的命运奋斗挣扎，但是她的一切努力终究得不到封建势力的承认，捐门槛赎罪后，四婶一声“你放着罢，祥林嫂”，给予她精神上致命一击，在鲁镇的祝福之夜横死街头。总的来说，通过这篇小说，鲁迅深刻地揭露了封建礼教对人的残酷迫害，祥林嫂在喜庆的“祝福”之夜死去，具有了一种强烈的对比效果，这种对比更有力地展现了封建伦理制度和宗法制度的虚伪和残酷。又如，在《故乡》这篇小说中，鲁迅通过描写闰土从少年到中年的变化，对动乱年代农民因天灾人祸受到的损害进行了生动反映。同时，鲁迅通过描写中年闰土见到“我”时喊的那一声“老爷”，对其在社会化过程中丧失了年少时的天真、接受了封建等级观念进行了深刻表现。闰土的变化令鲁迅感到心酸，他也深刻地感受到闰土在精神上发生的异化，并对此感到悲哀。

总的来说，鲁迅的启蒙小说既刻画了中国几千年封建社会中沉默的“国民的灵魂”，又展现了鲁迅作为一个历史“中间物”的全部精神史。此外，鲁迅在小说中表现出来的对国民性弱点的批判和反思、对中国千千万万的农民和知识分子的出路的探索，不仅对中国文学，甚至对整个中国社会都产生了深远的影响。

二、冰心的启蒙主义小说创作

冰心(1900—1999)，原名谢婉莹，出身于福州的一个海军家庭，冰心是她的笔名，取“一片冰心在玉壶”之意。1914 年，冰心进入北京近代最早引进西方教育的贝满女中读书。1918 年，升入华北协和女子大学。五四运动爆发后，冰心转文学系并积极投身爱国运动。1919 年，她首次以“冰心”这个笔名发表了自己的第一部小说《两个家庭》。由于作品直接关系到当时的社会问题，所以反响很大，其后，她又陆续发表了《斯人独憔悴》《秋风秋雨愁杀人》《去国》《超人》《繁星》《春水》等作品。七七事变后，冰心夫妇携子女离开北平，辗转来到云南。1940 年，冰心一家移居重庆，不久后她加入中华文艺界抗敌协会，热心文化救亡运动。抗日战争胜利后，冰心随丈夫前往日本东京大学授课，5 年后回国，定居北京。1999 年，冰心在北京逝世。

冰心的启蒙主义小说创作，从内容上可以分为三类。第一类是揭露军阀混战和下级官兵悲惨生活的，并强烈抨击了封建军阀，如《一个不重要的军人》和《一个兵丁》。其中，《一个不重要的军人》讲述了一个兵丁的悲惨命运。主人公是一个平时看到别人白吃东西、白坐车就会替别人付钱的老实人，但这个老实人一直被当成一个笑话。他的哥哥、舅舅一点都不看重他，只在乎他的钱。有一天，他为了救被同营兵丁殴打的孩子而受伤，却没有钱治疗，伤口恶化，虽然他平时一直帮助别人，这个时候却没有一个人来帮助他，最后孤单地死去。

冰心启蒙主义小说的第二类是揭露“旧社会旧家庭的不良现状”的，如《两个家庭》《斯人独憔悴》《去国》等。《两个家庭》用对比的手法展现了两个家庭的生活图景。这两个家庭一个是“我”三哥的家庭，三哥的妻子亚茜是大学毕业生，活泼又和蔼，家庭和睦；另一个是陈华民先生的家庭，太太是“官家小姐，一切的家庭管理都不知道，天天只出去应酬宴会，孩子们也没有教育，下人们更是无所不至”，陈华民因此心中烦恼，出入剧场、酒楼寻找刺激，最终死于肺病。“我”的母亲后来议论，陈华民家庭的问题全出在陈太太“没有受过教育”。这部小说在当时普遍重男轻女的社会背景下，超前地提出了女子受教育的重要问题。同时，这部小说通过两个家庭的对比，对封建宗法式的家庭制度进行了有力的讥讽。《斯人独憔悴》主要写参加学生运动的颖铭、颖石兄弟俩与顽固守旧的父亲之间的矛盾，小说真实地反映了五四运动时期具有普遍性的父子两代人的矛盾冲突问题，引起了当时广大青年学生的共鸣。南京学堂学生代表颖铭、颖石兄弟俩参加请愿斗争，没想到遭校长告状，被身为军国要人的父亲喊回家。兄弟俩和学校同学的联系被父亲严令禁止。学生运动平息之后，兄弟俩一心期盼能够重回校园，然而父亲已经帮他们"都补了办事员"，要他们借工作定一定性子。得知这个消息，颖铭无奈吟唐诗："出门搔白首，若负平生志。冠盖满京华，斯人独憔悴。"小说把五四时期父压子、子反父这一鲜明的斗争特征展现了出来。小说中的父亲是一个思想顽固的封建家长，这类封建卫道者在五四时期比比皆是。与父亲的专横相对的，是小说中的颖铭、颖石兄弟俩的软弱无力，他们空有爱国热情，却缺少抗争家庭的勇气。小说结构简略，故事单一，较真实地再现了五四时期部分青年的精神面貌。《去国》通过描写留学归来、拥有满腹才华的青年朱英士，因报国无门、才华无处施展而灰心地再次离开祖国赴美，生动反映了官场的黑暗以及对人才的弃置，有着浓郁的时代气息。

冰心启蒙主义小说的第三类是揭露劳动人民悲苦生活的，代表作是《最后的安息》和《秋风秋雨愁煞人》。《最后的安息》通过描写受尽婆婆虐待的童养媳翠儿的悲惨遭遇，对封建家庭进行了强烈控诉，并揭示出童养媳制度的残酷与阴暗。《秋风秋雨愁煞人》通过讲述性格清高、志向高远，接受了五四时期的新思潮并立志为国家和民族做一些事情的主人公英云，被封建父母蛮横地许配给有钱有势的表兄后的悲惨生活，对封建婚姻制度进行了痛斥。

总的来说，冰心的启蒙主义小说体现出鲜明的女性温情主义，也流露出明显的软弱无力情绪。因此，她小说中的人物虽然对社会或家庭感到了不满，但缺乏进行反抗的精神；虽然有着美好的理想和愿望，但没有为实现自己的理想和愿望而斗争的勇气。

三、王鲁彦的启蒙主义小说创作

王鲁彦(1902—1944),原名王衡,浙江镇海人。五四后他到北京上学,曾听过鲁迅在北京大学的《中国小说史》课程,受鲁迅的影响很深。1923年开始发表小说,1926年出版了第一部小说集《柚子》,后任《民国日报》副刊编辑、《民钟日报》副刊编辑。1944年,王鲁彦于贫病交困中在桂林逝世。

王鲁彦的小说主要表现了五四以来反封建的思想主旨以及对国民劣根性的批判,代表性的作品有《菊英的出嫁》《黄金》和《柚子》。

《菊英的出嫁》以看似平淡的笔触对浙东的民间旧俗"冥婚"进行了生动的描写与强烈的抨击。小说一开始,描写了菊英的母亲如何疼爱和思念自己的女儿,并张罗着给她定一门亲事;接着叙述了菊英的母亲为女儿张罗嫁妆、准备出嫁的过程,直到读到送亲的队伍中有一具棺材时,才知道这实际上是菊英的母亲为自己早已死去的女儿准备的一场盛大的冥婚。小说以略含嘲笑的笔调叙述了菊英母亲为女儿准备冥婚这一事件,对愚昧的陋习以及国民劣根性进行深刻的批判,并由此反衬出旧中国农村的落后性。

《黄金》以讽刺的笔调描写了农村人心中对黄金的看重,进而表现了因封建统治的压迫和帝国主义的经济入侵而破产的乡村小资产阶级在金钱压迫下的精神扭曲和心理变态。小说的故事发生在叫"陈四桥"的地方,这里的人将金钱看作是衡量人贵贱的标准。小说的主人公如史伯伯原本是一个在陈四桥有地位的农村小有资产者,但由于自己年老力衰,儿子又太年轻不能挑起家庭重担,所以家道衰落,于是,他受到了以势利著称的陈四桥人们的嘲弄与欺凌。最后,他梦见儿子升了官,送来了好多的黄金,以前那些欺侮他的人变得十分恭顺了。这部小说揭露了在帝国主义经济侵略和封建统治阶级压迫下,广大农村小资产阶级迅速破产的悲剧命运以及他们在物欲支配下的扭曲心理。

《柚子》运用反讽的手段描写了浏阳门外杀头的“盛举”，进而揭露了统治者的残暴以及民众“软刀子割头不觉死”的国民劣根性。小说以当时长沙地方军阀行刑杀人为题材，在形象展现了统治者残暴的同时，也通过那批看客在观看杀头时的亢奋情绪揭示出国民劣根性。小说最后以“湖南的柚子呀！湖南的人头呀！”“这样便宜的湖南的柚子呀！”这两句对话结尾，曲折地表达了作者的爱憎。

四、彭家煌的启蒙主义小说创作

彭家煌(1898—1933)，又名彭介黄，出身于湖南湘阴县(今属汨罗县)清溪乡的一个破落的地主家庭。1919 年，他在北京女子师范大学附属补办学校任职。1924 年春，他开始从事文学创作。1926 年，他在《晨报副镌》上发表了小说《Dismeryer 先生》，取得了一定的反响，后加入“左联”。由于为人正直，不满黑暗现实，被反动当局诬陷为“共产党非常委员会中央委员”，于 1931 年被捕，被营救后疾病缠身。1933 年，彭家煌病逝于上海。

彭家煌的启蒙主义小说仿照鲁迅的笔法，用诙谐幽默甚至调侃的喜剧手法，揭露了当时农民痛到精神和骨髓的悲剧，深刻讽刺了农民的劣根性。这里以《怂恿》《活鬼》和《陈四爹的牛》为例，对彭家煌的启蒙主义小说创作进行分析。

《怂恿》围绕对猪肉买卖的描写，展现了乡间富豪强梁们之间的无情倾轧。政屏家的两头肥猪被裕丰肉店的店倌赶走，并在没有付钱的情况下宰杀了。政屏的族人、乡村恶讼师牛七为人狡诈，诡计多端，学过一点武艺，在地方上横行无忌。他与裕丰肉店的主人——地主冯雪河有过节，因此，他趁机大做文章，先是怂恿政屏要对方归还活猪，接着又唆使政屏媳妇到冯家上吊自杀，栽赃对方一条人命，以扩大事态，可最后却落得个“赔了夫人又折兵”的境地。通过这部小说，作者对封建宗法制度下农村人的愚昧和乡村统治者的刁钻狡猾进行了深刻的揭露，并借此辛辣地讽刺了乡民的劣根性和统治者的假威严。

《活鬼》通过描写旧中国某些地区流行的年幼儿孙娶大龄媳妇的习俗，对丑恶的封建包办婚姻进行强烈的批判。小说中，荷生的爷爷是个有五六百亩田产的大财主，因为家中人丁不兴旺，竟纵容妻子和寡媳偷汉。临死前，他又给年纪轻轻的孙子娶了个大龄媳妇。荷生的妻子俨然继承了婆婆的衣钵，开始与别人偷情，于是不到一年荷生家里闹起鬼来，家中屋瓦上常落下石块。荷生便请好友（一个小学厨子）来自己家里驱鬼，鬼给“镇住”了，可是“捉鬼人”一离开，“鬼”又闹起来。一天夜里，屋瓦上石子又响起，荷生隐约看见一对黑影朝室内移动，他拿起猎枪对准黑影放了一枪，黑影“消失”了。次日，荷生想要找厨子告诉他活鬼重现的消息，可惜，这厨子已经不见了，他的工作也有人代替了。小说在艺术上含蓄隽永，妙趣横生，如写荷生母亲被“鬼”缠住得了“鼓腹病”，却拒绝医治，而不直说她怀了孕；荷生夜里放枪将“鬼”打跑，第二天找厨子不见了踪影，而不点破厨子就是那个被他打伤赶跑了的“鬼”。

《陈四爹的牛》展现的仍然是国民的劣根性。小说中的人物主要有两个，一个是陈四爹，他是个富裕的上了年纪的地主，十分吝啬贪财；另一个是牛倌“猪三哈”。“猪三哈”的老婆被拐骗走了，他只能靠给别人打零工来生活。残酷的生活现实让“猪三哈”变得十分懦弱，他懦弱到当别人打他的右脸后，他会把左脸也呈给对方，从来没有觉悟到要反抗。他给有钱有势的陈四爹放牛，以为自己也随之“势力大”。若有人骂他，他在喉咙里嘟哝一句骂人的话，或凭空挥拳舞棍一阵，就算报复。当他喂不饱牛时，陈四爹也叫他饿肚子。然而就算如此，悲剧依然降临到了“猪三哈”的身上，他放牛时将牛给丢了，绝望的“猪三哈”最后跳塘自尽。面对“猪三哈”的死，陈四爹非但没有丝毫的同情，反而叹息被野兽吃剩的牛肉卖不上好价钱。小说虽然主要写陈四爹的放牛倌“猪三哈”的遭遇，却以“陈四爹的牛”为题，这种声东击西式的艺术处理，反衬出在陈四爹的心里“猪价不如牛价”。

总的来说，彭家煌的启蒙主义小说在幽默的叙述中饱含着深沉的悲哀，这种悲剧故事又渗入喜剧色彩，从而使小说改变了对现实黑暗的严肃暴露，使悲愤情绪转化为旁敲侧击式的反讽。

第四节 启蒙主义戏剧的创作

五四时期的戏剧创作也受到了中国启蒙主义思潮的影响，胡适、丁西林等都对启蒙主义戏剧创作进行了尝试。

一、胡适的启蒙主义戏剧创作

1919 年 3 月，胡适在《新青年》第 6 卷第 3 号上发表了独幕话剧《终身大事》，这是一部以新知识女性反对封建家庭干涉自己婚姻为主题的独幕短剧，有着明显的启蒙性质。按照胡适的“序”所称，这只是一部应留美同学的要求，为留美同学的一个宴会而写成的一部短剧。而且是限用一天时间，使用英文写的。换句话说，《终身大事》是一部“急就章”，甚至是一部游戏之作。然而就是这样一部短剧，提出了一个五四文学反封建启蒙主义思潮的重要主题：反对封建家长对青年婚姻的包办和干涉，男女青年应当用行动去争取人生的自由和幸福。

在这出戏剧中，胡适一共设计了五个出场人物，分别是烧香信佛的田太太、貌似开明的文明人田先生、田太太的“理论依据”算命瞎子、女仆李妈以及当事人田亚梅女士。这出戏剧的情节十分简单，田家与陈家相熟多年，田亚梅与陈家在西洋留学的公子也是多年的朋友，并且两人自由恋爱了。本来二人就要举行婚礼，这时田太太找来算命瞎子，给女儿和未来女婿的婚姻算了一卦。算命瞎子“据命直言”，称这二人的婚姻是“仔细看起来，男命强得多,是一个夫克妻之命,应该女人早年短命”。田太太找出早几天为女儿女婿所求的观音娘娘的签诗,诗上说“夫妻前生定,因缘莫强求。逆天终有祸,婚姻不到头”。所以,田太太坚信,女儿女婿的婚姻不合,于是反对女儿结婚。田亚梅见妈妈反对,就想等思想开明的父亲田先生回来。田先生回家后,果然不同意田太太拜佛算命的说法,认为“你不敢相信自己,难道那泥塑木雕的菩萨就可相信吗”?田亚梅刚刚高兴起来,认为父亲支持了自己,殊不知,父亲话锋一转,也反对起了这门婚事。他与妻子的理由虽然名义上不同,但在本质上却又几乎一致。田先生认为女儿不可以结婚的理由是:“《论语》上有个陈成子,旁的书上都写作田成子……两千五百年前,姓陈的和姓田的只是一家。……所以,两姓祠堂里都不准通婚。”田先生向女儿辩称:“我不认它也无用,社会承认它,那班老先生们承认它,你叫我怎么样呢?”在两位封建思想浓厚的双亲“两面夹攻”下,作为一个接受了新教育的女性,田亚梅认定婚姻是自己的终身大事,要由自己决定,于是留下字条,坐上爱人的汽车离家出走。

深入分析这部剧作可以发现,胡适在这个简单的故事中“透露”了一些看似简单,其实并不简单的问题。在五四前后的中国社会中,要想摆脱封建家庭观念对人的束缚,青年人要想求得婚姻和爱情的幸福,就只能与家庭决裂。剧中的田亚梅家在当时的中国社会可以说是一个“文明家庭”,父亲受过高等教育(也许还受过留学教育),是所谓的“智识阶级”,母亲知书达理(很可能也有较深的教育背景),思想基本开通。就是在这样一个接受了大量新文化和思想的家庭中,田亚梅的婚姻大事也因传统封建文化的扼制而险些夭折。胡适虽然只是以游戏的态度完成了这个剧本,但在五四时期,这个剧本的反家庭封建文化和追求个人自由幸福的思想意识,对当时青年的影响还是相当大的。从这一角度来说,胡适这一剧作的思想启蒙价值是很高的。不过,这部剧作从题材、主题到结构布局都明显地模仿了易卜生的《玩偶之家》,而且艺术表现并不高。

二、丁西林的启蒙主义戏剧创作

丁西林(1893—1974),原名丁燮林,字巽甫,江苏泰州人。他曾留学英国,专攻物理,是知名的物理学家。在英国求学期间,他为了提高自己的英语水平,业余时间大量阅读文学作品,逐渐对戏剧产生了浓厚的兴趣。回国后,他先后就任北京大学、中央大学等校的物理系教授。他的戏剧创作从独幕喜剧开始,在一个偶然的因素下完成了处女作《一只马蜂》,当时是1923年,自此以后,丁西林走上了话剧创作的道路。在话剧创作上,他陆续发表了《压迫》《酒后》《亲爱的丈夫》《北京的空气》等剧作。1924—1926年期间,丁西林担任北京大学物理系主任,1928—1948年期间担任中央研究院物理研究所所长兼研究员。1933年,丁西林被选为第一届评议会评议员。中华人民共和国成立后,他担任过中华全国科学技术普及协会副主席、中国人民对外友好协会副主任、北京图书馆馆长以及中国文字改革委员会副主任等。1974年4月,丁西林在北京逝世。

丁西林创作的话剧大都是喜剧,因此他是中国现代话剧创作中为数不多的喜剧作家。他的剧作风格幽默含蓄,轻松亲切,下笔恰到好处。剧作大多没有超脱社会、历史或现实,也没有以“惩恶扬善”的伦理道德为出发点,而是以他自己凭借一个喜剧家的直觉,挖掘出了生活中的喜剧因素。与此同时,丁西林的话剧大都采用的是“二元三人”模式,即将剧中人物压缩到最大限度,通常由三人构成,但不是三足鼎立,而是形成二元对称对峙格局,第三者则起着结构性的作用,或引发矛盾,或提供解决矛盾的某种契机。

丁西林在自己的喜剧创作中,也注重表现反封建的主题,因而具有一定的启蒙性。这在《一只马蜂》这部戏剧中有着鲜明的表现。

《一只马蜂》是丁西林最著名的一部戏剧,以轻松活泼的喜剧冲突表现了反封建的主题。剧作的矛盾是吉先生、余小姐代表的争取婚姻自由的新思想,与吉老太太代表的封建包办婚姻观念的对立斗争。但其展开矛盾的艺术手法,没有采用通常惯用的正面冲突,而是通过前者的机智达到戏剧矛盾的解决。而其喜剧性则表现为后者始终被前者的机智所蒙蔽。表面上,事态统统按照吉老太太的意愿进展,实际上却不断实现着与此相反的另外一条动作线。同时,在喜剧矛盾当中完成了主要人物性格的塑造。吉先生因为母亲要包办自己和余小姐的婚事,暗中加紧了对余小姐的爱情进攻。余小姐其实已爱上吉先生,但又羞于表白。于是一面温顺地应允吉老太太为当医生的表侄做媒,一面却明知父母不愿要医生做女婿而胸有成竹。吉先生与余小姐在幽默、含蓄之中互通心曲,情意交融。正当吉先生拥抱余小姐时,偏偏吉老太太闯入,余小姐急中生智,用"一只马蜂"掩盖了真情。至此,爱情的默契完成了,性格的塑造也完成了。总之,丁西林的这部剧作以轻松活泼的喜剧冲突表现了反封建的主题。

第五节　启蒙主义散文的创作

中国启蒙主义文学思潮,不仅深刻影响了诗歌、小说和戏剧的创作,对散文的创作也有重要的影响。在五四时期,有不少作家创作了具有启蒙主义性质的散文作品,其中以鲁迅的启蒙主义散文创作成就最高。

鲁迅是中国现代文学的开拓者和奠基人,也是中国现代散文史上最有影响的作家之一。他的散文创作成绩丰厚,影响深远,大致可以分为抒情散文、叙述散文和杂文,无论哪种散文都呈现出启蒙性质。

《野草》是鲁迅抒情散文的代表,这部散文集可以说是人生苦闷与时代苦闷相结合的产物,但又超越了个人生活范围和时代的普遍意义。此外,在这部散文集中,有很大一部分作品对社会的黑暗和痼疾进行了针砭，对于启发民智具有重要的作用。比如，在《复仇》一文中，对民众的愚昧进行了深刻的思考和沉痛的抨击；在《失掉的好地狱》一文中，揭露并否定了军阀统治下中国社会的性质；在《聪明人和傻子和奴才》一文中，通过描写中国人的愚昧与伪善，对中国人遵守的中庸之道和奴才哲学进行了强烈批判；在《颓败线的颤动》一文中，对青年中存在的自私、空虚而消沉的灵魂进行了严厉鞭挞等。除此之外，这部散文集还对坚持不懈的战斗精神进行了热情讴歌，如《过客》一文中，作家通过塑造一个特立独行，即使疲惫也始终坚持前行的"过客"形象，赞美了反抗绝望的永不停歇的战斗精神；在《死火》一文中，作家表明了自己宁肯被毁灭也不会屈服的决心等。

《野草》这部散文集从艺术方面来看，也有自己鲜明的特点。首先，这部散文集中的散文有着奇特而新颖的构思，很多散文都写到了幻觉与梦境，但又将其与现实社会相联系，从而实现了情、理、景的有机统一，达到了境外之意、弦外之音的艺术效果。《影的告别》《好的故事》等散文描写到了梦境，而且这些梦境的色调是阴森凄厉的，从而形象地对黑暗势力的压力进行了展示，并将作家在黑暗势力的重压下彷徨求索的思绪与感受生动地表现了出来。其次，这部散文集中很多作品运用了象征主义的手法，并塑造了大量朦胧、神秘、诡谲、冷艳、独特的意象，从而将抽象的东西变得形象，以更好地感染和打动读者；将原本明白的东西变得朦胧，从而吸引读者进行更深层次的思考。在《过客》一文中，作家塑造了"过客"这一特殊的意象；在《秋夜》一文中，作家塑造了"枣树"这一特殊的意象。最后，这部散文集中的很多作品在语言上表现出鲜明的思辨性，具体表现为反义词语的相生相克。在此基础上，又派生出了句式以及节奏的回环往复，从而使散文的抒情性和诗的意韵都得到了更好的发挥。

《朝花夕拾》是鲁迅叙事散文的代表作，他曾说《朝花夕拾》是"从记忆中抄出来的"。同时，创作《朝花夕拾》的 1926 年还有着复杂的社会背景。那一年发生了段祺瑞执政府屠杀爱国群众的

“三一八”惨案。鲁迅明确表明对抗立场，结果被密令缉捕，不得不离京去厦门谋生。这 10 篇散文，前 5 篇写北京的避难生活，后 5 篇写于厦门。因此，这些散文时而有如炉边絮语，时而又如时事点评，嬉笑怒骂，二者结合，形成一种优美抒情中夹杂着冷峻讥讽的风格。

此外，《朝花夕拾》作为叙事文体，既是诗意的，又是理性的。10 篇文章分别以 10 种形式，自成一格。回忆旧事其实是进行社会批判与文化反思的载体，作者在叙事中夹以议论、抒情，呈现出散文诗化，夹杂杂文笔致的特点。即使是正文前后的《小引》和《后记》，也表现出不同形式，前者类似“散文诗”，言在此而意在彼；后者则显示出说明文的文体特征，一丝不苟，谨严明确。概括来说，这部散文集的思想内容主要体现在三个方面：一是对中国从清末到辛亥革命时期的社会生活风貌进行了生动描绘，从中可以窥探到中国近代历史上的若干重要的侧面，如《琐记》一文中，作家追忆了关于留学生的一些事情。二是对当时的封建残余思想及社会中存在的不合理现象进行了批判与讽刺，如《二十四孝图》一文中，作家对中国传统孝道的虚伪与残忍进行了强烈批判；《狗·猫·鼠》一文中，作家讽刺了像猫一样将对手玩于股掌之上又媚态十足的“正人君子”。三是对鲁迅从童年到壮年的一些生活片段进行了追忆，既有着鲜明的自传色彩，也对当时的社会生活进行了生动表现，如《从百草园到三味书屋》一文，作家回忆了自己的儿童乐园；《父亲的病》一文中，作家回忆了在父亲患病期间所看到的种种情状以及各种奇怪的治病处方，从而深刻描画出庸医的愚昧；《藤野先生》一文中，作家回忆了曾给予自己关心和帮助的藤野先生；《阿长与〈山海经〉》一文中，作家回忆了善良且经常给自己讲奇怪故事的长妈妈。

总的来说，《朝花夕拾》虽然是追忆往事，但鲁迅并未放弃杂文那种对旧有文化传统高屋建瓴式的理性审视。同时，这部散文集以清新朴实、亲切感人的语言，将叙述、描写、抒情、议论有机地糅合为一体，将回顾人生经历和文化反思、社会批判有机地融为一体，展现了对传统道德文化与优秀民族文化的辩证理性剖析。

鲁迅的杂文是其散文创作中最具有批判性的一类，“是鲁迅这位精神界战士在思想、文化领域进行战斗和自我‘释愤抒情’的重要文学形式”①。鲁迅一生中创作的杂文，共结集为16部，包括《坟》《热风》《华盖集》《华盖集续编》《而已集》《三闲集》《二心集》《南腔北调集》《伪自由书》《准风月谈》《花边文学》《且介亭杂文》《且介亭杂文二集》《且介亭杂文末编》《集外集》和《集外集拾遗》。这些杂文的思想内容有着深刻的批判性，并注重揭露封建社会的弊端以及国民的劣根性。

具体来说，鲁迅杂文表现了以下几个具有启蒙性质的思想内容：一是对封建的礼教、文化、制度和思想的罪恶进行揭露和批判，如《随感录三十三》《随感录三十六》等杂文中，鲁迅在对旧思想和旧文化进行批判的基础上，提出了只有科学才能救治“几至国亡种灭”的中国的思想；在《我们现在怎么做父亲》《灯下漫笔》《我之节烈观》《娜拉走后怎样》等杂文中，鲁迅对“妇女守节”“饿死事小，失节事大”“有了节烈，国便得救”等虚伪的说教及其反动本质进行了揭示，并号召人们将受封建制度压迫最深的妇女和儿童解放出来，让他们能够享受“正当的幸福”。二是对国民性弱点以及当时社会中存在的病态心理、病态社会现象进行了暴露与针砭，如《热风·随感录三十八》一文中，鲁迅对“合群的爱国的自大”进行了强烈批判，并指出只有“从现在起，立意改变”，才可能疗救“不长进的民族”；《灯下漫笔》《春末闲谈》等杂文中，鲁迅明确指出封建等级制度是造成国民精神愚弱的重要历史原因，并鼓励人们对封建等级制度进行反抗；《“吃白相饭”》一文中，鲁迅对旧上海“‘白相’可以吃饭，劳动的自然就要饿肚”的病态社会现象进行了揭露与鞭挞；《论“他妈的”》一文中，鲁迅揭露了隐藏在“国骂”背后人们因封建等级制度和门第制度所造成的扭曲且卑劣的反抗心理。三是对封建反动统治及其政权进行了猛烈抨击，并揭

① 朱栋霖，丁帆，朱晓进. 中国现代文学史(上册)[M]. 北京：高等教育出版社，1999:243.

露了帝国主义侵略中国、奴役中国的野心，如《“碰壁”之余》《导师》《忽然想到》《并非闲话》《无花的蔷薇之二》《我还不能“带住”》《记念刘和珍君》等杂文，鲁迅对专制而暴虐的封建反动政权北洋军阀政府以及为虎作伥的现代评论派文人进行了猛烈的抨击；《答有恒书》《可恶罪》等杂文，鲁迅对国民党的反动本性及其犯下的大屠杀罪行进行了深刻的揭露与批判；《“友邦惊诧”论》《答文艺新闻社问》等杂文，鲁迅对国民党的卖国行径进行了揭露与批判；《逃的辩护》《崇实》等杂文，鲁迅对国民党的暴政及其残害青年与群众的恶行进行了痛斥；《为了忘却的记念》《黑暗中国的文艺界的现状》《中国无产阶级革命文学和前驱的血》等杂文中，鲁迅对国民党反动派残害左翼作家的行径进行了强烈控诉；《以夷制夷》《战略关系》《同意和解释》《林克多〈苏联闻见录〉序》《我们不再受骗了》等杂文，鲁迅对帝国主义侵略、奴役中国的野心进行了深刻的揭露。

鲁迅的杂文从艺术方面来看，也有着自己的特色。第一，鲁迅的杂文有着很强的攻击性、否定性和批判性。鲁迅的一生都在以杂文的形式与一切不合理的事物作斗争，因而他的杂文不可避免地带有了攻击性、否定性和批判性。第二，鲁迅的杂文常常通过日常生活的细微现象，对社会进行深入的剖析。鲁迅曾说：“我的杂文，所写的常是一鼻，一嘴，一毛，但合起来，已几乎是一形象的全体……画上一条尾巴，却见得更加完全。”①第三，鲁迅的杂文善用反语和夸张等修辞手法，亦庄亦谐，庄谐并出。《偶成》一文，作家夸张地运用绍兴一个名叫“群玉班”的戏班子不受看客欢迎作比国民党政府不受民众的欢迎，将国民党当局的不得人心通过谐谑、幽默的语言形象地表现了出来，且充满了幽默感。第四，鲁迅的杂文“独创了将诗和政论凝结于一起的‘杂感’这尖锐的政论性的文艺形式。这是匕首，这是投枪，然而又是独特形式的诗！这形式，是鲁迅先生所独创的，是诗人和战士的一致的产物”②。

---

① 石兴泽，隋清娥. 中国现代文学[M]. 北京：中国社会科学出版社，2012：174.

② 冯雪峰. 鲁迅论[A]. 雪峰文集(第4卷)[C]. 北京：人民文学出版社，1985：13.

鲁迅的杂文有着生动的形象和严密的逻辑，通常在议论时“不留面子”，切中要害，从而使其杂文带有鲜明的政论性。同时，鲁迅在进行杂文创作时倾注了自己强烈的感情，并在逐渐展开情感的过程中进行了形象化的议论。在《“友邦惊诧”论》一文中，鲁迅一开始便表达了对反动论调的极端厌恶与嘲笑，接着以倾吐翻江倒海般的激情揭穿了“党国”“友邦”的画皮。第五，鲁迅的杂文常常体现出反常规的思路和反常规的想象力，从而使文章的批判性更加犀利与刻毒。在《新药》一文中，他竟然将皇宫宫女泄欲留下的“药渣”与失势的国民党党国元老相联系，从而表明了自己对黑暗的国民党当局的憎恨以及对新社会的强烈渴望。

第二章　中国现实主义文学思潮及其创作

五四时期，为了建设新文学，五四文学革命先驱以极大的热情肯定和颂扬西方文明，将近现代西方的各种文学思潮、文学流派、文学样式、文学观念等引入中国。也正是在这时，19 世纪欧洲现实主义文学思潮在我国成为被广泛接受的主潮，可以说，在我国，真正具有现代意义的自觉的现实主义文学思潮，基本上是外国现实主义文学思潮传入之后才有的，中国现代现实主义文学思潮在刚开始形成时，基本没有自己的基础和理论体系，几乎是全面借鉴外国现实主义文学思潮。但这并不代表中国的现实主义文学思潮是单纯靠横向移植的，事实上，在特定的历史条件下，我国在外国现实主义文学思潮的刺激和影响下产生的现代现实主义文学思潮，呈现出与欧洲现实主义文学思潮不同的特色，如历史使命感更为强烈，民族自省精神更为鲜明，创作主体的个性意识淡化、群体意识强化，兼容了浪漫主义元素，等等，这些特色均反映在文学创作上。本章即对中国现实主义文学思潮及其创作进行具体分析。

第一节　中国现实主义文学思潮的发展历程与主题形态

一、中国现实主义文学思潮的发展历程

在整个中国现代文学史上，现实主义享有崇高的地位，占有

极大的比重。从20世纪20年代到40年代，现实主义逶迤曲折，逐渐成为中国现代文学的主潮。现代文学作家是受五四后不同时期特定历史条件的制约，立足于本土需要去认识、选择和改造外来的现实主义理论的。在20世纪20年代，中国现代现实主义文学思潮主要接受了19世纪欧洲现实主义包括俄国现实主义的影响，迈出了探索的第一步。20世纪三四十年代，中国的现实主义文学思潮又逐渐融会了苏联社会主义的现实主义成分，初步形成其自身运作的逻辑，成为左右文坛的主流并在其后继续保持其绝对的优势地位，日益显示“独尊”的趋势。

我国现实主义文学思潮在五四前后兴起，比起世界性的现实主义思潮晚来了大半个世纪[①]。五四时期，我国现实主义文学还处于倡导和探索阶段。在那个时期，也很少有人把现实主义看作是唯一的方法或主流[②]。现实主义在当时只叫“写实主义”。最初，“文学革命”先驱是用进化的眼光来看待欧洲现实主义文学思潮的，并把它当作中国现代文学发展首先必经的阶段。1916年10月5日，陈独秀为商量《文学改良刍议》在《新青年》发表而致远在美国留学的胡适的信中，就使用了“写实主义”一说。在此，陈独秀是将“写实主义”作为一种历史阶段性的文学形态来看待的。这一被他视为文学发展方向的“写实主义”趋近于19世纪欧洲的“批判现实主义”。由于“文学革命”是为引发“思想革命”，达到启蒙反封建的目的，因此，“文学革命”时期人们所倡导的“写实主义”，不仅关注了“批判现实主义”的创作方式，更关注了其特殊的创作内容及创作态度。1918年底到1919年初，周作人发表《人的文学》与《平民文学》等文章，最为系统地介绍了欧洲19世纪“用这人道主义为本”[③]的现实主义思潮，而且最早提出了“为人生”的现实主义创作思想。1919年，周作人在《新青年》第6卷第2号上

---

① 19世纪30年代到60年代，现实主义作为一种文艺思潮和运动，在欧洲兴起并占文坛主导地位。

② 殷国明.再论中国新文学中的“现实主义情结”[J].文艺理论研究，1994(6).

③ 周作人.人的文学[J].新青年，1918(5).

发表《再论“黑幕”》一文，在批判黑幕小说的同时，他还具体分析了写实小说的特点，他说“近代写实小说的目的，是‘寻求真实解释人生’八个字”。这可以说是现代文学初始阶段对现实主义最早、最精当的理论阐述，十分难得。从这里可以看到，同样从人道主义角度主张现实主义，周作人要比他所借鉴的欧洲文学先辈更看重文学的道德性与社会功利性。我国现代现实主义文学理论在它的初创时期就开始显露出自己的时代特色。

在“文学革命”时期，当各种主义和流派进入中国之时，现实主义只是其中的一派，而且并没有太多的作家自称是现实主义或者信奉现实主义，这种情况差不多持续到 20 世纪 30 年代。“文学革命”运动中，“写实主义”和其他文学思潮纷涌而入，陈独秀、周作人等人对现实主义理论进行了有益的探索。1921 年后，文学研究会同仁对现实主义的理论倡导情有独钟并卓有成就。20 年代中期，鲁迅对现实主义的系统思考有力地深化了现实主义理论。到 20 年代后期，“乡土文学”和“为人生”派的文学创作相对于前期的“问题小说”而言，取得了丰硕的成果，提高了现实主义的艺术水准。

1921 年 1 月，文学研究会的成立，标志着“为人生而艺术”一派的形成。与稍后出现的以创造社为核心的“为艺术而艺术”的追求者不同，就文学思潮和理论的归属而言，“为人生”派可以称作现实主义一派。和“人的文学”口号比起来，“为人生”的提法更突出了文学的社会功利性，但这实际上也妨碍了他们对欧洲现实主义包括俄国现实主义从精神到方法的深入理解和把握。

中国现代文学第一个十年前半期，现实主义的发展还偏重于理论的倡导与探讨，创作方面除了鲁迅的《呐喊》之外，一般都还很幼稚，严格的现实主义作品是很少的。到 20 世纪 20 年代后半期的短短四五年间，现实主义终于以浩大的作家队伍和丰繁的创作成果，在现代文学中脱颖而出。后半期现实主义创作中，最引人注目的是两个流派，即“乡土文学派”与“人生写实派”(亦称“人生派”)。

“乡土文学”的创作热潮大致兴起于1923年，它几乎是紧接着“问题小说”热而涌现的，是第一个成形的现实主义文学流派。它的创作动机大都出于思乡，从有切身体验而且感受最深的生活中提取素材，咀嚼、回味与再现故乡生活，客观真切地展示现实图景，普遍注重典型环境的构设和具体生活场景的细致描绘。它的出现改变了现实主义创作中只有鲁迅“一枝独秀”的局面，从而提高了现实主义小说的艺术水准。

另一个卓有成就的现实主义流派是“人生派”。比起同时期的其他流派，“人生派”的创作视野要开阔得多，开始将目光从学校和男女恋爱的小天地转移出来，投向社会各阶层，特别是底层社会的人生，以整个社会生活作为创作的背景。如叶圣陶笔下小市民的灰色生活，王统照笔下山东农村的血与泪，郑振铎笔下知识者的悲苦与情趣，徐玉诺笔下的中原兵祸，王任叔笔下雇工的悲剧等，选材范围之广，前所未有。“人生派”普遍注意开掘富于批判现实意义的内容，其思想力、批判力都明显比以前大为加强。

20世纪30年代，中国左翼文学追随苏联文艺理论，“新写实主义”“辩证唯物论的创作方法”“社会主义的现实主义”成为风行一时的新名词。1927年，政治形势的逆转，作家们的创作题材趋向“政治化”。1928年前后，以“革命的浪漫蒂克”为特征的创作热潮，实际上是一股浪漫主义的潮流。它主要是指“个人英雄主义”“概念主义”“脸谱主义”，这种倾向导致把现实中残酷的革命斗争神秘化、理想化、简单化、公式化、抽象化，甚至于庸俗化。这股创作风气冲击了现实主义，取代了现实主义在文坛的主导地位，现实主义正在经历一次总结和调整。

1938年初开始的“革命文学”论争，涉及一系列重大的有关现实主义的文学理论问题。这场论争虽然不够深入，但也使现实主义者严肃认真地考虑五四以来的现实主义思潮如何适应新的革命时代，如何发展和超越自己。1929年下半年以后，对于“新写实主义”的探索就是对这些问题思考的继续。“新写实主义”是在“革命文学”创作亟须摆脱“革命的浪漫蒂克”与公式化困境的情况下得以介绍的。藏原惟人的“新写实主义”提倡“严正的写实主义态度”，突出“无产阶级文学中的‘写实主义’的重要性”。他的理论由林伯修等人在我国介绍后，一部分“革命文学”作家如茅盾等人试图把“新写实主义”当作解决“革命文学”困境的应急良药。但它毕竟还只是一种对无产阶级文学发展的构想，它的提出只是一个空泛的口号，最终完全转了向，被“唯物辩证法创作方法”所取代。

“唯物辩证法创作方法”成为左翼文学“法定”的“创作方法”，在1931年和1932年得到提倡。“左联”当时强调“唯物辩证法创作方法”，主要是为了清除“观念论”（即唯心主义）和“浪漫主义”。1932年4月，阳翰笙的小说《地泉》重新出版，文坛上最活跃的五位左翼文艺评论家瞿秋白、茅盾、郑伯奇、钱杏邨与作者本人同时为其作序，提倡“唯物辩证法创作方法”，以此批判与纠正“革命的浪漫蒂克”。但“唯物辩证法创作方法”有致命的偏差，即其削弱甚至抹杀了创作的主体性，不利于对那种个性消融于原则的公式化、概念化倾向的克服。

1933年11月，周扬在《现代》杂志第4卷第1期上发表《关于“社会主义的现实主义与革命的浪漫主义”》一文，这标志着苏联文艺界的社会主义的现实主义开始汇入并左右我国的现实主义思潮。社会主义的现实主义提倡“写真实”，从根本上恢复现实主义，这也正是当时国际无产阶级文学运动的当务之急，“写真实”仍被当作现实主义的基本原则。周扬解说的社会主义的现实主义只注重其阶级性、时代性特点，而忽视了它作为现实主义所要求达到的“写真实”这一基本点。这几乎给此后几年现实主义思潮的发展定下了调子：一方面，吸收了社会主义现实主义的有益成分，给我国现实主义创作带来了社会化、政治化、理想化的新素质；另一方面又一直未能彻底同“拉普”的“左”倾机械论划清界限，整个现实主义思潮的发展始终受“左”的干扰和阻碍。对此，本书第七章有详述，此处就不再赘述。

1932—1936年，是现实主义创作最繁荣的时期。现实主义是现代文学第二个十年中后期创作的主流，构成这一主流的核心并左右整个流向的基本作家队伍，是左翼作家群以及"左联"以外的一批作家。第一代现实主义作家，如鲁迅、茅盾、叶圣陶、王统照、王鲁彦、王任叔、老舍、李劼人等，这期间仍不断开拓新路，影响潮流；同时，又有大批新人涌现，成为现实主义创作的重要力量，如丁玲、巴金、张天翼、沙汀、艾芜、曹禺、叶紫、罗淑、吴组缃、欧阳山、萧军、萧红、端木蕻良、师陀、萧乾等，大都是一出现就显露出各自的风格，在不同的写实取向中有突出的建树。现实主义拥有在文坛上占绝对优势的作家队伍，所以能够以浩大的声势向前发展。这一时期，现实主义作家开始真正将阶级和阶级斗争理论用作观察生活现象的一种立场，注重对生活的剖析，特别是对现实生活中阶级状况与阶级关系的剖析。在社会剖析方面成就最大、最有代表性的作家是茅盾，他的小说《子夜》和"农村三部曲"等是社会剖析的代表作。鲁迅、瞿秋白、柯灵等的杂文创作，殷夫、臧克家、田间、艾青、蒲风等的新诗创作，洪深、田汉等的戏剧创作，都力图用马克思主义世界观观察与表现生活，深入分析各种社会关系，提出并讨论重大社会问题，这使现代文学第二个十年的现实主义创作大大增强了时代所要求的社会性和思想力。

七七事变后，全民奋起投入救亡图存运动。大批作家或投笔从戎，或直接参加救亡宣传，使得现实主义思潮短暂停滞。这期间作家大部分都从沿海大城市转向内地，从"亭子间"或书斋走向民间、战场。他们同民间底层密切地接触，作家的生活面拓宽了，创作素材的积累更丰富了，也开始认真思考国家民族的历史、现实与前途问题。这些都有利于往后现实主义创作的深化。

1938年4月，张天翼在《文艺阵地》创刊号上发表了短篇小说《华威先生》，把暴露与讽刺的矛头指向了抗战阵营的黑暗面，由此引起了"暴露与讽刺"问题的热烈争论。这场论辩肯定了"暴露与讽刺"的必要性，而且探讨了"暴露与讽刺"的典型化方法以及如何全面把握现实的问题。1942年前后，延安文艺界再次展开有关"歌颂与暴露"的讨论，其实，这也可以看作是"暴露与讽刺"的讨论在新的历史条件下的继续。

1942年，毛泽东在延安整风期间发表了《在延安文艺座谈会上的讲话》(以下简称《讲话》)，以党的领导人身份正式提出："我们是主张社会主义的现实主义的。"《讲话》发表之后，抗日民主根据地就逐步形成了以为人民服务为宗旨，以社会主义的现实主义为基本原则的文学运动，现实主义进入了一个新的阶段。《讲话》的突出特点是政治对于文艺的要求，要求现实主义文学具有强烈明确的"功能"目标，着眼于文学的政治教育功能。

20世纪40年代，文坛的现实主义理论尽管存在着一些偏颇和认识上的迷雾，但现实主义在创作上还是取得了相当的成绩。在诗歌领域，无论是抒情诗、叙事诗、讽刺诗、散文诗、戏剧诗，几乎都造成独尊现实主义的格局。此前的现实主义诗人郭沫若、蒲风、穆木天、杨骚、田间、艾青、臧克家等人都更加高举现实主义大旗，使现实主义诗风大张。解放区的诗歌基本上都属于现实主义一途；在国统区，"七月诗派"是以现实主义为主体的，"九叶诗派"也具有一定的现实主义倾向。在戏剧领域，历史剧创作与现实剧创作并存。历史剧创作的一个重要目的在于借古讽今，剧作家们对自己剧作中所涉及的史实都有自己的独特理解，都能根据自己的现实感受加以选择、融会和运用，使之既具有强烈的现实意义，又不违背历史的精神。这其中虽有浪漫主义色彩，但从根本上说仍是现实主义的。此外，本时期现实主义小说，尤其是长篇小说也取得了不斐的成绩。前两个十年已经驰誉文坛的一些老作家，如茅盾、巴金、老舍，在第三个十年又写出不少扛鼎之作。此外，如萧红、端木蕻良、钱钟书、吴组缃、张爱玲、路翎等，都各自以不同的风格手法取得了独特的成就。解放区的小说作家如赵树理、孙犁、丁玲、周立波等，在表现人民革命斗争以及现实主义民族化、大众化方面，建立了前所未有的业绩。

可以说，20世纪40年代的不少现实主义作家都把"真实"当作文学的生命，当作文学本身所具有的质的规定性，而真实来自生活，这就促使作家把"深入生活"和对真实的追求统一起来，保证了革命现实主义文学质量的提高。还有很多现实主义作家具有广收博取多种文艺思潮的开阔视野，把浪漫主义、象征主义、意象主义等创作方法纳入现实主义框架内，进一步丰富与发展了现实主义文学艺术。可以说，20 世纪 40 年代的现实主义虽然一统天下，但它并不是比以前更加封闭，而是更加开放了。

总之，从 1917 年到 1949 年，中国现代文学走过了坎坷的 32 年的路程。现实主义能成为中国现代文学的主流，说到底是一种历史的选择，是由时代决定的；或者可以说主要是"非文学因素"，如政治因素和社会心理因素等，成为现实主义发展的契机。现实主义之所以在中国现代文学中逐渐居于主流地位，还是中国现代文学求"真"的主体精神和现实主义的本质特征相一致的结果，也与中国现代文学作家的"入世"精神有关，还与中国对现代性的追求有密切关系。正因为现实主义和中国的现代化进程有着某种合谋的关系，现实主义最终成为中国现代文学的主流是历史的必然。

二、中国现实主义文学思潮的主题形态

作为中国现代文学的主潮，现实主义文学思潮包含了数量最多的文学作品，它们横跨小说、诗歌、戏剧、散文这四大文学体裁，呈现出异常多姿多彩的外在面貌；更兼社会生活的驳杂丰富和时代风云的迅疾变换，使对中国现代社会人生作客观反映的现实主义文学作品越发显得气象万千而难以把握。但在特定的社会历史条件下，时代课题使它们形成了一些相对集中的主题。从表现、关注对象来看，中国现代现实主义文学具有三大主题形态：人性主题、社会批判主题和革命主题。

（一）人性主题

传统中国社会是一个家族本位社会，在这样的社会里个人被束缚于家庭和家族之内，强大的家庭伦理使人的个性几乎消灭殆

尽。到了五四时期，新文化先驱们借用西方的思想文化资源，具体地说，是用西方自文艺复兴以来所倡导的人文主义、个性主义对传统中国社会对人的个性的忽略、漠视和压制进行考量，最终得出了中国人没有个性、人性不是被尊重而是受到戕害等负面结论。在这样的思想文化氛围中，包含个性在内的人性问题第一次受到中国文学的重视，并第一次成为中国文学最重要的主题。因此，五四这个中国思想史、文化史和社会史上著名的启蒙时期，是中国现代现实主义文学思潮的人性主题的发端，其中，鲁迅是最为成功的人性捍卫者，反向暴露、批判中国社会以及思想文化传统对中国人的个性、人性的束缚和伤害这个重大主题主要是由鲁迅的启蒙小说来实现和完成的。当鲁迅以现代人文眼光来关注中国人时，他发现的是在传统中国思想文化制度下生活的中国人的人性“病态”，他要做的就是把这些人性病态暴露出来，以“引起疗救的注意”——这是鲁迅小说启蒙思想的根本出发点和最终旨归。孔乙己、华老栓、单四嫂、闰土、祥林嫂还有众多的“看客”，都是在思想上扭曲因而人性上呈现出病态的中国人的代表。鲁迅用他为数不多但大都是杰作的短篇小说开创了中国文学五四传统的一个最为重要的方面——国民性批判、改造主题。

鲁迅这类创作的影响一直绵延不绝。尽管有众多的作家在他们的作品中表现出了对鲁迅国民性批判传统的继承，但或者由于关注的中心不同，或者是才力不够，他们作品中的这种继承被更多地淹没或淡化在其他主题中，他们当中也只有少数作家在人性的暴露和批判上取得了很好的成绩。这样的作家，在20世纪三四十年代表现较为突出的是萧红、曹禺和张爱玲。但即使是他们也与鲁迅有很大的不同，他们的作品表现出来的，用鲁迅作品意义上的落后国民性显然已经不能概括，他们暴露、批判的是更为宽泛的“人性”。

中国现代现实主义文学思潮中的人性主题，主要是借助于人与人的对立、隔膜和冲突表现出来的，在无法解决的对立、隔膜和冲突中，人性的阴暗、复杂、残酷、虚伪、分裂、麻木等就清晰地呈现出来。从美学色调上来说，这些人性内容是作家们要揭露、批判和加以改造的，因此，这些呈现负面人性主题的作品都表现出阴暗、灰色、悲剧的情感色彩，与整个20世纪中国文学的悲剧品格有着内在的高度契合。从现代性的角度来说，这也恰恰反映了新文学作家们对中国人抛弃传统的人性枷锁，更好、更迅疾地转为现代人的一种现代性诉求，这是值得肯定和提倡的，而新文学也因此在人性方面得到了丰富和拓展。

（二）社会批判主题

在中国现代文学向西方的现实主义文学敞开大门时，显然，新文学作家们接受得最多的是西方以19世纪文学为代表的批判现实主义传统。这两方面的渊源汇流一处，就形成了中国现代现实主义文学中强大的社会批判倾向。社会批判与人性暴露、批判这两大主题是既有联系又有区别的，因为人终归是社会人，社会也总是由人组成的。但人性批判主题类作品指向的对象是人、人性，是控制、影响人的行为和思想的更深层次的东西，在这类作品中，社会作为一个整体，只是作为一个背景而存在。在社会批判主题下，整体性社会一般不再是背景，它们本身就是需要着力表现、鞭挞的对象。即使在一些长篇小说中，人性的刻画也达到了一定的深度，但它往往被笼罩在更为重大、更为重要的社会主题中。例如，张天翼的讽刺小说《华威先生》，小说表现的对象是华威先生，但作为主题承担的却是产生华威先生这样一类人的时代和社会：抗战时期在大后方出现的大量打着抗战旗号“华而不实，徒有其威（位）”的官僚。叶圣陶的长篇小说《倪焕之》中，倪焕之尽管也被写得个性丰富，但展现自辛亥革命到“四一二”政变十余年间的社会状况和时代思潮的变迁才是这部长篇小说的真正主题，显示的是社会对渴求社会变革的知识分子的压制和打击。与人性主题表达的人与人的对立不同，社会批判主题要表现的主要是社会与人的对立，社会以其文化、风俗、思想、制度方面的力量对人性进行戕害，对人的合理要求进行压制。在强大的社会力量面前,人往往成为失败者,因此,这类主题的作品也一般形成悲剧风格,或呈现出悲凉的色调。

社会包罗万象、社会构成层次的丰富和驳杂(底层的是政治、经济制度,而上层的是思想、文化制度),所以,社会批判主题类的作品也是异常丰富而复杂的,中国现代现实主义文学中社会批判主题类作品又可分为几个互有联系和区别的"亚类型"。

第一,一般社会现实批判。这一类作品,抓住中国现代某一个不合理的社会现象而展开如实描绘,以唤起读者对社会的深刻认识,并进而形成一种正确的价值判断。在对象的梳理上,这类作品不求反映对象的系统和完整,只求它们有暴露、批判的价值,因而虽细碎、零散,但不无深刻地折射出时代和社会的阴暗面。这类作品在国民性批判上很难达到鲁迅的深度,在不自觉中实际上变成了一种"社会批判"——批判的对象由人位移到了社会。如"问题小说",它关注的是当时社会上普遍存在的家族礼教、婚恋家庭、妇女贞操、劳工、战争、知识分子的命运等问题,个人被淹没于社会一般问题之中。而当时的"乡土小说",则着力表现中国广大落后农村地区人们生活的悲惨和某些原始习俗的野蛮以及由此体现出来的人的愚昧和迷信。在20世纪三四十年代,有更多的作家、作品加入了一般社会批判的大潮,对社会现实的批判也更为丰富和全面。例如通俗文学作家张恨水在《春明外史》《金粉世家》《啼笑因缘》等作品中就在对政府官员、军阀、商人、小职员、贫民、车夫、妓女、学生、小知识分子等各个阶层人物命运的叙写中展开极为广泛的社会批判。三四十年代最能显示一般社会批判特色的无疑是巴金的小说。巴金在这一时期写的小说数量众多,但我们还是能从其中看出一条清晰的主线,这就是对黑暗势力的诅咒。他是把文学作为揭露社会黑暗的武器,作为灵魂的呼号,追求光明的呼号。以《家》为代表的"激流三部曲"始终有两条支流在交汇、激荡,其一是随着封建专制制度的崩溃,垂死的封建统治力量在疯狂地吞噬年轻的生命,其二是被时代潮流所吸引的青年一代的觉醒、挣扎和斗争。巴金的这些小说,是他所经历过的那一黑暗时代的生动记录，批判那些压抑人性的不合理制度、思想、腐朽的势力，是巴金作品的基本主题。

一般的社会现实批判在表现形式上，还产生了一种集中的、夸张的批判，即讽刺。在抗战和解放战争时期，面对岌岌可危的局势，国民党当局还是粉饰太平，上下欺瞒，一些人依然是醉生梦死。面对这些丑恶，不少作家觉得对之作一般性批判已经是不够了，于是就有了力量集中，带有夸张和漫画性质的讽刺作品。例如，张天翼的《速写三篇》讽刺了抗战时期的抗战官僚、投机者和被时代所抛弃的孤独者三类人物形象；沙汀的《防空》《在其香居茶馆里》《淘金记》等小说则讽刺了以四川农村为原型的国民党统治下广大农村里的下层官僚、地主、恶霸、帮会头子、流氓等人物的丑态，等等。鲁迅说“现在的所谓讽刺作品，大抵倒是写实”，“事情越平常，就越普遍，也就愈合乎讽刺”[①]，正道出了这些讽刺作品的艺术秘密。

第二，整体性社会批判。一部分中国现代作家试图在更广阔的社会层面上展开对社会的暴露和批判，这部分作品被称为整体性社会批判。其实，在欧洲的现实主义文学发展史上，批判现实主义作家往往担负着“历史见证人”的角色，他们是“社会生活的书记”“时代的秘书”，忠实记录社会历史变动，并试图在社会的整体历程中把握时代发展的本质趋势，即用“史诗”的表现方式去把握社会的“全般”。这样的创作需要作家有宏观统摄的大气魄，有社会政治家的敏锐眼光，有丰富而充实的人生积累，从而浇铸出社会编年史式的“宏大叙事”。20 世纪上半叶的中国现代社会处在急剧的动荡、变化中，新文学发展到 20 世纪三四十年代，相对于五四的草创期来说，在叙事艺术上已经有了一些经验和积累——这些都为中国文学中的整体性社会批判做好了准备。叶圣陶是中国现代文学史上最早尝试进行史诗性创作的作家，他于 1928 年创作的长篇小说《倪焕之》，便是一部初具史诗规模的批判

① 鲁迅. 鲁迅全集（第 6 卷）[M]. 北京：人民文学出版社，2005：287、341.

性作品。小说发表以后，茅盾热情地赞誉它为“扛鼎之作”。显然这部小说开阔的艺术视野引起了批评家的注意和重视，但茅盾才是对中国现代社会作整体性批判的最具代表性的作家，他的《子夜》是整体性社会批判最具代表性的作品。茅盾创作这部长篇小说的宗旨很明确，就是要形象地把握中国社会发展的“时代性”，他要用小说来参与对时代重大问题的思考。《子夜》从政治经济的角度展现了中国近代民族工业资本的悲剧命运，气魄宏大而又惊心动魄地描写了一个刚强有为的民族工业巨子是如何在帝国主义和军阀政治的双重魔影下，在初起的工农革命的夹击下走向失败的。从城市到乡村，从工人罢工到农民革命，从公馆到证券交易所，从投机合作到阴谋倾轧，从小资产阶级知识分子到职业革命者，从大资本家到洋场买办，从军阀到官僚政客……凡属于那个时代的人物、世态，几乎无所不包。尤为引人注意的是，茅盾在展开这一切时，始终坚持科学社会主义的理性分析精神，注意把人和事放到复杂的政治经济关系中去表现。对题材和主题时代性、重大性的追求，对社会全貌作理性的政治经济剖析，使茅盾在中国小说史上“开创新的文学范式”，建立了一种影响深远的“社会剖析小说”[①]。对笔下的种种现象，茅盾也是多持否定、暴露和批判的价值取向的。

第三，老舍的文化批判。在中国现代众多的现实主义批判作家中，老舍是非常独特的一位，他的独特来自他观察社会、批判社会的角度。他是站在现代文明的制高点上，对以北京文化为代表的传统文化进行审视和批判的。这种批判的落脚点是北京市民的日常生活世界，他用众多的小说构筑了一个广大的“市民世界”，几乎包罗了现代市民阶层生活的所有方面。《骆驼祥子》通过祥子的悲剧，展现了古老都市中所包蕴的“城市文明病”对人性的伤害，其根源在于传统文化失范所引起的“人心所藏的污浊与兽性”。文化批判表现得更为显著的是被称为“痛史”和“愤史”的

---

① 钱理群，温儒敏，吴福辉. 中国现代文学三十年（修订本）[M]. 北京：北京大学出版社，1998:222.

史诗性长篇小说《四世同堂》，这部小说在对日本侵略者进行无情鞭挞的同时，又对民族的积弱进行了抉心自食的文化反省。

其实，在人性主题和社会批判主题中，还潜隐着另一个主题，它与这两大主题"如影随形"，这就是由作品表露出来的人道主义同情，即作品的人道主题。既然值得批判的是社会和时代，作为对立面的悲剧形象，就当然有值得同情的地方。人道主义，可以说是人性主题和社会批判主题的一个基本"底色"。

（三）革命主题

20 世纪上半叶，既是中国社会曲折的现代转型时期，从另一个角度看，也是中国共产党领导的新民主主义革命由萌芽到发展到最终夺取全国范围内的胜利、建立新生的人民政权的过程。对于这场由局部地域慢慢扩展至全国的革命，作家们也参与其中。于是，中国现代文学中就产生了一类特殊的作品：表现中国共产党领导的新民主主义革命历程的作品，相应地，在现实主义文学的领域内，这些革命作品表达出的也是迥异于人性主题和社会批判主题的"革命主题"。革命文学自 20 世纪 20 年代末由一批热心于时代、社会革命的文学家开始倡导，经过 30 年代"左联"时期的左翼文学的发展，到 30 年代后半期、40 年代的抗日民主根据地和解放区文学才真正获得蓬勃发展，产生了一大批有重大影响的作品。其间，虽有以蒋光慈为代表的初期革命文学作品和 30 年代表现抗战的作品，但真正具有纯正的革命意识形态、体现出鲜明而强烈的革命主题的作品，毫无疑问是出自解放区文学，它是革命文学作品的典型。对此，本书第七章已有详述，此处就不再赘述。

第二节　现实主义小说的创作

在欧洲现实主义包括俄国现实主义的影响下，五四之后的小说家们将目光投向社会各阶层，特别是底层社会的人生，以整个社会生活作为背景，创作出了一系列优秀的现实主义小说。其中，茅盾、巴金、老舍等人在中国现代现实主义小说史上有着举足轻重的地位，本节主要以他们的现实主义小说创作为例，探讨现代现实主义小说的特色。

一、茅盾的现实主义小说创作

茅盾(1896—1981)，原名沈德鸿，字雁冰，浙江桐乡乌镇人。幼年时受到了良好的家庭教育，也有着较好的古典文学修养。1913 年，他考入北京大学预科，并在此期间接触了西方文学。之后，他进入上海商务印书馆编译所，从事编译工作。1921 年，他开始担任《小说月报》的主编，并发起成立了“文研会”。1927 年，他发表了第一部小说《蚀》三部曲，在文坛引起一定的反响。1928 年，他为躲避国民党反动派的通缉而流亡日本，仍坚持文学创作，发表了长篇小说《虹》和几个短篇小说。1930 年，他回到国内，参加了“左联”，并发表长篇小说《子夜》。此后，他陆续发表了《春蚕》《秋收》《残冬》《林家铺子》《腐蚀》《霜叶红于二月花》等多部小说作品，以及《见闻杂记》《时间的记录》等散文集。1981 年 3 月 14 日，因病在北京去世，终年 85 岁。

茅盾是现代文学第二个十年里非常具有代表性的作家，在小说创作领域，他将五四时期文学研究会“人生派”的现实主义精神接过来，并加以发展，建立起了在当时来说一种全新的文学模式，即革命现实主义文学模式，开创了另一个文学时代。他善于在精细观察和运用一定的社会科学思想对社会生活进行分析的基础上，对刚发生不久的，甚至是正在发生中的社会现实进行全景式、大规模的反映，进而对各种矛盾斗争中的阶级和人进行生动的表现。因此，茅盾的小说又被称为“社会剖析小说”，且总是有着深广的思考、戏剧性强的情节以及典型的人物形象。

茅盾的《子夜》自 1933 年初版印行即引起强烈反响。瞿秋白曾撰文评论说：“这是中国第一部写实主义的成功的长篇小说。”

《子夜》,不仅是茅盾个人创作的高峰,也是中国现代长篇小说成熟的标志。[①]《子夜》于1931年10月开始创作,1932年12月完稿,是茅盾长篇小说的代表作,它是中国现代文学史上第一部成功的革命现实主义的长篇巨著,显示了20世纪30年代初无产阶级革命文学的实绩。《子夜》的舞台设置于20世纪30年代初期的上海,作品以上海的工业、金融界为中心,大规模地描写了当时中国的社会现象,呈现出特定历史背景下中国社会的急剧变化和时代风貌。作为象征性的书名,"子夜"不仅包含着旧中国社会的黑暗,也象征着从黑暗走向黎明的信念。由此可见,作者将现实与未来、死与生都融汇在这部长篇巨制当中了。

从题材选择和主题开掘来看,《子夜》追求题材与主题的重大性、时代性与史诗性。茅盾并没有截取某条小巷或某个街角,而是从居高俯视的视角,大规模地描写中国社会现象。首先,茅盾亲自参加过革命的实际斗争,因而对于20世纪30年代初期的中国社会是有比较深刻的研究和了解的;其次,1930年夏秋之交,茅盾走访了商人、银行家、公务员、革命党人、自由主义者、企业家、经纪人等,广泛地了解了当时上海都市社会的现实。《子夜》从整体上展示这座现代都市的方方面面,如夜总会的光怪陆离、资本家的豪奢客厅、证券市场上声嘶力竭的火并、工厂里错综复杂的斗争,以及教授、诗人们的高谈阔论和太太小姐们的伤心爱情等。通过对20世纪30年代初中国社会多种错综复杂的矛盾和斗争作出了全景式的正面描绘,揭示了当时社会各个部分之间的内在联系和发展趋势。

在艺术表现上,作者运用多种艺术手法塑造了形象鲜明、个性迥异的艺术形象。除了采用传统的肖像描写、语言描写、行为描写以及细节描写来刻画人物外,作者还非常擅长对人物做出色的心理刻画,尤其是对人物的下意识和幻觉的描写增强了整个作品心理分析的色彩。作者不是对人物作静止和孤立的分析和描

① 王友琴.论"社会剖析小说"[J].北京大学学报(哲学社会科学版),1986(5).

写，而是把他们放在时代生活的激流里，放在尖锐的矛盾冲突里来进行细致深入的刻画，使小说实现了剖析社会历史与人的心理的统一。《子夜》的人物众多，涉及买办资本家、民族工业家，地主、革命者、政客、交际花，挂着诗人、教授、律师招牌的各种知识分子，工人和群众，这些人物间形成了错综复杂的人际关系。作品也非常注重从这种错综复杂的社会关系，特别是经济关系中去表现人物性格的多面性与复杂性，并在矛盾与冲突中深入揭示人物的内心世界。吴荪甫是茅盾小说中塑造的众多人物形象中最突出的一个，也是第二次国内革命战争时期民族资本家的典型形象。他接受过西方的先进教育，而且精明能干，有魄力也有灵活的手腕，雄心勃勃地想要将中国的民族企业振兴起来。为此，他与背后有帝国主义撑腰的买办资本家进行抗争，但他不论在政治上还是经济上都太软弱无力了，因而最终走向了破产。另外，吴荪甫身上也有着鲜明的封建色彩，这从他残酷地剥削工人、疯狂地镇压共产党领导的农民运动上可以看出。

《子夜》虽然人物众多，情节复杂，但线索纷繁交错而又严密完整，各条线索合成一个庞大而复杂的艺术构架，可以说，其结构宏大而严谨。因为力图展现出都市与农村的全景，《子夜》避开了传统小说单线性的发展结构，也淡化了首尾紧密相连的情节，以构建宏伟开阔、矛盾交错、波澜起伏、气象纷呈的格局。作者匠心独运，把许多人物、事件在时空中交织组合起来，展现了一幅 20 世纪 30 年代初期的中国社会的全景图。

《林家铺子》也是一篇优秀的现实主义作品。《林家铺子》以战争前后的江浙农村为背景，通过林家铺子的悲剧命运，描绘了 20 世纪 30 年代中国外受日本帝国主义的军事、经济侵略，内有国民党官吏的敲诈，地主高利贷的剥削，社会动乱、民不聊生的社会图景，反映了城镇小商业者及底层人民的悲惨遭遇，控诉了国民党反动派的罪恶统治。小说的主人公林老板算得上是一个精明强干的生意能手，在风雨飘摇的社会动荡中，他施展出自己全部的聪明智慧，战战兢兢地维持着店铺，但由于帝国主义的经济侵略和国民党的反动统治，这个颇善经营的小商人，最终难以摆脱破产倒闭的命运。在这部作品中，作者把矛头直指国民党的黑暗统治，如国民党反动派利用“抗日”发国难财，到处征收所谓的“困难捐”。地方党部借口外边谣传林老板要卷款潜逃，扣押他等，并指出他们的敲诈勒索是林家铺子崩溃的主要原因。林老板的破产造成了朱三阿太、陈老七、张寡妇等家破人亡的惨剧。小说在底层悲惨者的疯狂惨呼中结束，这更加形象、深刻地展现了旧社会层层鲸吞的残酷事实，控诉了国民党反动派的罪恶。小说的情节结构布局得体，剪裁巧妙，波澜起伏，在语言上也取得了很高的成就。《林家铺子》在茅盾创作道路上占重要地位，标志着茅盾小说创作的成熟。

《春蚕》《秋收》《残冬》共同组成了“农村三部曲”。这三部小说以“一·二八”事变前后江南农村为背景，通过老通宝一家春蚕丰收负债破产的悲剧对“蚕花丰收”蚕农愈困顿的畸形社会现象做了生动的描绘，反映了国民党统治区农村“丰收成灾”、经济破产的现实，描写了在帝国主义侵略和地主资本家残酷压榨下，农民在饥饿线上挣扎、觉醒和反抗的过程，并刻画了老通宝、多多头、四大娘、荷花等各种类型的农民形象。

总的来说，茅盾的现实主义小说创作取得了非常重要的成就，具体体现在以下几个方面：

第一，茅盾的现实主义小说注重题材的时代性以及主题的重大性，尽可能使自己的创作与历史事件同步，同时注重表现广阔的历史内容以及巨大的思想深度。例如，《蚀》通过广阔的场面和宏大的气势，对大革命的历史以及大革命失败后人们生活及心理的变化进行了真实而迅速的反映；《子夜》对因帝国主义的经济入侵而导致的中国城市经济和农村经济的大崩溃进行了生动展现，进而对帝国主义的侵略进行了强烈谴责，并对当时中国的社会风貌进行了生动反映。

第二，茅盾的现实主义小说非常注重典型人物的塑造，较为突出的是民族资本家形象、时代新女性形象和农民形象的塑造。

就民族资本家形象的塑造来说,《霜叶红似二月花》塑造了一个敢于对抗顽固的封建地主阶级的轮船老板王伯申的形象;《子夜》塑造了一个既积极对抗买办资产阶级,又对工农运动进行疯狂镇压的吴荪甫形象。就农民形象的塑造来说,《春蚕》塑造了一个受尽压迫和剥削的江南蚕农老通宝的形象;《秋收》和《残冬》塑造了一个日益觉醒的农民阿多的形象。茅盾的小说在对人物进行塑造时,注重对人物性格的复杂性、多面性与变化性进行表现,并善于对人物在错综复杂的社会关系中经济及社会地位的变化进行描写,以使人物能够更加立体地呈现在读者面前;注重用幻觉、错觉、梦境、时序颠倒、意象错杂、联想跳跃等手法对人物的心理进行描写,同时将人物的心理描写与社会历史运动相结合,以展示出广阔的社会历史运动中人物心理的发展历程。

第三,茅盾的现实主义小说有着十分独特的结构。他总是追求宏大而严谨的布局,涉及的情节复杂、人物众多,因而线索纷繁交错,但又严密完整。

第四,茅盾的现实主义小说广泛运用了象征手法。茅盾的小说不论是书名还是涉及的人名,都有着一定的象征意义,如《子夜》的书名象征着20世纪30年代中国社会的黑暗以及民族工业的黯淡前景;《虹》的主人公梅行素的名字,象征着知识分子坚忍不拔的意志和奋勇向前的精神。另外,茅盾的小说经常创造有象征性的意象,如《动摇》的主人公方罗兰夫妇在逃难途中见到的悬于游丝上的蜘蛛。

第五,茅盾的现实主义小说的语言很有特色,叙述语言简洁细腻、生动缜密、刚健清新,人物语言则有着鲜明的个性化特征。

总之,茅盾的现实主义小说不仅思想内容深刻,而且结构严谨完整,情节曲折、紧凑,对社会问题的剖析具有独到的见解,能反映时代的特征。

二、巴金的现实主义小说创作

巴金(1904—2005),原名李尧棠,字芾甘,出身于四川成都一个封建官僚地主家庭。他的祖父是个专制的封建家长，父亲曾任四川广元县知县，母亲对巴金影响深远，在母亲的身上，巴金学会了爱一切人。由于成长在封建大家庭中，巴金对封建大家庭内部当权势力的伪善自私和腐朽堕落有着深切的感受，他对于许多年轻的生命在封建大家庭压制下的痛苦挣扎深有体会，同时，他也接触了不少底层民众的生活，这对他以后的文学创作产生了很大的影响。1923 年，巴金赴上海、南京、北京等地求学，1927 年初赴法国留学，1929 年初回国，回国后至七七事变，创作了一系列长篇、短篇和散文，这一时期是他创作的高峰期。这期间，中篇小说有《死去的太阳》《海底梦》《砂丁》《春天里的秋天》等，长篇小说有《爱情三部曲》(《雾》《雨》《电》)、《家》等。1942 年初到 1946 年，巴金发表了《憩园》《第四病室》《寒夜》等中篇小说。20 世纪 50 年代，他曾多次出国访问，创作有关国外见闻的散文作品。1978 年起，他在香港《大公报》连载散文《随想录》。2005 年 10 月 17 日，巴金因病在上海华东医院逝世。

巴金的小说创作有两个高峰，第一个高峰期在 20 世纪 30 年代，抗日战争时期则是巴金小说创作的第二个高峰期。巴金前期小说创作非常丰富，题材也比较广泛，所涉及人物包括工人、城市贫民以及农民等，描写了他们的悲苦生活与抗争，但巴金前期小说创作更多的是描写青年反抗者和革命者，代表作品有《灭亡》《新生》与《爱情三部曲》等，其中影响较大的是《爱情三部曲》。受法国作家左拉的影响，巴金在前期还创作了另一类以描写封建家庭腐败与衰落为题材的家族小说。他不仅注重描述一个家族的衰变过程，揭示人性的堕落，更注重表现青年的希望和新生革命力量的成长。“激流三部曲”中成就最高的《家》就是这方面最有代表性的作品。抗日战争时期，巴金创作的小说有“抗战三部曲”《火》以及《憩园》《第四病室》《寒夜》等，《寒夜》则是其在这一时期的代表作品。

《爱情三部曲》包括《雾》《雨》《电》三部小说，通过描写一群从家庭中走向社会的知识青年的爱情纠葛、社会活动和革命斗争，对青年人追求理想和信仰的道路进行了积极探索。《雾》写周如水从日本留学归来，在旅馆巧遇从前仰慕过的、一个美丽温柔的“小资产阶级女性”张若兰。双方互有好感，但周如水因家乡那个没有爱情的妻子不敢表白。他的两个朋友陈真和吴仁民都鼓励他从狭窄的爱情中挣脱出来。陈真叛离了温暖富裕的家庭，以一种苦行式的生活为事业献身，吴仁民则有着幸福的家庭生活。周如水因接到父亲来信，说其母病想见他，并要求他回去当官，而拒绝了张若兰的爱情，同时，他又没有勇气回家。一年后，周如水回到这个旅馆，这时得知家中妻子早于两年前病死，但张若兰早已离去。《雨》延续了《雾》中的故事，此时的张若兰嫁给了一个大学教授，周如水也爱上了另一个“小资产阶级女性”李佩珠。但是，李佩珠最终拒绝了周如水，而周如水因无法承受两度的爱情幻灭，选择了自杀。在这部小说中，作家还着重描述了周如水的好友吴仁民的爱情故事。他爱上了自己的女学生熊智君。但没多久，他便发现自己从前的恋人、现在已是军阀太太的玉雯是熊智君的好友，她曾因爱慕荣华富贵而与自己分手，现在却想与自己重修旧好。吴仁民痛苦地拒绝了玉雯，导致玉雯自杀。这又引起了玉雯的军阀丈夫的极大不满，对吴仁民进行各种迫害。而熊智君为了保护吴仁民免遭迫害，选择嫁给了玉雯的军阀丈夫，并留书鼓励吴仁民积极追求自己的事业。《电》延续了《雨》中的故事，三年后的福建，李佩珠和她的朋友们在这里组成一个革命团体。吴仁民也来到这里，此时他已经成为一个成熟的革命者，他与李佩珠之间产生了爱情。但很快，革命事业遭到沉重打击，不断有成员被捕被杀，他们中的一员敏无法忍受失去同志的悲愤，走上了暗杀的道路，但暗杀没有成功，他自己却遇难。佩珠父亲在上海突然失踪，她委托吴仁民回上海寻找，自己则留下来继续朋友未完成的事业。

“爱情三部曲”生动真实地展现了一群知识青年的各种思想性格。有不满现实却又苦寻不到出路的吴仁民，有软弱的周如水，还有势利堕落的洋派青年张小川，等等。同时，巴金还塑造了一个年轻的“革命者”李佩珠，在《电》中，巴金用了与以往不同的明快的调子和诗意笔触，多方面、多角度地展示了李佩珠的优秀品质。她纯洁、美丽、热情、坚强、执着、无畏、正义，又有比较冷静的头脑，她有一颗为信仰而献身的火热的心，却不主张激进主义的冒动，轻易牺牲，认为“痛快地交出生命，那是英雄的事业，我们似乎更需要平凡的人”。巴金在这个人物身上倾注了理想和爱，她经过革命的启蒙，投入社会并积极参与社会革命，在与社会黑暗、邪恶势力的斗争中，以自己的全部身心，致力于对旧时代的彻底埋葬和对新制度的努力创立，最终成为一名成熟的革命者，这其实也是她的一条自救之路。

总体来说，《爱情三部曲》借爱情写出了当时青年人的各种性格以及青年人因自己的性格所经历的人生历程，但也有着非常明显的缺陷，“它的人物是在‘纸剪的背景前活动’，‘是在一个非常单纯化了的社会中，而不是在一个现实充满了矛盾的复杂的社会中’。对青年们开展革命活动的复杂环境和社会关系缺乏具体深入的交代和描绘，使得人物形象总体上显得比较单薄”①。

《激流三部曲》包括《家》《春》《秋》三部小说，“通过一系列的故事情节的描写和人物形象的塑造，展示了新旧民主主义交替时期封建大家族堕落崩溃的历史命运和青年一代由觉醒而反抗并追求新的人生道路的艺术画卷”②。在这三部小说中，又以《家》的影响最大、艺术成就最高。

《家》以 20 世纪 20 年代初四川成都生活为背景，以觉慧与鸣凤，觉新与钱梅芬、李瑞珏，觉民与琴等几个封建家庭中的青年人的爱情遭遇以及他们所选择的生活道路为主线，描写了一个正在崩溃中的地主阶级的封建大家庭的悲欢离合的故事。新文化的兴起与传播打破了“家”的稳定和宁静。高家的长孙觉新与表妹

---

① 雷达，赵学勇，程金城. 中国现当代文学通史[M]. 兰州：甘肃人民出版社，2006:321.

② 雷达，赵学勇，程金城. 中国现当代文学通史[M]. 兰州：甘肃人民出版社，2006:322.

钱梅芬青梅竹马，但由于父辈的嫌隙，两人无法在父母之命、媒妁之言下走到一起，软弱的觉新忍气吞声地接受了这一现实，与父母认可的李瑞珏组成了新的家庭。贤惠的瑞珏抚慰了觉新受伤的灵魂，他们也非常争气地为高家生下了第四代长孙，一切仿佛都回到了平静，但是大家庭的钩心斗角使这对夫妻在疲惫中走向了悲剧。觉新的弟弟觉民、觉慧是新文化熏陶下成长起来的“新青年”，他们对于哥哥的遭遇给予深深的同情，同时也坚定了他们离经叛道的立场。觉民与情投意合的表妹琴遇到了觉新曾经面临的问题，但他们坚决反抗，离家出走，最终获得了家庭的默认。而作为学生运动骨干分子的觉慧，对于大家庭丑恶现象的反抗更加坚决，他抛弃门户成见，与丫鬟鸣凤相爱，森严的等级制度逼得鸣凤跳湖而死，这让觉慧对封建大家庭的反抗更加彻底。

《家》有着很高的思想意义，具体体现在三个方面：一是揭露了封建家庭戕害青年的罪恶，进而对封建等级制度和封建礼教进行了深刻抨击。《家》中所描写的封建大家庭，实际上是中国封建制度的缩影。这个大家庭中有大大小小的主子二十多个，还有几十个仆人、轿夫、丫头等供他们役使，也有着森严的等级制度，尊卑严明，分明就是一个小的封建王国。这篇小说的深刻之处，就是揭示了整个封建专制制度才是戕害青年的罪魁祸首。二是对五四时期青年一代的觉醒与反抗进行了生动再现，进而对青年的叛逆精神和反封建精神进行了赞扬，并鼓励封建大家庭中的青年进行积极反抗。三是指出了封建家庭和封建制度必然走向灭亡的命运。小说中的高老太爷已经衰老、腐朽，这象征着旧家庭和专制制度走向崩溃的历史命运。

《家》中写到的人物众多，大体可以分为四类：以高老太爷为代表的封建制度的维护者，以克安、克定为代表的封建大家庭的败家子，以觉新、瑞珏和鸣凤等为代表的封建制度的受害者和以觉慧、觉民为代表的封建制度的反抗者。其中，以高老太爷、觉新和觉慧三个人物最为典型。

高老太爷是封建家长制和封建礼教的代表，是这个封建大家族至高无上的统治者。在高家，他的话就是法律，谁也不能反对。他靠此建立起自己在家中的绝对权威，为了维护封建大家庭的秩序、兴盛，他施行了专制。他的专横、冷酷、衰老和腐朽，象征着旧家庭和专制制度走向崩溃的历史命运。高家发生的一系列悲剧事件，都直接或间接地跟高老太爷有关。通过这一人物形象，作者控诉了封建家长制和旧礼教对于人的青春、爱情，甚至生命的摧残。

觉慧代表了五四时期的民主力量。他是高家最早觉醒的人，对封建等级制度和封建礼教极端蔑视，因而支持并帮助觉民逃婚、大胆地向婢女鸣凤表达爱意、公然揭穿长辈们“捉鬼”行孝的丑剧等。最终，他选择从罪恶的封建家庭中出走，对封建旧家庭和封建制度进行反抗。但是，觉慧思想单纯不成熟、行为不够果决、感情深受封建家庭的牵连，他的反抗从一开始便对来自封建专制的阻力感到胆怯和犹豫，同时始终对封建家庭和封建社会抱有一丝希望。这又深刻地表明了五四时期觉醒的一代青年的局限性。

觉新则清醒地认识到了自己的悲剧命运，但又懦弱顺从、委曲求全，因而是深受封建家庭和封建礼教荼害的典型。他虽然在五四时期深受新思潮的影响，产生过一些美好的理想并有一定的追求，也对压抑的青年一代有着深切的同情，但由于深受封建思想的熏染和教育而有着浓重的传统观念、处于长房长孙的位置而需要承担维护封建大家庭的责任，因而始终对封建专制和封建压迫妥协。而他的屈从妥协、迁就退让，进一步助长了恶势力的气焰，他自己也在罪恶的泥沼中难以自拔。最终，他因为瑞珏的惨死而有所醒悟，并痛苦地感到“我们这个家需要一个叛徒”，因而支持觉慧的出走。觉新的转变，也表明封建制度和封建礼教即将走向灭亡。

《家》在艺术上也有着鲜明的特点，如线索单纯而明晰，情节的发展也十分自然，而且首尾完整；语言朴实无华、清新自然，并运用了排比、反复、倒装等散文句式，从而使整部小说显得十分活跃。

《寒夜》是巴金在中国现代文学历史上创作的最后一部长篇小说，也是标志着巴金在探索现实主义艺术道路上达到了最高成就的一部小说。小说通过讲述抗日战争胜利前后重庆的小职员汪文宣一家在走投无路的人生绝境中的痛苦挣扎，对抗日战争时期普通知识分子的苦难从家庭的角度进行了生动展示。汪文宣和妻子曾树生都毕业于大学教育系，都希望能够用自己的知识和力量对国家和人民做些贡献。但是，抗日战争的爆发打碎了他们的理想。他们逃难到了重庆，汪文宣在图书公司找到了一份校对工作，曾树生则在一家银行当起了“花瓶”。随同汪文宣和曾树生逃难到重庆的，还有汪文宣的母亲。她出身于书香门第，还曾是昆明的才女，但为了儿子甘愿操持家务。但是，汪文宣的母亲与曾树生关系不好，汪文宣两头受气，又患了肺病，家庭生活愈发困难。最终，曾树生因无法忍受寂寞的家庭气氛以及婆婆的冷言冷语，跟随年轻的银行经理去了兰州，而汪文宣则在抗日战争胜利的时刻悲惨死去。几个月后，曾树生又回到重庆，但这里已物是人非，她只能独自徘徊在寒冷的月夜里。由于汪文宣一家的家破人亡与国统区的腐败黑暗统治有着重要的关系，汪文宣的悲剧命运实际上是对整个时代和社会的“沉痛的控诉”。因此，小说在表现平凡家庭不幸的同时，又对国民党反动派的黑暗统治进行了无情而深刻的暴露。小说用了更加细腻的现实主义笔触，对社会现实和社会生活的反映也更加真实，同时对人物的塑造由注重外部事件的描写转为了注重人物内心世界的描刻。

总之，巴金的现实主义小说通过对青年人被封建家庭制度摧残的艺术再现，控诉了封建制度的腐朽、黑暗和罪恶，向人们展现了青年一代的觉醒与反抗，并寄托了对未来新生活的美好期望。

三、老舍的现实主义小说创作

老舍(1899—1966)，原名舒庆春，字舍予，北京人，满族正红旗。1913年,老舍考入京师第三中学,数月后因经济困难退学。同年考取公费的北京师范学校,于1918年毕业。1918—1924年间,先后任公立第17高等小学兼国民学校(现方家胡同小学)校长、北京市北郊劝学员、天津南开中学教员、北京一中教员。1924年之后旅居英国5年。1930年回国,抗日战争把老舍卷进了时代的洪流。1938年,中华全国文艺界抗敌协会成立后,老舍曾任总务部主任,积极投身抗战文艺工作。抗战胜利后,老舍于1946年3月受邀赴美讲学。新中国成立后,应周恩来委托文艺界之邀回到北京,曾任政务院文教委员会委员、中国文联副主席、中国民间文艺研究会副主席、北京市文联主席等职。1966年,老舍于北京去世。

老舍的现实主义小说在中国现代小说艺术发展中占据十分突出的地位,与茅盾、巴金的长篇小说创作一起,构成现代长篇小说艺术的三大高峰。老舍的现实主义小说格外关注文化批判与民族性问题,而这又是通过对北京市民日常生活全景式的风俗描写来达到的。因此,他在小说中创作了包罗万象的市民世界。而在这个市民世界中,又活跃着各种市民形象,如旧派市民、新派市民、正派市民和底层市民等。

"旧派市民"形象,是指那些尚保留着东方古国传统美德的温顺、善良、守规矩、讲礼节,但又极端保守自私、因循守旧的"老中国儿女"们。他们是乡土中国的儿女,骨子里是农民,身上负载着沉重的封建宗法思想的包袱。他们的思想观念和生活方式都显得比较保守、闭塞,他们几乎可以看作整个中国古老文化的代表。老舍通过描写他们浑浑噩噩的生活,表现出他们的正派善良、热情仗义、诚笃忠厚,但更多的是表现他们的愚昧,并常常通过戏剧性的夸张,揭示这些人物的精神病态。他们的生活平淡无奇,他们的心态庸俗、软弱、妥协、苟且,这种从古老的东方文化积淀中滋生出的保守、懦弱与因循守旧的处世哲学注定了他们被历史淘汰的命运,这也是老舍实践他对北京文化乃至传统文化中消极落后方面的批判。"旧派市民"形象系列中的代表人物有《二马》中的老马,《老张的哲学》中的赵姑母,《牛天赐传》中的牛老者、牛太太,《离婚》中的张大哥以及《四世同堂》中的祁老太爷等。以《离婚》和《四世同堂》为例。《离婚》所描写的张大哥的家庭纷争及其危机,可视为传统的民族生存危机,作者以现实主义的严峻态度,刻画出了这类旧派小市民在"乡土"中国往现代性转换的历史过程中所遭受的巨大冲击,并真实地写出了张大哥这类市民因循守旧的庸人哲学的破产,标明了他们想顺应天命而不可得的悲剧意义。张大哥是一个知足认命、墨守成规的市民形象,他小心翼翼地要保住自己的小康生活,害怕一切"变"。张大哥待人处事的准则是:"凡事经小筛子一筛,永不会走到极端上去;走极端是使生命失去平衡,而要平地摔跟头的。张大哥最不喜欢摔跟头。他的衣裳、帽子、手套、烟斗、手杖,全是摩登人用过半年多,而顽固老还要再思索三两个月才敢用的时候的样式和风格。"《四世同堂》以祁家四世同堂的生活为主线,形象、真切地描绘了以小羊圈胡同住户为代表的各个阶层、各色人等的荣辱浮沉、生死存亡。作品记叙了北平沦陷后的畸形世态中,日寇铁蹄下广大平民的悲惨遭遇,那一派古老、宁静生活被打破后的不安、惶惑与震撼,狠狠地鞭挞了附敌作恶者的丑恶灵魂。祁老太爷是北京"旧派市民"形象的典型,他身上集中了北京市民文化的"精髓"。他怯懦地回避政治与一切纷争,当日本人打到北平时,在他看来,只要准备三个月的粮食与咸菜,用缸堵上大门便可万事大吉。虽然他不过是平头百姓,可心里总忘不了把人严格地分了尊卑贵贱,忠实而真诚地按照祖传的礼教习俗办事,处处讲究体面与排场。他向抄家的便衣微笑和鞠躬,他"和蔼"地接受"训示",他很同情邻居钱默吟受日军凌辱的遭遇,但又怕连累自己而不敢去探望这位老朋友。祁家老太爷奉行着"和气生财"的人生哲学,善良到了逆来顺受、简直驯服了的地步。懦弱、拘谨、苟安是祁老太爷的主要性格特征,可以说,祁老太爷是老马先生、张大哥一类人的延续和补充。

老舍小说中的新派市民形象大都一味地逐"新"、一味地追求"洋式"的生活情调,以致最终丧失了自己的人格,走向了堕落,如《离婚》中的张天真,《四世同堂》中的祁瑞丰、蓝小山、冠招弟等。

对于这类人物形象，老舍几乎是运用了刻薄的手法对其进行了漫画式的描写，表现出他对这些新潮而又浅薄的新派市民形象的批判态度。在《离婚》中，老舍用"德性"来形容张天真"高身量，细腰，长腿，穿西装。爱'看'跳舞，假装有理想，皱着眉照镜子，整天吃蜜柑。拿着冰鞋上东安市场，穿上运动衣睡觉。每天看三份小报，不知道国事，专记影戏园的广告"。《四世同堂》中的祁瑞丰原本不过是一个贪图享受的无耻小人，但是，当北平沦陷后，他因受不了困苦的生活，心甘情愿去充当连日本人都看不起的小帮凶。他的洋味中又有汉奸味是最令人不齿的。老舍在给这一类市民画粗俗的漫画时，鄙夷不屑之情溢于言表。也正是通过这类人物的塑造，老舍对西方文化的不足之处进行了批判，令人警醒。

老舍小说中的正派市民形象，反映了中国传统小市民的理想，如《二马》中的李子荣、《离婚》中的丁二爷等。他们都是侠客兼实干家，往往为百姓惩奸除恶，因而总是有着"大团圆"式的结局。应该说，这从一个侧面反映了老舍思想的天真与真诚，也暴露了老舍思想的平庸。这群人物形象大都代表着老舍的理想。他往往带着比较传统的道德观念去构思他的理想市民性格，当然，旅居英国的生活让老舍感受到了西方文化的先进，很自然地，他也把一些西方观念加入到个人的理想人格中。

城市底层的贫民形象系列如人力车夫祥子、小崔、老马、剃头匠孙七、拳师沙子龙、老巡警、艺人方宝庆、小文夫妇以及妓女小福子等。出身于市井的老舍比大多数现代作家更了解底层市民的精神重负，故而他能从生命的崇高、求生的欲望、被侮辱与被损害的意义上去认识底层百姓的苦与乐。这使得老舍在反映旧社会的罪恶时，没有像鲁迅那样把手中的笔直接指向底层人民所遭受到的奴役的创伤，而是同时注意到底层社会人民所受到的双重摧残，即生命被践踏被蹂躏的悲惨景象，极贫景况中生存的残酷及精神幻灭后的堕落与蜕变。[①]《骆驼祥子》是老舍对底层市民形

① 潘应.浅议老舍的市民世界[J].安徽教育学院学报，2003(2).

象的刻画最为成功的一部作品。小说通过祥子的人生悲剧，对当时社会的混乱、黑暗、腐朽以及劳动人民的悲惨命运进行了真实而生动的反映，同时，指出了在当时的社会制度和社会环境下，劳动人民想要走“独自混好”的道路是行不通的。小说中涉及“侦探”“逃匪”等的欺压，都表现出20世纪二三十年代那个动荡的社会背景，这使得祥子的悲剧有了社会批判的内涵。老舍以人力车夫祥子坎坷、悲惨的生活遭遇为主要情节，深刻揭露了旧中国的黑暗，控诉了统治阶级对劳动者的剥削、压迫，表达了作者对劳动人民的深切同情，向人们展示军阀混战、黑暗统治下的北京底层贫苦市民生活于痛苦深渊中的图景。老舍在批判复杂的外在因素使祥子理想破灭的同时，也揭示和批判了祥子自身固有的缺陷。他不合群，自私，别扭，死命要赚钱，“不得哥儿们”。“在没有公道的世界里，穷人仗着狠心维持个人的自由，哪怕很小很小的一点自由”，这就决定了他的脆弱与孤独，最终完全向命运屈服，并一步步走向堕落的深渊。小说最后写祥子变得懒惰、贪婪、麻木、缺德，他打架，使坏，逛窑子……真正成了“个人主义的末路鬼”，这样的祥子与先前为了洋车而奋斗的祥子相比，完全变了个人。这同时也是老舍对祥子这样的小生产者个人奋斗的思想、性格悲剧的深刻概括。

除了人物刻画得形象之外，老舍小说的语言也很有特色，创造性地运用了北京市民俗白浅易的口语，并在俗白中追求讲究、精致的美，从而将语言的通俗性与文学性有机地融合在一起，平易而不粗俗，精致而不雕琢。

总之，老舍特殊的生活经历，不仅使他对笔下的“底层市民”形象给予了持久而热情的关注，真实地写出了他们的喜怒哀乐、求生存的艰难，并深入人物的精神世界，将他们矛盾痛苦、深邃复杂的灵魂展现出来，揭示出古老的文化传统给人们带来的心理积习和性格弱点，从而使他的作品具有深厚的文化底蕴。这正是老舍营造魅力纷呈、华彩多姿的市民世界的价值与意义所在。

第三节　现实主义诗歌的创作

在中国现代文学史上，艾青是一个特殊的存在，他被认为是20世纪诗歌史上推动一代诗风的重要诗人，上承20世纪20年代的五四新诗的精神传统，下启20世纪40年代的诗歌艺术大众化运动，并以诗歌创作理论和实践将现实主义诗歌的发展推动到一个新高度，深刻地影响了后来的新诗发展。

一、艾青的生平

艾青(1910—1996)，原名蒋海澄，出身于浙江金华畈田蒋村的一个地主家庭。1928年，他考入国立杭州西湖艺术院。后到巴黎勤工俭学，在学习绘画的同时广泛接触了欧洲现代派的诗歌。1932年，艾青回到国内，在上海加入了中国左翼美术家联盟，从事革命文艺活动，也开始进行诗歌创作。1933年，他发表了诗歌《大堰河——我的保姆》，在诗坛引起了巨大轰动，他也因此一举成名。1935年，艾青出版了第一本诗集《大堰河》。七七事变后，他积极投身到抗日救亡运动之中，并坚持诗歌创作，发表了《复活的土地》《雪落在中国的土地上》《北方》《吹号者》《土地》《我爱这土地》《向太阳》等多首重要的诗作，并确立了其在中国现代诗歌史上的重要地位。皖南事变爆发后，艾青来到延安，完成了由行吟于苦难的社会现实到积极地参与无产阶级的革命政权建设的转变。中华人民共和国成立以后，艾青陆续发表了《在浪尖上》《光的赞歌》《古罗马的大斗技场》等二百余首诗作，出版了《艾青选集》等，另有论文集《诗论》《论诗》《新诗论》等著作。1996年，艾青因病逝世，享年86岁。

二、艾青的现实主义诗歌创作

作为一名从画家过渡到诗人的作家，艾青在其精神历程上从时代的“叛逆者”变成了“吹号者”。在早期诗歌的创作中，艾青的诗歌带有明显的法国印象画派和超现实主义诗歌的痕迹。而在诗歌的艺术手法上，艾青注重对诗歌的色彩处理，追求瞬间、强烈的光的效果，立体与稳定的雕塑感；在诗绪上，注重反抗的、梦境式的潜在意识的刻画；在思想上，受到崇尚个人自由与革命要求的法兰西思想文化及卢梭人道主义思想的熏染。例如，其诗歌《芦笛》以“给阿波利奈尔”为副标题，表现了同时代人的普遍心境：自由即人生目的。

艾青在中国现代文学史上的诗歌创作，有着敏锐的感受、深沉的情感和流畅的文笔，而且大都源于现实生活中的经验，因而有着鲜明的现实主义倾向。同时，由于现实主义创作倾向的影响，艾青诗歌中的抒情主体具有了一种超越性，即诗中的抒情主人公“我”并不代表诗人个体，而是整个时代、民族和阶级的代言人，进而对一个时代的感情与愿望进行传达。这在《北方》这部诗集中有着鲜明的体现。《北方》堪称是用现代技巧表现时代生活主题的典范性艺术实验。《北方》是艾青克服了“幼稚的叫喊和庸俗的艺术至上主义”之后的“忠于现实的战斗的传统”的创作，代表了爱情诗歌创作的最高水准。他曾这样评述这部诗集：“这集子是我在抗战后所写的诗作的一小部分，在今日，如果真能由它而激起一点种族衰感，不平，愤懑，和对于土地的眷恋，该是我快乐吧。”诗集中，“北方”一词具有很强的象征意味，表达了诗人对“土地”既忧郁痛苦，又欢乐亢奋的情感，如《北方》：

那个科尔沁草原上的诗人
对我说：
“北方是悲哀的。”

不错，
北方是悲哀的。
从塞外吹来的
沙漠风，

已卷去
北方的生命的绿色
与时日的光辉，
——一片暗淡的灰黄，
……
我爱这悲哀的国土，
它的广大而瘦瘠的土地，
带给我们以淳朴的言语
与宽阔的姿态，
我相信：这言语与姿态
坚强地生活在大地上，
永远不会灭亡；
我爱这悲哀的国土
古老的国土呀，
这国土养育了
那为我所爱的
世界上最艰苦
与最古老的种族。

在这首诗中，诗人虽然写的是“我”的感受、“我”的情思，但实际上，“我”代表的是所有的爱国儿女，因而表达的是残酷战争中亿万人对国家和民族的感情。

与同时代的许多诗人一样，艾青在战争时期也经历过四处漂泊、颠沛流离的生活。在辗转迁徙的途中，他目睹了日寇在中华大地上犯下的滔天罪行，国土的沦丧与民族的灾难，极大地激发了他的爱国热情和创作激情，《乞丐》一诗就是在这样的背景下创作出来的。诗歌写道：

在北方
乞丐徘徊在黄河的两岸
徘徊在铁道的两旁

在北方
乞丐用最使人厌烦的声音
呐喊着痛苦
说他们来自灾区
来自战地

饥饿是可怕的
它使年老的失去仁慈
年幼的学会憎恨

在北方
乞丐用固执的眼
凝视着你
看你在吃任何食物
和你用指甲剔牙齿的样子

在北方
乞丐伸着永不缩回的手
乌黑的手
要求施舍一个铜子
向任何人
甚至那掏不出一个铜子的兵士

诗歌以最精简的白描手法将北方成群结队的乞丐徘徊在黄河两岸的画面描绘得令人触目惊心。这些乞丐是战争的受害者，他们原本都有着自己的生活，但战争将他们的生活炸得粉碎，“饥饿”成为他们最真实的感受。战争不仅使人们彻底丧失了尊严，“伸着永不缩回的手”向任何人“要求施舍一个铜子”，而且也造成了人性的扭曲：“年老的失去仁慈”“年幼的学会憎恨”。

《雪落在中国的土地上》创作于武汉，当时诗人抱着急切投入战斗的决心，从家乡浙江来到了武汉。然而在这座城市中，诗人并未看到民族存亡关头所应有的昂奋和紧迫的气氛，权贵依然作威作福，平民依然穷困和饥饿，诗人满腔的热血犹如被冰封雪埋了一般，于是创作了这首诗。诗歌中，诗人把想象的画面放在北方冰封的大地上，加强了凄怆悲凉的抒情气氛，痛苦地诉说着出现在中国土地上的国民流离失所，国家山河破碎的现象，表达了深切的愤怒。诗歌中的“雪”象征着社会现实，寒凝大地。农民与土地密不可分，“雪落在中国的土地上”，自然会先落到他们的头上。但这场雪不是瑞雪，而是一场灾难，是“寒冷的封锁”，是土地的沦丧：他们失去了所饲养的家畜，失去了肥沃的田地，“拥挤在/生活的绝望的污巷里”，妇女在死亡的恐怖中受尽刺刀的戏弄，老人们无家可归，到处流浪。这些发生在中华大地上的深重灾难让诗人异常痛苦，只能对中国农民的苦难表示心灵的关切，感受到自我人生的遭遇与民族命运的紧密联结，从而使得诗歌被涂抹上了鲜明的时代色彩。

在创作《我爱这土地》时，诗人已经有了比较丰富的社会阅历，对社会的动荡、民族的危机、民众的苦难也有了更加深刻的体会。而这一切都发生在中国这块土地上，因而诗人对土地的理解也更为深刻，对土地的感情也更加强烈了。诗中，诗人先是将自己想象成一只鸟，进而借助鸟的朴素而简单的语言来抒写他对土地的无比热爱。这土地已经受了太多的苦难，可它始终未屈服，并以坚贞不屈的精神进行着反抗。对于这样的土地，诗人充满了热爱，而且为了能将自己的爱永远留给土地，他希望自己“连羽毛也腐烂在土地里面”，从而将自己的热爱之情借助土地凝结为不朽的诗句。

艾青诗歌中的农民主题，表达了他对善良、勤劳的劳动人民的赞美，也表达了他对遭遇苦难的劳动人民的深切同情。在《大堰河——我的保姆》一诗中，艾青运用排比的句式，对苦难的普通农妇“大堰河”进行了高度的赞美，进而表达了自己的人道主义情怀和对不平等的社会进行反抗的精神。在这里，诗人运用朴素的叙述，将自己童年时期对“大堰河”的深刻记忆和无比感恩的情怀生动而细腻地表达了出来。而诗人在最后对“大堰河”母亲的深情呼唤“我是吃了你的奶而长大了的/你的儿子。/我敬你/爱你”，更是触动了普天下人子的心弦。

艾青在进行诗歌创作时，虽然始终坚持现实主义的创作态度，但在艺术上借鉴和运用了西方的象征主义艺术手法。艾青对于象征主义的借鉴有着清醒的认识，并达到了高度的艺术自觉意识。艾青对象征主义流派与象征的手法作了明确区分，显然他对象征主义中有颓废倾向的一脉持否定态度，不喜欢他们诗中的气氛和精神境界。但是他并不排斥对于象征手法的运用，换言之，在艾青看来，象征手法无论是象征主义诗人还是现实主义诗人都是可以运用的。正是基于这样清醒的认识，艾青在他的诗歌生涯中都坚持着象征手法的运用，象征手法成为艾青艺术风格的一个重要特征。比如，《向太阳》中的“太阳”意象，诗人用“太阳”象征光明，象征革命理想，表达了时代、民族、人民的热望；《雪落在中国的土地上》中的“土地”意象，诗人用北方冰封雪裹的土地来象征民族的苦痛与灾难，在这个意象中人们不单单感受着寒冷和雪景，而是具体触摸到遭受法西斯侵略而顽强挣扎、奋斗的人民的脉搏。

艾青现实主义的诗歌创作也有着鲜明的艺术特色，具体来说体现在三个方面：第一，艾青的诗歌中借鉴并运用了象征主义的艺术手法，而且象征手法的运用使得他能够熟练地对重大的题材进行驾驭、对广阔的社会生活画面进行描绘。例如，《火把》中用“火把”象征着中国的广大同胞对建立强大新中国的热切期盼等。第二，艾青的诗歌中运用了排比、复沓等多种中国传统诗歌的修辞方式，并运用口语化的语言，自由地对自己的所感所思进行抒写，不在乎外在的形式，从而使诗歌呈现出散文化倾向。在《大堰河——我的保姆》一诗中，诗人以口语为诗，大量地运用了散文化的排比句营造了一种排山倒海的言说气势，自由地诉说着自己对大堰河的无限深情。第三，艾青的诗歌中有着强烈的色彩感，而且巧妙地将色彩与诗意融为了一体。例如,《旷野》中的诗句"在广大的灰白里呈露出的/到处是一片土黄,暗赭/与焦茶的颜色的混合啊";《向太阳》《火把》等诗中,通过火红的色彩将诗人的民族自信心形象地传达了出来。

总之,艾青是中国新诗发展史上继郭沫若之后开一代诗风的自由体诗人,他"紧贴中国大地,以崇高的价值理念为底蕴,广泛借鉴中外文学经验,'综合'五四以来新诗传统,融会贯通"[①],推动了中国自由体新诗的发展。

第四节　现实主义戏剧的创作

在中国现代戏剧史上,曹禺占据着极其重要的地位,并以其创作极大地推动了中国现实主义戏剧的发展。作为现代戏剧大师,曹禺具有与鲁迅相似的观察、思考中国人人性的思想资源——西方的人文传统,这就是他在清华大学西洋文学系就读时对从莎士比亚、易卜生到契诃夫、奥尼尔等戏剧大师戏剧作品中的人文思想的吸收。他关注的焦点是人,是人的命运和在他看来残酷而复杂的人性。本节即对其现实主义戏剧创作进行分析。

一、曹禺的生平

曹禺(1910—1996),原名万家宝,祖籍湖北潜江,出身于天津一个没落的封建官僚家庭。父亲是个失意的军人,经常聚集一些同样不得志的清客、幕僚,在家里吟诗赋词,这对曹禺产生了一定的影响。1922 年,曹禺考入天津南开中学。期间,他开始阅读鲁迅、郭沫若、郁达夫、叶圣陶以及外国著名戏剧家的作品。他喜欢

---

① 陈国恩. 中国现代文学[M]. 北京:北京大学出版社,2010:218.

古希腊悲剧，也用心研读莎士比亚等人的剧作，同时还翻译了莎士比亚的名剧《罗密欧与朱丽叶》，并且参加了南开中学的业余话剧团体南开新剧团，先后演出过霍普曼的《织工》、易卜生的《国民公敌》和《娜拉》、莫里哀的《悭吝人》和丁西林的《压迫》等剧。1928 年，曹禺升入南开大学政治系学习，1929 年转入清华大学西洋文学系，专攻西洋文学。1933 年大学毕业后，曹禺又以优异的成绩考入清华大学研究院当研究生，专攻戏剧。1934 年，曹禺因生活所迫中止学习，赴天津河北女子师范学院任教。1936 年应聘到南京国立剧专任教。1946 年 3 月，应美国国务院邀请，与老舍同赴美国讲学。中华人民共和国成立后，曹禺继续参与戏剧界、文艺界的领导工作，担任北京人民艺术剧院院长、中国戏剧家协会主席等职。1996 年 12 月 13 日，曹禺在北京医院辞世。

二、曹禺的现实主义戏剧创作

曹禺一生的戏剧创作数量不算多，但是分量却很重，特别是《雷雨》《日出》《原野》《北京人》四大名剧，被称为曹禺的"人生悲剧命运四部曲"，其中《雷雨》和《日出》是他对人性的思考。

《雷雨》讲述的是一个发生在带有浓厚封建色彩的资产阶级家庭里的悲剧。30 年前，周家大少爷周朴园与佣人梅妈的女儿鲁侍萍相爱，并生下了周萍和鲁大海两个儿子。后来，周朴园为了与另外一位有钱人家的小姐周繁漪结婚，狠心在除夕当天将鲁侍萍和刚出生三天的次子鲁大海赶出家门。鲁侍萍跳河自杀，但又被人救起，之后，她带着鲁大海嫁给了奸猾自私、游手好闲的鲁贵，生下了女儿四凤。周朴园新娶的周繁漪生下了儿子周冲，周朴园也成为大资本家。周朴园的大儿子周萍与继母周繁漪发生乱伦关系，同时又与同母异父的周公馆女佣四凤恋爱，周冲也爱恋着四凤。30 年后，在一个炎热的夏日，多年的矛盾冲突爆发出来，大家庭人物之间的关系和事实真相在雷电交加、暴雨大作的夜晚被彻底揭开，一幕人间悲剧也随之降下了帷幕：周冲、四凤触电身亡，鲁大海失踪，周萍开枪自杀，鲁侍萍、周繁漪成了疯子。周朴园还清醒地活着，但他是悲剧的承受者，永远忏悔。他将周公馆改作了教会医院，常常来看望住在教会医院的两个老妇人：鲁侍萍、周繁漪。他也一直在寻找着鲁大海，但是多年来毫无消息。《雷雨》要表达的就是曹禺式的人性、命运命题：残酷。这里既包含了对人无论怎样挣扎终不免失败的生存状态的发现，同时又表明了作者对宇宙间压抑着人的本性、人又无从把握的某种神秘力量的恐惧。全剧交织着"过去的戏剧"（周朴园与侍萍始乱终弃的故事，后母繁漪与长子周萍恋爱的故事）与"现在的戏剧"（繁漪与周朴园的冲突，繁漪、周萍、四凤、周冲之间的感情纠葛，周朴园与侍萍重逢，周朴园与鲁大海的矛盾），所有悲剧最后都归结于"罪恶的渊薮"——具有浓厚封建色彩的资产阶级家庭家长的象征：周朴园。在作品的结尾，年轻的一代都死去了，留下的只有充满悲剧性的老一代，这更加深化了作品的悲剧色彩。

《日出》以20世纪30年代初期半殖民地半封建社会中国大都市生活为背景，展现了围绕在交际花陈白露周围的"有余者"的形象，如脑满肠肥、荒淫无耻的大丰银行经理潘月亭；自作多情、肉麻笨拙的富孀顾八奶奶；油腔滑调、招摇撞骗的洋奴张乔治；油头粉面、无所事事的市侩胡四；凶恶残暴、仗势欺人的打手黑三；媚上压下、欺软怕硬的茶役王福升等。通过这些人的不同立场和利害关系，揭示了当时那个社会的本质。在《日出》中，作者表面上要表达的主题似乎是他所说的对"损不足以奉有余"的社会现象进行谴责和抗争，但与《雷雨》的"残酷"主题一样，在剧本中，无论是"不足"者还是"有余"者，实际上都把握不了自己的命运，都处在"被捉弄"的地位上。如果说《雷雨》表达的是"人的挣扎"的困境，那么《日出》表达的就是"人的被捉弄"的困境。从《雷雨》里的繁漪到《日出》里的陈白露，再到仇虎，他们无不是灵魂分裂、人性复杂的人物，曹禺正是要通过他们的悲剧命运，揭示一个关于命运和人性双重"残酷"的主题。在这里，社会整体状况怎样是不重要的，它们都仅是"病态"人性展开的一个模糊的背景，人性、命运才是这些戏剧的根本主题。

总体来说,曹禺善于把握人物命运的戏剧性变化,在戏剧冲突中体现对人生的终极关怀。他的剧作不仅显示了其本身独特的价值,而且其对戏剧艺术不断探索求新的精神,也是现代戏剧发展进程中最宝贵的财富。

第五节 现实主义散文的创作

现实主义散文的蓬勃发展是在战争时期,由于民族矛盾和阶级矛盾的空前激化,人们迫切地关心着战况与民族的命运,因此在散文的创作上对时局更加重视,“救亡图存”的文学主题随之兴起,而具有战斗性特征的杂文与反映当前时局与民族共性的报告文学正好契合了文学“救亡”的时代主题的要求,于是便迅速地发展了起来。

一、鲁迅风格的杂文

战争时期,随着人民革命力量的高涨,作为时代理论思维的最高表现形态之一的“鲁迅思想”,在经受了历史的检验后,其影响力不断扩大,鲁迅风格的杂文报刊数量不断增多,杂文写作队伍不断壮大,从而促使了鲁迅风格杂文的兴盛。

鲁迅风格的杂文发扬的是战斗精神与战斗传统,先后形成了围绕《鲁迅风》等刊物的“孤岛”杂文作家群和国统区围绕《野草》的“野草”杂文作家群。这些杂文作家(包括巴人、唐弢、柯灵、阿英、周木斋、文载道等)以战争时期我国的特殊环境为基础,创作了大量现实批判性强、笔调真切痛快的杂文,其中尤以巴人和聂绀弩的创作最为活跃。

巴人(1901—1972),原名王任叔,浙江省奉化市人。巴人年幼好学,成绩常名列前茅。1915 年,巴人考入浙江省立第四师范学校。毕业后，巴人先后执教于镇海、鄞县等地。1922年，巴人走上创作道路，发表了一系列散文、诗作、小说。中华人民共和国成立后，巴人任新中国驻印度尼西亚首任大使，于1972年去世。巴人的杂文在内容上主要表达了对日本侵略者及其鹰犬的愤懑和抗议，对敌伪汉奸的挞伐。在表达方式和语言风格上，他在生动记叙、描写自己亲身经历和见闻的过程中，将具有鲜明爱憎和深刻见解的社会评论融入杂文中，从而使杂文在散文式的“直感”与“形象”的抒写形式中，饱含杂文家评判思辨的惊魂。例如其《说笋之类》这篇杂文，即由日本人诬蔑中国人嗜笋而引出童年掘笋的回忆，进而根据自己的经验痛斥日本人诬蔑中国民族性始，以振奋中国民族性肯定抗日精神告终。

聂绀弩(1903—1986)，原名聂国棪，湖北省京山县人。聂绀弩幼年即开始进行诗歌创作。1921年，聂绀弩进入上海高等英文学校，次年加入国民党，后出国担任教员。1924年，聂绀弩回国考入黄埔军校，后受国民党派遣入莫斯科中山大学，次年因蒋介石发动“四一二”政变被遣送回国。1934年，聂绀弩加入中国共产党，并先后出版了一系列小说和杂文。中华人民共和国成立后，聂绀弩在文化领域先后担任了一些职务。1986年，聂绀弩在北京去世。聂绀弩大量创作杂文是在抗日战争以后，结集的有《历史的奥秘》《蛇与塔》《早醒记》与《血书》等。在杂文的创作上，聂绀弩好用反语达到讽刺效果，他的杂文多有一种冷嘲的风格，又能在引发读者的现实联想中实现批判的目的。这也使得他的杂文一方面抨击了腐朽事物与黑暗现实，批判了旧的社会伦理道德；另一方面表达了改变中国人精神面貌的愿望，如《我若为王》。这篇杂文构思奇特，聂绀弩通过设想“我”之“为王”后的种种意欲贪念影射了当时专制统治的现实。从这一层面来说，这篇散文不仅尖锐地揭示了封建专制主义并非个人行为，而是因为有封建奴性的社会基础；而且批判了专制主义，斥责了寡头政治，提出提高民众的民主意识的改革呼声。

二、瞿秋白、夏衍等人的报告文学

报告文学是从新闻报道和纪实散文中生成并独立出来的一种新闻与文学结合的散文体裁，也是一种以文学手法对现实生活中的真人真事进行及时反映和评论的新闻文体，有着纪实性、及时性和文学性等特征。中国的报告文学创作发端于 20 世纪 20 年代前后，1919 年，《每周评论》上刊载的署名明生的《旅中杂感》、署名亿万的《一周中北京的公民大活动》，1920 年，《劳动者》周刊上刊载的《唐山煤矿葬送工人大惨剧》，都已经初步具备了报告文学的形态。到了 20 世纪 30 年代以后，中国的报告文学得以成形并日益发展。下面具体分析一下瞿秋白和夏衍的报告文学创作。

在中国现代文学史上，瞿秋白以自己的散文创作开了中国报告文学的先声，并在中国报告文学发展史上占有重要的地位。

瞿秋白(1899—1935)，原名瞿爽，出身于江苏常州一个破落的书香门第家庭。1917 年，他随堂兄北上到北京，后考入俄文专修馆学习，并开始翻译俄国作家普希金、托尔斯泰等人的作品。1923 年，他开始翻译列宁的著作，并到于右任、邓中夏创办的上海大学任教务长兼社会学系主任。从 1925 年起，他先后参加了中国共产党第四次、第五次和第六次全国代表大会，并被选为中央委员、中央政治局委员等。1930 年，他到了上海和鲁迅一起领导左翼文化运动，并积极进行文艺创作和翻译。1935 年 2 月，他在福建被国民党逮捕，6 月 18 日晨从容就义，终年 36 岁。瞿秋白的报告文学作品，从实质上来说是融游记、写景、议论、抒情等于一体的，回荡着雄浑悲壮的格调，气势雄伟、绚丽多彩的报告体或通讯体散文。《俄乡纪程》和《赤都心史》是其重要的报告文学作品，开了中国报告文学的先声。《俄乡纪程》前半部分近乎作家的自传，对其家庭出身、生命经历进行了详细叙述，并结合当时中国的社会实际对人生观的树立及变化过程进行了深刻剖析；后半部分中，作家主要对自己从赤塔到莫斯科途中的见闻以及自己到达莫斯科后看到的十月革命后的新俄国进行了生动展现，进而对十月革命的胜利进行高度颂扬，但同时又对十月革命后苏俄面临的社会混乱、物资极端困难、经济萧条、分配不公等现实进行了实事求是的展现，从而体现出鲜明的纪实性特点。《赤都心史》中，作家进一步对自己在苏俄社会生活的各个方面，以及自己在当时的心理和心态进行了生动而真实的记录，可谓是作家的一部心灵史，并体现出鲜明的文学性和纪实性特点。

夏衍(1900—1995)，原名沈乃熙，浙江省杭州人。1927 年，他加入中国共产党，两年后加入"左联"，积极领导开展左翼文化运动。1929 年，他与郑伯奇等人共同组织了"艺术剧社"，并开始进行戏剧创作。中华人民共和国成立后，他曾任中共上海市委常委、上海市委宣传部部长、上海市文化局局长、上海人民艺术剧院院长等职。1995 年因病在北京医院逝世。夏衍对中国报告文学的发展有着非常突出的贡献，他的报告文学作品《包身工》更是在中国报告文学史上开创了新的纪录。《包身工》是夏衍报告文学最重要的代表作。1935 年，他冒着生命危险对包身工的生活进行了深入的调查，并在深刻了解了她们悲惨的命运与生活后，写下了这篇报告文学作品。在这篇报告文学中，作家主要对上海日本纱厂的中国少女们惨绝人寰的不幸遭遇进行了真实的描写。这些少女都来自农村地区，她们被骗到纱厂后，又以一种奇特的方式包给了带工的老板，因而被称为包身工。在工厂里，包身工没有"做"或"不做"的自由，每天都像是奴隶一样，在"没有光，没有热，没有希望，……没有法律，没有人道"的工厂里，在带工的拳头、棍棒和强迫下给老板卖命，直到被榨干最后一滴血汗。包身工们就这样过着如地狱一般的生活，直到在非人的虐待下死去。通过这些事实，作家对罪恶的包身工制度进行了揭露，对封建势力、流氓特务以及帝国主义操纵的黑暗统治进行了强烈批判。

夏衍的报告文学创作也形成了自身鲜明的特色，具体来说体现在以下几个方面：第一，夏衍的报告文学总是能对当时社会中发生的重要变化及事件进行及时而迅捷的反映。《包身工》就准确地对中国社会发展的这一趋势进行了把握，并尖锐而迅捷地指出了帝国主义、封建主义和官僚资本主义三座大山给人民造成的沉重负担。第二，夏衍的报告文学有着真实而准确的新闻式的报道。夏衍在创作《包身工》时，就曾瞒过带工老板的监视，混进包身工居住的工房进行实际调查，并通过与包身工的长时间亲身接触，深刻了解了她们生活及命运的悲惨，掌握了大量丰富而准确的材料，从而在写作时能够以丰富、真实、准确的内容为基础，而不是随意地进行想象和夸张。第三，夏衍的报告文学有着较强的文学性。在《包身工》这篇报告文学中，作家采用电影式的特写，将包身工的生活浓缩到一天中进行表现，并将其与大量的数字列举和分析说明相交织，从而形象地刻画了一幅人间地狱的惨景。另外，文章中塑造了"芦柴棒"这一典型的人物形象，又采用了细节描写以及艺术描写与新闻报道、社会调查相结合的表现方法，从而体现出鲜明的文学性，不愧为中国现代报告文学史上的精品。

第三章　中国浪漫主义文学思潮及其创作

中国现代浪漫主义在西方浪漫主义思潮的影响下和中国20世纪初独特的历史背景下萌芽并形成，随后在更为波澜壮阔的五四新文化运动中迅猛成长，发展成蔚为壮观的浪漫主义文学思潮。受到浪漫主义文学思潮的影响，20世纪20年代到40年代的中国文坛上，不管是诗歌、小说，还是戏剧、散文，都出现了不少的浪漫主义作家和作品。本章就对一些代表性的浪漫主义作家及其创作进行一定的分析与论述。

第一节　中国浪漫主义文学思潮的发展历程与主题形态

一、中国浪漫主义文学思潮的发展历程

中国浪漫主义文学思潮经历了一个由盛而衰的演变过程，以下就对其如何大放异彩，而后几经波折，最后衰落的过程进行一定的阐述。

我国浪漫主义文学思潮在五四时期孕育并达到了发展的高峰。这一时期，辞旧迎新、激烈动荡的时代背景，个性解放、人格独立的社会思潮，以及当时作家们抑制不住的昂扬斗志和激情，都造就了浪漫主义，使其与当时的现实主义形成两大对峙的文学思潮。梁实秋是最早指出浪漫主义文学思潮，并对其进行全面考察的人。他在1926年撰写的《中国现代文学之浪漫的趋势》这篇文章里，对五四时期浪漫主义文学思潮的四个显著特征进行了分

析，分别是“外国的影响”“感情的推崇”“印象主义”和“自然与独创”。当然，他也站在古典主义立场上对浪漫主义文学思潮进行了尖锐的批评。虽然梁实秋对浪漫主义文学思潮的评价有失偏颇，但不可否认，他的一些分析是很有见地的，也确实引起了人们对浪漫主义文学思潮的重视。

浪漫主义文学思潮之所以能在五四时期蔚为壮观，与1921年成立的创造社的诸作家的热情倡导和努力创作是分不开的。郭沫若的诗歌、郁达夫的小说、田汉的戏剧、成仿吾的评论，都在当时产生了很大的影响，他们扛起了浪漫主义的大旗。创造社的浪漫主义创作主要沿着两个方向展开：一是抒发了破旧立新的狂飙突进精神，焕发出昂首天外的英雄主义气度，如郭沫若的《女神》；二是展示了知识分子分裂的灵魂与苦闷的心灵，弥漫着浓重的感伤气氛与忧郁情调，如以郁达夫的作品为代表的一大批自传性抒情小说。前一个方向在当时曲高和寡，人们虽然仰慕，却无力效法；后一个方向吸引了众多作家，使感伤主义一时间在文坛占据主导地位。

除了创造社，与创造社的创作倾向接近的浅草社、弥洒社也推动了浪漫主义文学的发展。浅草社作家大都是在五四退潮后走上社会和文坛的，几乎还没来得及充分喊出自己合理的历史要求，就被五四以后的黑暗现实所窒息。因此，他们的创作普遍存在着一种强烈的幻灭感，一种苦闷、矛盾的心态。这些作品虽然在主题、题材、结构、表现手法等方面带有模仿郁达夫早期小说的痕迹，但它们更注重对人物内心的刻画和剖析，更注重吸取西方现代主义作品的表现方法，现代感更为强烈，这是它们的独到之处。弥洒社认为，在从死囚牢里刚解放出来的民族中间，在古典文学还没有完全驱逐的时候，有提倡浪漫运动的必要，认为浪漫运动就是反抗一切旧制度、旧礼教束缚的运动，是表达个人天才的运动，是以青年人的理想和小孩子的心为唯一永久真理创造的运动。①

① 德征.浪漫运动[N].民国日报·觉悟，1922－7－25.

在文学创作上，弥洒社并没有十分强烈的反抗精神。新月诗派也是提倡浪漫主义文学思潮的重要社团。该社团的作家重主观，崇尚感情、灵感与天才，也主张个性解放。不过，新月诗派后期的艺术观和创作发生了一些变化，即由早期的浪漫感伤变为精致华美，由推崇个性和情感变为克制自我和推崇理性。于是，他们以浪漫主义为主导，并在浪漫主义中掺进了古典主义和现代主义的因素。

五四时期，浪漫主义文学思潮不仅非常充分地表现在上述浪漫主义文学社团中，而且感染了文学研究会这样提倡现实主义创作方法的社团。文学研究会的作家在现实主义的底板上呈现出浓厚的浪漫主义色彩，尤其是在他们的早期创作中，浪漫主义因素很常见。比如，冰心当时的创作饱寓感情，以情取胜，吟唱了一曲曲歌咏母爱、童真、自然的爱的颂歌；庐隐的创作非常接近创造社中的郁达夫，她是当时最常用书信体、日记体的形式来抒发内心主观情感的作家；许地山的创作表现了浪漫主义另一方面的特色，他的早期作品充满了浓郁的宗教意味，富于传奇色彩和异域情调；即使是具有严谨的现实主义创作态度的叶绍钧与王统照，他们的早期创作也流露出较多的主观因素，强调“美”和“爱”，侧重描写人物的内心感受，通过人物心灵的镜面去折射社会现实。

随着社会现实、时代主题和人们审美情趣的急遽变化，20 世纪 20 年代中期，作家们纷纷走出个人感情的狭小天地，注重观察社会现实，更倾向于记录感受，认识对象，对现实做客观、冷静、真实的描写，这使得浪漫主义一度沉寂。不过，到了 20 世纪 20 年代后期，浪漫主义文学思潮开始复苏，再度崛起，形成继五四时期之后的第二个洪峰。1927 年 4 月 12 日，以蒋介石为首的国民党新右派在上海发动反对国民党左派和共产党的武装政变，大肆屠杀共产党员、国民党左派及革命群众。“四一二”政变深深震撼了当时的知识分子，他们原以为蓬勃开展的大革命能给中国带来出路和希望，可是转眼间便化作了泡影，白色恐怖笼罩着中国大地。

于是,愤怒、悲痛、失望、复仇的情绪控制了他们,"革命浪漫蒂克文学"就这样诞生了。

"革命浪漫蒂克文学"就是一种浪漫抒情文学,它的创作者很多都是创造社的成员,后来出现的一些青年作家也是热情、敏感的知识分子,具有浪漫蒂克的气质,始终为浪漫主义辩护。这些作家放任感情,直抒胸臆,作品既洋溢着英雄主义气息、雄浑慷慨的激情和狂热的复仇精神,也散发着忧郁感伤的情调。同时,他们还将个人的感伤情绪同当时的政治情绪结合起来,这就与五四浪漫主义文学思潮有了一定的区别。"革命浪漫蒂克文学"摈弃了五四浪漫主义文学思潮"为艺术而艺术"的倾向,强化了对文学社会功利作用的认识,并将它推到极端,从而导致了"标语""口号"式的文学出现;摈斥了五四浪漫主义文学思潮的个性意识,强化了阶级意识与群体意识,作品表现出一种社会化、群体化的情绪。当然,它总体上还是属于浪漫主义文学思潮范畴的,很多作品流露出知识分子的个人情趣和个人意志,在所塑造的革命浪漫英雄形象身上,也可以明显地看到拜伦式人物的影响。遗憾的是,"革命浪漫蒂克文学"并没有产生像五四时期浪漫主义文学那样的一大批优秀作品,它本身的弊病限制了其自身的发展。在短暂的复苏之后,浪漫主义文学思潮又归于沉寂。

到了20世纪40年代,浪漫主义文学思潮又掀起了两个小小的波浪,这就是郭沫若的历史剧和徐讦的小说。它们是中国现代浪漫主义文学思潮的最后一股余波,也为中国现代浪漫主义文学思潮画上了一个醒目的句号。郭沫若作品的浪漫主义特色主要表现在对历史的态度以及由此产生的历史剧的创作原则上。他在表现历史的时候,并不致力于忠实、准确地再现某一特定的历史时代,而是任其想象驰骋,因而表现出来的历史图景主观色彩极浓,人物性格夸张,戏剧性效果强烈。徐讦的作品所表现出来的那种感情无节制的宣泄,人物和故事的凭空虚构,异域情调和神秘色彩的极力渲染,哲理、象征的刻意追求,以及华丽、浓艳的辞藻铺陈和"回到自然"情绪的流露,都使他的作品属于正宗的浪漫主义文学作品。可以说，他的小说创作丰富了中国现代浪漫主义文学思潮的表现形态。

中国浪漫主义文学思潮匆匆走完了30年的历史行程，就像一颗划破夜空一闪即逝的流星，突然出现，又很快分化解体。这与其自身存在一定的缺陷是有关系的。中国现代的浪漫主义本来就不是一种以中庸面目出现的美学理论，它充满躁动、趋于极端，虽然具有极强的冲击力，但自身的防护力很差。也正因此，创造社、新月派、京派、现代派、九叶派的作家都对其进行了相应的评判，在批判中，它失去了时代的宠爱，走向了衰落。

二、中国浪漫主义文学思潮的主题形态

中国浪漫主义文学思潮强调情感、想象、天才和灵感等主观心理因素，推崇个人的主观情感，主张“回到自然”，追求人的纯洁、本真的自然本性。这种观念和特点使中国浪漫主义文学在主题上呈现出两个重要的形态：一是个性主题形态；二是人性复归主题形态。

（一）个性主题形态

辛亥革命之后，延续了两千多年的封建帝制被推翻，原有的现实秩序和传统的价值观念遭遇了从未有过的强力冲击，长期束缚人们的封建观念体系濒临解体，神圣的文化偶像轰然倒塌，人们一个个开始做了自己的主人，独立地、自由地面对整个世界。于是，个性与自我问题成为知识分子关注的焦点。个性意识的觉醒与五四时期西方个性主义思潮在中国的蔓延也有直接的关系。西方个性主义将人看作是“个性”的人，注重并追求人的独立性、特别性，充分肯定个人精神世界的价值。在此影响下，五四时期的一大批文学作家都在作品中纷纷涉猎了个性主题，开始肯定人的价值和尊严。

个性主题是中国现代浪漫主义文学最重要的主题形态。五

四时期，文学观念中最响亮的字眼便是“个性”“自我”，个性自由、自我扩张成为那个时代最时髦的观念。作为对历史与传统的一种反拨，摆脱了坚牢的桎梏的“个性”与“自我”，必然会以一种极端的方式走向原来的对立面，由过去的渺小卑微一变而为现在的强大自傲。例如，郭沫若的《女神》就是凝聚着当时暴躁凌厉的个性解放思想的一部作品，作者通过《天狗》《梅花树下醉歌》《立在地球边上放号》等慷慨激昂的诗篇，塑造了一个顶天立地、气盖寰宇的自我抒情形象，吹奏出了五四新文学个性主题最高亢、最乐观的旋律。

由于落后的经济与文化，在当时不仅个性意识无法很快成为整个社会和民族的思想观念，而且最早觉醒的知识分子孜孜以求的个性自由、自我扩张也难以在现实生活中得到真正的实现。社会现实条件与理想之间存在着的悲剧性冲突体现在文学创作中，就使得这一时期中国浪漫主义文学的个性主题呈现出三种独立的结构形态。

(1)个人与社会的对立。觉醒的知识分子在兴高采烈地宣扬个性主义、为突如其来的自由与新生而欢欣鼓舞的同时，猛然发现自己已经陷入了不可躲避的孤立境地，整个社会正以非常冷漠甚至敌意的态度注视着他们。旧的社会观念不能包容他们所追求的个体的、特殊的、纯自己的自由与扩展，他们所持的新思想、新观念与固有的社会规范、习俗、偏见格格不入。于是，“隔膜”“屏障”“堡垒”等语汇在许多作家的笔下反复出现，浸透着一种刻骨铭心、无法排遣的孤独感。在这种结构形态中，有强者的孤独与弱者的孤独这两种不同思想和形象的类型。前者桀骜不驯，蔑视平庸，充满强烈的反抗精神，它最集中地体现在鲁迅的思想和作品中，如《狂人日记》中狂人的主要性格特点是“狂”，是无视俗见、威压不住的一股狂傲之气；《孤独者》中魏连殳的主要性格特点是“傲”，是具有敢同社会抗争的刚性品质和强韧意志。后者表现为既不满社会现实，又无力反抗，只好苦闷、彷徨、伤感和自责。例如，倪贻德的《玄武湖之秋》中的人物就常常带着失意人的悲戚面容，拖着落魄者的憔悴身影，发出哀哀欲绝的叹息。

（2）理想与现实的对立。五四时期的个性主义者大都是理想主义者，不论是郭沫若的《女神》所体现出来的创造的热情、乐观的情怀、蓬勃的朝气，还是蒋光慈对未来乐园的美妙憧憬，冰心对母爱、童真和大自然的向往，庐隐对美好爱情、家庭的追求，都显示出他们对社会发展、历史进步、人生美妙的畅想和期待。然而，人们面对的仍是普遍存在于生活中的封建性黑暗，因此内心很容易产生一种被捉弄与被欺骗的感觉。这种理想与现实的对立给人们留下了较深的创伤，再加上大革命的失败使人们又一次遭受到同样强烈的刺激，所以，一直到 20 世纪 20 年代后期，作家们仍在更具体、更深刻地展示着觉醒了的个人如何在社会现实的压迫下由追求理想到走向绝望的精神与生活历程。

（3）理性与感性的对立。在浪漫主义文学思潮之下，传统的价值体系与道德秩序开始松动，加上西方个性解放思想和自然人性论的推波助澜，使得人的本能生命欲求开始以某种合理的面目出现。而中国几千年来形成的道德、习俗、风尚已进入人的意识与无意识层面，有着较强的生命力，仍在不断从各个方面遏制着人的感性冲动。因此，当时的作家们着力描写了感性与理性、灵与肉的尖锐对立。一方面，他们站在个性解放的立场上，肯定了人的感性要求和本能欲望，并理所当然地把它们作为肯定自己的存在、体验自我生命力量的一个标志。例如，郁达夫《沉沦》中的人物在大声疾呼："苍天呀苍天，我并不要知识，我并不要名誉，我也不要那些无用的金钱，你若能赐我一个伊甸园内的'伊扶'，是她的肉体与心灵，全归我有，我就心满意足了。"另一方面，受社会道德规范和自我良心的严厉监督，他们深刻地表现了"灵与肉"的冲突，借用弗洛伊德的术语，就是"超我"同"本我"的冲突。例如，郁达夫的《沉沦》和周全平的《楼头的烦恼》都淋漓尽致地表现了"灵与肉"的冲突。

在上述三种个性主题的内在结构形态之上，中国浪漫主义文学还形成了诸如忧郁、迷惘、渺小、恐惧、虚无、绝望等情绪基调。

总之，20世纪20年代以来的浪漫主义文学中的个性主题，突破了传统浪漫主义着重描写个人与外部世界冲突的模式，而进入了自我意识的深层结构，使个性主题具有了一定的哲学和心理学深度。

（二）人性复归主题形态

人性复归主题也是中国现代浪漫主义文学中一个显著的主题形态。围绕这一主题进行创作的作家似乎甘居于时代的大风圈外，没有去表现那个时代波澜壮阔的社会变革和急遽动荡的现实人生，而是另辟蹊径，肯定和礼赞了未经现代文明浸染与玷污的自然人性，描绘和讴歌了素朴、清幽的自然山水和田园风光。[①]从他们的作品来看，大都假定人类历史上有一个先在的人性完满的自然状态；大都带着一种感伤与愤懑的情绪来看待现代社会人性的退化、沦丧和分裂，并归因于文明的进步与发展；大都主张用自然人性对抗社会人性，用大自然的纯洁、本真对抗人世的污浊、喧嚣，最终渴望能够重建民族性格，实现人性复归。这一批作家虽然没有像西方浪漫主义作家那样大张旗鼓地提出“回到自然”的口号，但创作实践中却充分体现了这一口号。

人性复归这一主题形态主要由以下几个部分组成：

（1）表现童心与世俗的对立。这是从人性视角来分析的。在五四时期，讴歌童心可以说是一个非常引人注目的文学现象。这其实是作家对自然人性的又一种探索，是他们为异化的人性所寻求的一条复归之路。天真烂漫的童心是一种未经文明社会和成人世界浸染的人的自然本能与自然情感，更具有原生性与纯洁性。郭沫若、冰心、丰子恺、徐志摩等作家都在自己的笔下深切地表现过童心的纯真与自由。这些作家通过讴歌童心来抨击世俗，映照成人世界的堕落，这无疑是对美好人性复归的深情呼唤。

---

① 刘中树，许祖华. 中国现代文学思潮史[M]. 武汉：华中师范大学出版社，2009：206.

(2)表现野蛮与文明的冲突。这是从文化视角来分析的。一些作家的作品主要通过对野蛮世界的礼赞和对文明社会的批判，表达对自然人性所做出的文化构想。鲁迅、陈独秀、徐志摩都较早就有推崇野性、追求强力的思想，但并未引起人们太多的注意。直到20世纪三四十年代，才有一部分作家开始把艺术的笔触伸向充满蛮荒气息的崇山峻岭、大漠旷野，伸向那些野性未驯、强悍粗犷的男人与女人身上。他们透过野蛮的表象，看到了旺盛的生命力、激荡的青春热情、闪光的自由人格。例如，端木蕻良、艾芜、路翎笔下的景、人都体现了原始的、自然的美。他们不仅礼赞野蛮，而且处处将野蛮与文明对立起来，在这种对立之中，展开对现代文明的批判。

(3)表现乡村与都市的分裂。这是从生存视角来分析的。一些作家的作品没有着力描写中国农村愚昧、落后、闭塞、野蛮的习俗，也没有着力描写阶级冲突和阶级搏斗的内容，而是构筑起一个和谐、宁静、安乐、优美的"桃花源"式的世界，以及世界中善良、纯朴、天真的人性。刘半农、穆木天、沈从文、李广田、饶孟侃等都写过这类作品。当然，在表现乡村的安宁与人性的优美中，他们也表现了对现代都市文明的批判，批判现代都市文明对乡村生活与纯朴人性的玷污和破坏。

(4)表现对自然美的探寻。这是从美学视角来分析的。五四时期深受西方近代浪漫主义思潮"回到自然"观念的影响，有相当一部分中国作家在文学创作中表现出一种自然审美意识。这种自然审美意识积淀着中国传统的崇尚自然、眷恋山水的基因，同时，在人与自然的关系问题上也呈现出某种独特的处理，即"人格化的自然"和"自然化的人格"。"人格化的自然"主要是在作品中突出了人的主体性，赋予客观自然以人的生命、素质，体现了人对自然的精神改造。"自然化的人格"主要是在作品中尽量泯灭人的主体意识，要求主体通过抛弃自我而与自然充分地融合，他们的自然审美情趣明显趋向于清、幽、洁、静，想给人一种体察细微、宁静、幽深玄远的审美感受。

第二节　浪漫主义诗歌的创作

中国现代浪漫主义诗歌的代表作家主要有郭沫若和湖畔派诗人，而湖畔派诗人主要有汪静之、潘漠华、冯雪峰、应修人等。他们是沐浴五四精神成长起来的，因而自身具有清新、自然、纯情、率真的特点，他们的诗歌主要写爱情，通过爱情表达个性解放、自我完善等内容。

一、郭沫若的浪漫主义诗歌创作

郭沫若(1892—1978)，原名郭开贞，号尚武，笔名沫若，四川乐山人。郭沫若不到5岁便开始接受私塾教育，小学、中学时代广泛涉猎了中国古典文学，并接受维新思想，因而具有爱国民主思想与叛逆意识。1913年底，郭沫若东渡日本留学。1919年下半年至1920年上半年，在五四思潮的激荡下，受惠特曼《草叶集》豪放诗风的影响，他开始大量创作诗歌，《凤凰涅槃》《地球，我的母亲!》《天狗》《炉中煤》等都是在这一时期写成的。1921年，他发表了《女神》，奠定了他在中国新诗史上的地位。同年，他和郁达夫、成仿吾等人创立了文学社团创造社。1923年10月，郭沫若出版了诗歌、散文、小说合集《星空》。1926年发表的论文《革命与文学》，标志着郭沫若的文学思想发生了巨大变化。1927年3月，在“四一二”政变前，郭沫若在武汉《中央日报》发表了著名的讨蒋檄文《请看今日之蒋介石》，产生了巨大影响。1928年2月，为了躲避国民党的通缉，他流亡日本，并发表了诗集《前茅》《恢复》。七七事变后，郭沫若本着一颗爱国之心，从日本潜回中国，参加抗日救亡运动。1941年“皖南事变”发生后，他以极大的愤慨创作了《棠棣之花》《屈原》《虎符》《高渐离》《南冠草》《孔雀胆》六部历史剧，借古喻今，产生了十分广泛的影响。中华人民共和国成立后，郭沫若先后创作了《蔡文姬》和《武则天》两部历史剧，充分显现出他作为老一辈剧作家兼诗人的文学功底。1978 年 6 月 12 日，郭沫若在北京逝世，享年 86 岁。

如果要谈论郭沫若的浪漫主义诗歌，那么《女神》是必谈的。它是郭沫若最具代表性的作品，也是中国现代新诗的奠基之作，享有非常高的声誉。同时，它将中国现代诗的浪漫主义精神推向了极致。

《女神》包括序诗在内共计 57 首，分为三辑。第一辑是诗剧，包括《女神之再生》《湘累》《棠棣之花》三篇。第二辑主要是惠特曼式的雄浑豪放的诗歌，形成了雄奇阔大的主体风格。第三辑主要是泰戈尔式的清新恬淡的诗作，风格走向了柔和清丽。这种风格的呈现基本上符合诗人关于《女神》创作的三个阶段的说法：第一段是泰戈尔式，创作在五四以前；第二段是惠特曼式，正值五四高潮；第三段是歌德式，他失去了第二期的热情，成为“韵文的游戏者”，那些诗剧即是这一阶段的产物。

《女神》主要包含了四个方面的思想内容。

第一，表达了五四时期个性解放的时代要求。在过去，中国人的个人价值通常都是处于压抑状态的。《女神》则反其道而行之，以狂暴的方式，抒发了对自我价值的肯定，传达出个性解放的强烈要求。比如，在《我是个偶像崇拜者》中，诗人充满激情地写道：

我是个偶像崇拜者哟！
我崇拜太阳，崇拜山岳，崇拜海洋；
我崇拜水，崇拜火，崇拜火山，崇拜伟大的江河；
我崇拜生，崇拜死，崇拜光明，崇拜黑夜；
我崇拜苏彝士、巴拿马、万里长城、金字塔；
我崇拜创造的精神，崇拜力，崇拜血，崇拜心脏；
我崇拜炸弹，崇拜悲哀，崇拜破坏。

结尾笔锋一转：

我崇拜偶像破坏者，崇拜我！
我又是个偶像破坏者哟！

这一转，将诗人那种无所顾忌、自由挥洒的自我心态表现得淋漓尽致。

第二，歌唱反抗、叛逆与创造的精神，强烈而集中地表现了对新世界、新生活的向往。诗人对一切具有破坏与创造力量的事物都无比崇拜，认为它们是一切反抗旧传统的有力工具。

第三，抒发爱国情思。《女神》里的许多首诗都洋溢着诗人的爱国之情，如诗人在《炉中煤——眷念祖国的情绪》中写道：

啊，我年青的女郎！
我不辜负你的殷勤，
你也不要辜负了我的思量。
我为我心爱的人儿
燃到了这般模样！
……
啊，我年青的女郎！
我自从重见天光，
我常常思念我的故乡，
我为我心爱的人儿
燃到了这般模样！

诗人把自己比作熊熊燃烧的“炉中煤”，又把祖国比作“我心爱的”“年青的女郎”，表达了对祖国的思念之情。

第四，充满浓厚的泛神论思想。《女神之再生》《凤凰涅槃》等诗都表达了同旧世界决裂、向旧世界宣战的精神高度。这类诗带有浓厚的泛神论思想，增加了诗歌的深度。

总的来说，《女神》作为一部浪漫主义诗集，想象丰富，语言优美，为平实浅近的白话诗带来了全新的要素与风格。诗中强烈的主观抒情和夸张扬厉的自我抒情主人公形象，雄奇、宏大的独特意象与典雅、清丽的古典意象，自由不羁而又不乏严谨与节制的诗形，都使整个诗集显示出较高的水准。可以说，它就是一部继承传统又开拓创新的拓荒力作。

郭沫若比较喜欢屈原、李白、泰戈尔、惠特曼、海涅、歌德、雪莱、波德莱尔等诗人的诗歌，因此也颇受他们的影响。其中，美国浪漫主义诗人惠特曼对他的影响最大。惠特曼歌颂大自然的自由精神，对社会的保守势力和陈旧的礼法持毫不留情的攻击和蔑视态度。郭沫若在创作诗歌时，善于把惠特曼的诗风与中国诗歌的屈骚传统、五四时代精神相融合，创作出极具特色的革命浪漫主义诗歌。他在抒发情感的时候，常常任感情直接流泻，不着意客观描写，完全靠感情去撞击、震撼和感染读者；他大量采撷神话传说或历史故事融进诗篇中，为读者勾勒了一幅幅触目惊心的景象；他反对用过多的格律，主张诗歌应是感情的自然流露，这为诗歌形式的革新树立了榜样。在《女神》里，诗的格式是五彩缤纷的，有自由诗，有整齐的格律诗，也有诗剧；诗节有长有短，诗行字数有多有少。

浪漫主义一般呈现两种不同的形态：一是积极乐观的浪漫主义，二是感伤的浪漫主义。如果说《女神》是郭沫若的积极浪漫主义的代表作，那么《瓶》就是感伤浪漫主义的代表作。《瓶》与《星空》相比，弥漫着一股更加浓郁的感伤气息。《瓶》是郭沫若的一部优秀的情诗集，在思想艺术上表现出对传统诗歌的继承和超越。《瓶》继承了中国古典爱情诗缠绵低回、蕴藉而深沉的悲情风格，汲取了富有古典情韵和象征意味的意象，渗透着现代人的情思，是古典与现代相交汇的产物。从整体上看，这种抒情风格决定了抒情主人公是一个执着追求爱情而又饱受失意、忧戚之苦的痴情者形象。诗集展现了他的深层情感意识世界，他幻想着意中人的完美形象：

> 啊，我怎么总把她记不分明！
> 她那蜀锦的上衣，青罗的短裙，
> 碧绿的绒线鞋儿上着耳根。

《瓶》还借用了传统诗歌借物咏怀、借景抒情的手法，并大量采用传统诗歌意象，浸润着古典情思，从而使情感走向绵邈和内敛。从形式上看，《瓶》融入了一些新诗技巧，如夸张、比喻等修辞手法，采用人物的对话和独白方式，表达丰富的情感世界。可以说，它使散文化的自由诗进一步走向规范和严谨。

二、湖畔派诗人的浪漫主义诗歌创作

湖畔诗派本指19世纪英国浪漫主义运动中较早产生的一个流派，以华兹华斯、柯勒律治和骚塞为代表。他们三人曾一同隐居于英国西北部的昆布兰湖区，先后在格拉斯米尔和文德美尔两个湖畔居住，以诗赞美湖光山色，所以有"湖畔派诗人"之称。这是一个消极浪漫主义的诗歌流派，他们膜拜"大自然风貌""幽处的灵魂"，提倡返诸自然的诗风，以自然美和田园生活为土壤，描写超自然的事物，充满神秘的色彩。他们站在保守的立场上，美化和维护封建制度，宣传宗教的道德观，否认艺术的社会根源。

我们这里要说的中国的湖畔派诗人，主要包括汪静之、潘漠华、冯雪峰、应修人等，他们先在杭州西子湖畔结伴建社，1922年成立湖畔诗社，成为湖畔派诗人。这一诗派的诗人虽然也赞美自然风光、描绘乡村生活，却是写景寄情，情景交融，借以抒发内心的苦闷，赞颂青春的美好，表现对光明的向往与对幸福的追求。他们更多的是采用积极浪漫主义的手法，以纯洁的心灵、热情的彩笔，专心致志地创作情诗，提倡和保护恋爱为其主要特征。这表达了当时被五四新思潮所唤醒了的青年男女的心声，反映了刚从封建礼教禁锢中解放出来的年轻一代对自由恋爱的强烈要求，是对旧道德的叛逆、旧礼教的冲击，具有积极的反封建意义。

汪静之(1902—1996)，安徽绩溪人，农工党成员。他1921年起在《新潮》《小说月报》《诗》《新青年》等杂志发表新诗，曾任武昌旅鄂湖南中学、保定育德中学、安徽第二农业学校国文教师，北伐军总司令部政治部编纂人员，《革命军日报》《劳工月刊》编辑，几所大学的中文系教授，商务印书馆、人民文学出版社的编辑等。汪静之1925年开始发表作品，1955年调入中国作协，其后一直担任湖畔诗社社长。作品有《蕙的风》《耶稣的吩咐》《翠黄及其夫的故事》《鬻命》《寂寞的国》《人肉》《父与子》《作家的条件》《诗歌的原理》《李杜研究》《爱国诗选》《爱国文选》《诗廿一首》等。其中，诗集《蕙的风》产生了很大反响。

汪静之的诗歌大多真诚坦露情感，毫不掩饰，所以形成了"天真纯洁、泼辣大胆，放情歌唱爱情"的艺术个性。例如，《祷告》：

我每夜临睡时
跪向挂在帐上的《白莲图》说：
白莲姊姊呵！
当我梦中和我底爱人欢会时，
请你吐些清香薰着我俩罢。

这首诗在坦率流露真情之时，又带有一点含蓄，诗人把对爱情幸福的憧憬融化在天真的祈祷之中。可以说，汪静之的爱情诗中质直、坦率而丰富的情感体验，既充分体现了人的个性特色，又充分体现了时代精神。

汪静之的不少诗中多次出现对恋人容貌体态和恋爱中行为的描写，当时很多诗人是不敢这样做的，因为其触及封建礼教的禁区，而汪静之却冲破了封建道德的樊篱。此外，汪静之还善于以类乎儿童的诚挚来多层面表现人的恋爱心理。例如，《月夜》：

我那次关不住了，
就写封爱的结晶的信给伊。
但我不敢寄去，
怕被外人看见了；
不过由我的左眼寄给右眼看，
这右眼就代替伊了。

诗人用了左眼给右眼寄信的比喻，这种孩子气的语言显示了诗人的天真,充满了童稚之美。

汪静之诗歌所宣扬的“爱情至上”的观念存在一定的片面性,但作为历史现象,我们又不能不看到它背后的历史原因和蕴含其中的合理成分。汪静之的幸运在于,他个人自我意识觉醒的青春期正好与中国近现代之交社会道德和文学的转型期重合,他以初生牛犊不怕虎的精神,触动了当时青年的心弦。

潘漠华(1902—1934),浙江宣平(今属武义)人。原名训,又名恺尧,学名潘训,笔名潘四、田言、锡田、若迦、季明等。他在小学毕业后考入县师范讲习所,在小学任教后复入浙江省立第一师范,与柔石、魏金枝、冯雪峰等参加朱自清、叶圣陶指导的青年文学团体晨光社。后与冯雪峰、应修人、汪静之结成湖畔诗社,先后出版《湖畔》和《春的歌集》,两书收入其新诗 68 首。潘漠华还创作了一些农村题材的短篇小说,有 9 篇收入《雨点集》。

潘漠华的艺术个性可概括为凄苦、悲凉、哀婉动人,但缺乏天真甜蜜的情诗风格。在他的诗中,道德自由的意识统辖着诗歌的审美方向,也就是说,他是用审美的愉悦去描写情爱世界的。他甚至疯狂地沉醉在自己营造的情爱世界里,但绝不是性欲的冲动。比如,《隐痛》:

我心底深处,
开着一朵罪恶的花,
从来没有给人看过,
我日日忏悔的泪洒伊。

月光满了田野,
我回看寂寥无人,
我捧出那朵花,轻轻地,
给伊浴在月底凄清的光里。

诗人爱上了一个按照旧礼教是不该爱的人,所以,他反映的爱是理智的、苦闷的爱,爱得深沉,爱得天天用“忏悔的泪”去感动理想中的情人。诗中的矛盾情感纠缠着诗人的灵魂，虽然透露着悲哀、绝望、痛苦的情调，但人们还是可以感受到诗人那颗真挚纯洁的心。

冯雪峰(1903—1976)，原名福春，笔名雪峰、画室、洛阳等，浙江义乌人。他1921年考入浙江省立第一师范，1925年到北京大学旁听日语，1926年开始翻译日本、苏联的文学作品及文艺理论专著。1927年，他加入了中国共产党。1928年，他结识了鲁迅，编辑出版了《萌芽》月刊，并与鲁迅共同编辑了《科学的艺术论丛书》。后来，他还先后任人民文学出版社社长兼总编、《文艺报》主编、中国作协副主席、党组书记等。1976年，冯雪峰去世。

冯雪峰的情诗所提供的情爱信号是神圣的、温馨的、公正的，给人一种本真的情感欲望，是爱的艺术的醇化，是没有功利的恋情表达。例如，《稻香》：

稻香弥漫的田野，
伊飘飘地走来，
摘了一朵美丽的草花赠我。
我当时模糊地受了。
现在呢，却很悔呵！
为甚么那时不说句话谢谢伊呢？
使得眼前人已不见了，
想谢也无从谢起！

从这首诗中，我们感到主人公爱得很模糊，也很大胆，同时，我们又为其惋惜。仅仅凭伊“摘了一朵美丽的草花赠我”就判断对我有意，是不是有自作多情之感？还有，赠花是不是一种爱的信号，也没有明确的表示。“我”深深地为“伊飘飘地走来”的倩影所倾服，以至于伊飘飘地从“我”的人生中消失了还不曾察觉。这是一见钟情的爱，又是一种纯粹的精神之恋。

应修人(1900—1933)，浙江慈溪人，字修士，笔名丁九、丁休人。他早年在上海钱庄当学徒，五四时期开始创作新诗。1922

年,同潘漠华等合出诗集《湖畔》,并主编小型文学刊物。1925年,加入中国共产党,先后在广州黄埔军校和武汉国民政府劳工部工作。他1927年赴苏联留学,1930年回国,从事革命文化工作,并参加"左联"。1933年,在上海同国民党特务搏斗时牺牲。著有童话《旗子的故事》和《金宝塔银宝塔》等,诗歌主要收在《修人集》。

应修人的不少情诗"情态逼真,含而不露,喜欢以天真善意的、乐观的眼光看世界",他的瞬间思绪情感和爱情情状描绘颇具特色。佳作有《悔煞》《邻家》《邻家座上》《楼梯边》《偷寄》《妹妹你是水》《小小儿的请求》等。他的诗有一种古典的美,如《妹妹你是水》:

妹妹你是水——
你是清溪里的水。
无愁地镇日流,
率真地长是笑,
自然地引我忘了归路了。

妹妹你是水——
你是温泉里的水。
我的心儿他尽是爱游泳,
我想捞回来,
烫得我手心痛。

妹妹你是水——
你是荷塘里的水。
借荷叶做船儿,
借荷梗做篙儿,
妹妹我要到荷花深处来。

从形式上来看,这首诗更接近古典民歌。它在表达爱情的方式上,更符合诗人的审美要求。诗人把理想中的恋人比作水,无形中男女性爱显得更纯净,少了狂躁和冲动。水作为情思寄托的喻体，象征着爱情的美丽、纯洁。

第三节　浪漫主义小说的创作

在浪漫主义文学思潮的影响下，中国五四时期出现了一些浪漫主义小说作家，如郁达夫、冯沅君、庐隐、徐訏等。他们的浪漫主义小说又称“浪漫主义抒情小说”“自我写真小说”“身边小说”“情绪小说”或“情调小说”，这些小说重自我、重主观，以情感为主要表达对象，强调艺术的表现自我和内心的自然流露。这里主要对郁达夫、庐隐和徐訏的浪漫主义小说创作进行说明。

一、郁达夫的浪漫主义小说创作

郁达夫(1896—1945)，原名郁文，字达夫，出身于浙江省富阳县城内一个知识分子家庭。1913 年，郁达夫赴日本留学。1921 年 6 月初，创造社在东京成立，郁达夫是主要发起人。回国后，郁达夫开始从事新文学创作，主编了《创造季刊》《洪水》等文学刊物。1928 年，郁达夫与鲁迅合编《奔流》杂志，1930 年参加“左联”。七七事变后，郁达夫从新加坡流亡至苏门答腊的一个名叫巴爷公务的小镇，并化名赵廉在此生活。1945 年，日本宪兵秘密逮捕郁达夫，不久后将其杀害。

郁达夫在诗词、散文、文学理论、翻译等方面均有建树，而最有成就的是小说。从 1921 年的处女作小说《银灰色的死》起，到 1935 年最后一篇小说《出奔》止，郁达夫共创作了近 50 篇短、中篇小说，这些小说曾震撼了封建卫道者所固守的旧文坛，吸引了成千上万的青年读者。

就郁达夫的浪漫主义抒情小说来看，《沉沦》《银灰色的死》《南迁》《怀乡病者》《春风沉醉的晚上》《茫茫夜》《迟桂花》等都是非常具有代表性的作品。

《沉沦》是郁达夫最具代表性的小说，讲述了一个中国留学生在日本的遭遇。作者对“一个病的青年”进行了大胆的解剖，揭示了一个时代“零余者”内心的灵与肉、伦理与情感、本我与超我的矛盾和冲突。小说的主人公无名无姓，出身于一个传统的中国家庭，四处求学，受到了现代思想的影响。在中西文化的冲突和交融中长大的他，既有中国传统文人的某些气质，又有一些叛逆和新的思想。但在国内学校时，他的叛逆和新的思想被各种社会因素压抑着，不得不蛰居在小小的书斋里，由此更觉得压抑，竟生出了“忧郁症的根苗”。于是，他转向海外求学，但留学生涯也无法治愈他的忧郁症，反而更加严重了。尤其是在异国他乡，他饱受了“性的苦闷”与“外族冷漠歧视”，与他对爱和自由的渴望南辕北辙。由于他内心的不平衡日益加重，思想和行为逐渐失去理智的控制：他开始自赎，偷窥浴女，到妓院寻欢，只为寻求自己感官上的一时愉悦与满足，最终越陷越深。后来，他的经济状况越来越差，已不能满足他更大的需求，于是，他最后选择了投海自尽，因为只有这样才可以结束这个恶性循环。

该小说整个情节是零零散散地通过作者“八段日记式的散文”展现出来的。主人公的悲剧命运是主客观两方面的原因造成的。从主观方面来看，主人公是个得了忧郁症的青年。从小受到的教育，使他成了一个非常爱高尚、爱洁净的人，然而随着年龄的增长，肉欲邪念的产生，他理性的道德便显得软弱无力。作者通过主人公在性方面的巨大压抑和苦痛，将主人公人格层次中的本我和超我间的矛盾、冲突写到了极致。由于这种矛盾和冲突始终得不到有效的调和，或者说得不到有效的医治，他只能无休止地生活在极端的精神疲惫与焦虑的折磨中，最终选择自杀。从客观方面来看，压抑主人公的社会环境和社会氛围也造就了他的悲剧命运。他最早的自愁自怜，乃源于穷困潦倒，被社会主流意识所抛弃，使他比常人有着更多的痛苦。随着忧郁症的加重，他的孤独痛苦变得更为深广，无论是上课的时候坐在全班学生当中，抑或行走在人群中，他都感到痛苦难耐。于是，他的这种痛苦便演化为仇恨——他痛恨日本人，也痛恨中国人，甚至痛恨兄长。当时的中国军阀混战，民不聊生，风雨飘摇，主人公不说报国无门，就连留学国外也饱受外族歧视。这样，外部世界不仅不能治疗他的病症，稀释他的忧郁，反而加重了他的忧郁，一步步将他推向绝境。

小说中对青年的恋爱和性的苦闷，以及由此而引起的感伤和变态心理，做了大胆的、赤裸裸的描写，类似的现象在郁达夫其他作品中也有映现。在高扬个性解放的战旗向旧礼教宣战的五四时期，郁达夫以惊人的坦白，不羞怯地表露性的渴欲和苦闷，这毫无疑义是向虚伪礼教和封建伦理纲常的挑战。小说以写景抒情见长，多写生活片段、心情独白，而缺少通常小说应有的情节结构，呈现出明显的散文化倾向，情节虚淡、结构散漫，以清新的文笔、炽烈的情感见长，这在其诞生的时代俨然是一枚重磅炸弹，撕破了伪善的外壳。此外，小说中的主人公有严重的人格分裂，是中国文学史上的新人物形象。这就使小说成为五四新文学中自觉描写灵与肉严重冲突的二重人格形象的佳作。作者旨在通过这样的人物形象的描写以呼唤疗救，不仅需要疗救一代“零余者”，更需要疗救当时积弱了大半个世纪的祖国。

《银灰色的死》中的Y君，也是一个凄凉孤独的留学生，他的新婚妻子在国内受到母亲的虐待，染肺病去世，他在国外怀着悼亡的伤痛，买醉于一个小酒家。在那里，他沉醉于酒家少女静儿的温柔中，彼此成为互相安慰的朋友，却因经济拮据受到静儿母亲的冷待。在静儿出嫁前夕，他不胜悲愤，用仅剩的几本书换得了9元钱，为静儿买了礼物送去，他报复似地拼命喝酒，最终脑溢血死在了静儿以前学校的空地上，甚至无人认领他的尸体。这世界上，确实再没有与他相关的人和事，生存与精神的依托都丧失了，Y君最终的命运只能是走向死亡。

《迟桂花》中从都市来到乡野的“老郁”，被友人翁则生美丽动人的妹妹所感化，一度滋生杂念的灵魂如受到山间清泉的涤洗而跃上了明净高洁的崭新境界，毫无世俗的污浊之气。这就在淳朴美好的自然环境中呈现出人性的自然优美。弥漫于小说中的馥郁淡雅的迟桂花的香气，赋予了作品纯美的诗的意境。

郁达夫的小说大多数采用的是第一人称，所反映的内容也多是作者本人所见、所感、所经历过的；即使有的小说中的“我”不是主人公，他或者她也大都与“我”发生纠葛，他人是通过“我”眼中所见、心中所感表现出来的；极少数作品中没有“我”出现，但也渗透着强烈的主观色彩，从某些人物或某些情节中，也多少能觅到作者的影子。郁达夫的小说故事性不强，但感情浓烈，喜欢直抒胸臆，有时不免多情善感，又可以说是一种“情调小说”。还有，就是对诗意的追求，他的小说往往会创造出一种诗的意境，有的像山水诗，有的像抒情诗，有时还喜欢在作品中直接加入诗词，以增添诗的氛围。

总的来说，郁达夫对于青年性苦闷、性心理的描写，从思想意义上说，体现了鲜明强烈的反封建精神和个性解放的要求；从文学创作上说，开辟了现代小说创作的新的题材领域，对现代小说的发展意义非凡。

二、庐隐的浪漫主义小说创作

庐隐(1899—1934)，原名黄淑仪，又名黄英，福建省福州人，出身于闽侯县的一个官宦家庭。1905年，庐隐的父亲病逝，母亲带着五个子女投奔娘家，从此开始了庐隐漫长痛苦的读书之旅。1908年，庐隐进入慕贞学院读小学，由于校规过于严厉，导致她连连生病，长久住院。在庐隐12岁的时候，她的大哥帮助她进入北京女子师范附小，并于一学期后考入该校的师范预科班。1919年，为了进一步深造，庐隐以旁听生的资格考入北京国立女子高等师范学校国文部，一学期后因学习成绩优等转为正式学生。在这里，她遇到了郭梦良，与其相爱并结婚。然而，在婚后的第二年，郭梦良便因病去世。1928年，庐隐再婚，嫁给小自己9岁的清华大学西洋文学系的李唯建。婚后，夫妇相濡以沫，相亲相爱，庐隐度过了一生中最为恬静快乐的时光。1934 年，庐隐因难产去世。

庐隐是文学研究会的作家，文学观念却与创造社相近。她曾在《著作家应有的修养》中说："文学创作是重感情，富主观，凭借于刹那间的直觉，而描写事物，创造境地；不模仿，不造作，情之所至，意之所及，然后发为文章。"庐隐素有"感伤派女作家"之称，她擅写情意绵绵的浪漫故事，创设荡人心旌的浪漫情境。在她的笔下，自称"生的漂泊者"的丽石，把自己比喻为"浮在太空的行云""一阵风便把我吹散了"的亚侠，都是十分罗曼蒂克且多愁善感的知识女性形象。她们在茫茫的人海里追寻着浪漫的情致，所获得的却是悲哀不尽的愁绪。

庐隐的小说创作从问题小说起步，但很快转向以抒写内心感受的方式来追问"人生究竟"。她所看到的人生大都像演戏一般，名利的代价只是"愁苦劳碌"，神圣的爱情到头来靠不住，人们都戴着假面具互相猜忌倾轧。例如，《海滨故人》中的主人公露莎和一群女友对生活充满憧憬，而冷酷的现实把她们的理想撞得粉碎，不仅事业成了泡影，而且爱情在结婚后也变了味。个人与社会、理想与现实、感情与理智的矛盾纠缠在一起，使这些人不堪重负。

庐隐的小说带有强烈的主观情感，具有"诗"的特质。其作品无暇构篇布局，不重形象塑造，而是任主观感情放纵流转，情之起伏变化，见诸文字，构形成篇。此外，庐隐常以书信体、日记体的形式直抒胸臆，以造成强烈的感染效果。例如，《寄天涯一孤鸿》便是一篇书信体的长篇告白，作者倾吐了自己抑郁凄楚、伤世悲时的内心感受：

> 唉，朋友呵，我常自笑人类痴愚，喜作茧自缚，而我之愚更甚于一切人类。每当风清月白之夜，不知欣赏美景，只知握着一管败笔，为世之伤心人写照，竟使洒然之心，满蓄悲楚！故我无作则已，有作必皆凄苦哀凉之音，岂偌大世界，竟无分寸安乐土，资人欢笑，唉！

以上这段文字，字字悲感积郁，发而为文，情之沸扬之状当可视之。一唱三叹，自艾自怨，堪为抒情绝笔！

在抒情方式上，庐隐不仅仅止于直倾胸臆的告白，还善于在描画自然风物中曲折委婉地表露自己复杂的内心感受和微妙的意趣。《灵海潮汐致梅姊》中便有一节这样的描写：

> 一觉醒来，天才破晓。淡灰色的天衣，还不曾脱却，封岩闭洞的白云，方姗姗移步。天边那一钩残月，容淡光薄，仿佛素女身笼轻绡，悄立于霜晨凌竦中。隔舍几阵鸡声，韵远趣清。推窗四望，微雾清烟，掩映于山颠林际。房舍错落，因地为势，美景如斯，遂使如重囚的我，遽然被释，久已不波的灵海，顿起潮汐，芸芸人海中的我真只是一个行尸呵！

这些文字与其说是描画山乡清新淡远的美景，毋宁说是寄托作者渴望超然物外、抱朴含真的情致。以物言志，以景喻情，流露出若浓若淡、丝丝缕缕的复杂微妙的内心感受，意则伤柔怅惘，趣则清悠淡雅。笔以写物，墨以化意，独到抒情之力。

三、徐讦的浪漫主义小说创作

徐讦(1908—1980)，浙江慈溪人，早年毕业于北京大学哲学系，1936 年赴法国留学，获巴黎大学哲学博士学位。七七事变后，他回国致力于文学创作，并主编《作风》月刊，后赴香港参加创垦社，曾任《星岛周报》编委、《幽默》主编，1961 年后任新加坡南洋大学教授、香港中文大学新亚书院教授等，著有小说、诗歌、诗剧、散文和文艺评论等多种著作，1980 年 10 月 5 日病逝于香港。

徐讦 1937 年 1 月在《宇宙风》第 32、33 期上连载中篇小说《鬼恋》，读书界惊异于他的“鬼才”。此后，他相继发表《阿拉伯海的女神》《荒谬的英法海峡》《吉卜赛的诱惑》《精神病患者的悲歌》等小说。1943 年春，他开始在重庆《扫荡报》上连载长篇小说《风萧萧》，引起了轰动。也就在这一年，他的作品居大后方畅销书的榜首，这一年被出版界誉为“徐讦年”。徐讦以其新颖别致的风格标示着浪漫主义思潮的一种新的走向，即把浪漫主义的情感自由原则转化为讲述奇情、奇恋、奇遇，借助奇异的幻想达成精神的自由。

徐讦写小说有一个显著的特点，就是参考一点写实小说的艺术手法来表达他的浪漫激情。正是这样，他把浪漫主义的自我表现引向了情节的传奇性。《鬼恋》是徐讦的成名作，通篇鬼气森森:“我”在月夜所邂逅的黑衣女郎自称是鬼，此后一连数夜“我”与她相约在荒郊，从形而上谈到形而下。待“我”按照暗记找到她的居所时，开门的老人却说她在三年前已经染肺病死去。就这样，“我”与鬼若即若离地相恋多年，后来才得知她从前是最入世的人，做过秘密工作，暗杀敌人 18 次，流亡国外数年，情侣被害，现在已经看穿人世，情愿做“鬼”而不愿做人了。如果说她无情，却又有情，因为在“我”生病的数月，她都暗中天天送花，到“我”病愈后才飘然离去。徐讦的许多作品都是讲述这种扑朔迷离的传奇故事，出人意料又合乎情理。

徐讦还善于以浪漫传奇的风格来探索爱和人性的真谛。比如，《风萧萧》虽然属于抗战题材，但其中涉及抗战内容的间谍战仅仅作为一个背景，主要还是表现铁血之中的爱情纠缠。为了追求作品的传奇效果，他在故事的言说方式上用力很深。在这部小说中，他让“我”抱着独身主义的信仰，在白苹、海伦和梅瀛子三个光彩夺目、个性各异的女子间周旋。随着矛盾的展开，以舞女身份出现的白苹被认为是日本间谍，美方谍报人员梅瀛子要“我”去白苹那里窃取日本军部情报，而“我”出于民族义愤欣然从命。经过一番曲折，双方到了拔枪相向的地步，到头来才弄清楚白苹原是重庆方面的间谍，于是双方联手对付日本特务。最后，白苹为获取情报而牺牲，梅瀛子为白苹报了仇，“我”则在日军的追捕之中婉拒了海伦的爱情，到大后方去从事“属于战争的、民族的”工作。整部小说把言情和间谍战糅在一起，设置了一连串的鬼打墙式的迷魂阵，使读者跟着"我"如坠云里雾里，到最后才解开谜团。

徐讦小说的一大主题是爱情。在他最富有浪漫色彩的爱情故事中，女性形象总是兼有东方女子的美丽外貌和西洋女子的平等意识。例如，《鬼恋》中的"鬼"楚楚动人，"有一副有光的美眼，一个纯白少女的面庞"，而且知识渊博，谈吐别致。《阿拉伯海的女神》里的女巫，《吉卜赛的诱惑》里的潘蕊和罗拉，《精神病患者的悲歌》里的海兰和白蒂，《荒谬的英法海峡》里的培因斯，《风萧萧》中的白苹、海伦、梅瀛子，都是美丽温柔的仙子，同时具有非凡的胆魄和出众的才华。男主人公则多是才子、学者、作家，常常被几个女子所包围。男女一见钟情，排除了任何利害得失的考虑，坠入爱河，上演了一段段奇遇。奇遇的背景是漂泊的旅途，如在《阿拉伯海的女神》中，"我"在阿拉伯海的轮船甲板上漫步，巧遇来无影去无踪的"女神"；在《吉卜赛的诱惑》中，路过法国的马赛，被丘比特射中了神箭；在《鬼恋》中，"我"在上海街头买一包烟，遇上冷艳逼人的"女鬼"。一见钟情的爱情，加上人在旅途的漂泊感，构成了徐讦小说浪漫性的基础。

第四节 浪漫主义戏剧的创作

20 世纪 20 年代左右，受到浪漫主义文学思潮的影响，浪漫主义戏剧也出现了。郭沫若是最具代表性的浪漫主义剧作家。他用浪漫主义手法创作了一系列戏剧，主要成就是历史话剧。作为现代历史话剧的开创者，郭沫若往往在历史人物的骸骨里吹进五四时代的精神，借古人来说自己的话。

郭沫若早期的一些作品，按照他自己的话来说，都是"想象力的产物，我不过只借些历史上的影子来驰骋我创造的手腕罢了"，它们只侧重于主观激情的抒发，而不是冲突的展开。例如，收入《女神》的《棠棣之花》《湘累》《女神之再生》等诗剧，没有统一的剧情，而更在意诗意，所以说是诗剧。这些诗剧都充分体现了五四时代的浪漫主义风格。进入 20 世纪 40 年代，抗日救亡运动高涨，历史剧得到人们的喜爱，郭沫若连续创作了六部历史剧，分别是《棠棣之花》《屈原》《虎符》《高渐离》《孔雀胆》和《南冠草》。这些历史剧从不同侧面反映了现实社会，反映了救亡图存和民族团结的思想主题。

《棠棣之花》是一部五幕剧，第一幕《聂母墓前》和第二幕《濮阳桥畔》都是直接采用写于 1920 年的同名诗剧《棠棣之花》而稍加修改，第四幕《濮阳桥畔》和第五幕《十字街头》也基本采用了写于 1925 年的《聂嫈》。该剧改变了早期剧本反对暴力、以暴抗暴、“士为知己者死”的老调，通过聂嫈、聂政姐弟为民为国除奸的义举，表达了“团结御侮”“望合厌分”的时代主题。不过，早期历史剧的主观激情、浪漫诗意和彻底反封建的精神，也被改写而成的五幕历史剧《棠棣之花》所继承。尤其是剧终的大合唱：“去吧，兄弟呀！我望你鲜红的血液，迸发成自由之花，开遍中华，开遍中华！”这一英雄主义的旋律反复吟唱，把“壮士一去兮不复回”的悲壮情怀和主人公为自由的理想献身的崇高精神发挥到极致，使全剧达到一个充满浪漫主义激情的高潮。

《屈原》是郭沫若历史剧的经典之作，也标志着中国现代文学史上历史剧创作的最高成就。它取材于战国时代楚国诗人屈原的动人事迹，通过描述屈原与南后郑袖、大夫靳尚等的斗争，即爱国路线和卖国路线之间的斗争，表达出团结爱国和不畏强暴的主题。在剧作中，作者用“雷电颂”来抨击黑暗、呼唤光明。其中，磅礴的气势、瑰丽的想象、粗犷的语言、奔涌的激情，无不让剧作充满了浪漫主义气息。之所以设置最后一幕的雷电独白，作者主要就是想让屈原所受的侮辱增加到最深度，彻底蹂躏诗人的自尊，然后向怪力乱神泄愤。实际上，这是作者借屈原的口来抒发自己的个人激情。面对着最黑暗的政治现实，他与屈原的遭遇和悲剧命运产生了共鸣，因此，他把个人的愤怒复活到屈原的时代去了。这种侧重于抒发个人激情，借一段史事的影子来传达时代精神的方法，显然属于浪漫主义。

《虎符》讲述魏国信陵君和如姬窃虎符破秦兵而成功解救赵国的故事，表达了主张团结、反对投降妥协的主题。该作品依据的是《史记·信陵君列传》和《战国策》的一些材料，同时郭沫若喜欢按照内心的要求展开丰富的想象。他在魏王对信陵君的嫉妒里加添了一层醋意，使魏王的政治品质显得格外残暴。他把如姬写成既是出于报恩，又因为对合纵抗秦的政治主张有一种思想上的共鸣才冒死帮助信陵君。可以看出，郭沫若没有让历史学家的身份束缚诗人的想象，也没有让诗人的想象损害历史的精神，而是让两者相辅相成，互相渗透，使诗人的想象更富有历史的内涵，使历史的故事增添了诗的瑰丽色彩，从而显示出他的独特风格。此外，与《屈原》里的《橘颂》，《高渐离》中的《荆轲刺秦》《易水歌》和《白渠水歌》一样，《虎符》里也加入了民众所唱的《祖饯之歌》，这种诗歌插曲加强了剧作的抒情力量，使历史剧的魅力更为深厚。

《高渐离》写高渐离以乐器（筑）击打秦始皇的经过，剧情惊心动魄，富有动作性。这部剧作的第一幕是非常精彩的一场好戏，这场戏以"高渐离被抓"为中心事件。郭沫若虚构了"被抓"的具体情节，并使用"乔装改扮法"和"正反法"两个戏剧技巧，使整个被抓情节波澜起伏，扣人心弦。

《孔雀胆》讲述元末云南大理总管段功与王妃忽的斤、丞相车力特穆尔斗争的政治悲剧，穿插了段功与阿盖公主的爱情悲剧。"孔雀胆"的故事，郭沫若早在少年时代就已经知道了，之所以在20世纪40年代将其写出来，主要是内心一直被阿盖浪漫的爱情悲剧吸引着。在创作这部剧作的时候，郭沫若在阿盖的故事中加入了现实政治的内容，即通过加强段功的人民性立场，以及他因大公无私而受到怀疑、为寻求妥协而遭暗杀的命运来隐射皖南事变。尊重历史精神而又对史实加以主观发挥以隐射现实政治，这明显是郭沫若对其五四时期历史剧的浪漫主义风格的继承和发扬。而把爱情悲剧与政治斗争融为一体，既可以看出时代的投影，也可以说是对郭沫若青年时代浪漫情愫的一次重温和清理。

《南冠草》写明末爱国诗人夏完淳的事迹，斥责了洪承畴等人的投降卖国行径。在这部剧作中，作者冷静写实的特点已经相当明显。不过，其依然属于浪漫主义剧作，只是受到了当时现实主义主潮的影响。

郭沫若独具慧识，大胆创新，在历史剧的创作上表现出以下突出的特点：

首先，不管是对人物、情节还是对历史背景，郭沫若都进行了大胆而自由的虚构和改造，以达到历史与现实精神的契合。例如，《屈原》中屈原的女弟子——婵娟，就是虚构的新人物，其作为屈原辞赋的象征和道义的化身而存在。另外，钓者和仆夫也是虚构人物，钓者是屈原被南后陷害过程的见证者，仆夫是与婵娟一样忠仰屈原的人物，他们都是人民群众的代表，最后，仆夫把屈原引向汉北，预示着群众力量正在凝聚，革命高潮即将到来。

其次，十分注重大起大落的戏剧冲突，并通过它来激化人物内心的情感，将情节在短时间内迅速推向高潮。《屈原》的情节，从《橘颂》场面到《雷电颂》场面，从身居要职的三闾大夫到最后被救并潜往汉北的逐臣，中间围绕屈原与郑袖、靳尚的斗争而展开，前后不超过一天，情节颇为曲折起伏。《孔雀胆》存在两条线索，一条是段功与车力特穆尔斗争的政治线索，另一条是段功与阿盖公主相爱的爱情线索。两条线索相互扭结，贯穿到底。此外，为了达到较大限度的抒情和戏剧效果，郭沫若还常常在戏剧的最后以长篇独白的方式喷泻而出。

再次，注重将自己的思想情感、心理和生活体验融注到历史人物身上，寻出古人与自己内心的契合点，达到内部的一致。郭沫若既表现古人，又表现自己，既神游于渺远的古代，又驻足在时代的风口浪尖上，并随时代主潮的变迁表现出不同的情感取向。①

① 雷达，等. 中国现当代文学通史(上册)[M]. 兰州：甘肃人民出版社，2006：153.

郭沫若还善于抓住历史时代的悲剧精神，融入现实社会的悲剧成分和民主政治要求。从这一点也可以看出，郭沫若不是机械被动地描写历史事件和历史人物，即使为反映现实所作也没有被所反映的现实限制住，他总是自我投入，能动地挖掘和创造历史，并以一种整体的、全局性的眼光来进行创造。他在剧中对王昭君、卓文君性格的根本改造，对婵娟形象的大胆虚构，特别是对屈原形象从思想个性到整个命运的重新塑造，虽然与历史原貌有所差别，但这些人物形象是郭沫若所理解和独创的，在他们身上我们看到的不只是历史，更是现实。因此，这些人物更贴近艺术的真实，富有鲜明的艺术感染力。

最后，具有强烈的抒情性和浓郁的诗意。郭沫若剧作中大量的吟诗和歌舞场面就突出地表现了这一特点。例如，《屈原》贯穿始终的《橘颂》，第二幕《礼魂》的歌舞场面，第三幕为屈原招魂的台词，都颇有楚辞韵味，既营造出浓郁的诗的氛围，又展现出人物的情感，并推动剧情发展。第五幕第二场《雷电颂》是全剧的情节高潮，用诗的语言宣泄了主人公火山爆发般的情感。“电，你这宇宙中的剑，也正是我心中的剑。你劈吧，劈吧，劈吧！把这比铁还坚固的黑暗，劈开，劈开，劈开！”“火！你在天边，你在眼前，你在我的四面，我知道你就是宇宙的生命，你就是我的生命，你就是我呀！”这种诗意的表达既吻合了屈原的诗人形象，又将一个刚正不阿、凛然难犯、爱憎分明的政治家形象凸现在观众面前。可以说，在郭沫若的历史剧中，没有抒情性的诗和歌将会使剧作大为减色，因为其本身已经融为整个剧本的一个不可分割的有机组成部分。

第五节　浪漫主义散文的创作

这里的浪漫主义散文主要说的是抒情性散文。这种散文在五四时期常被称为“美文”，它的出现稍晚于杂文，但获得了很大的发展。在抒情性散文的创作中，朱自清和何其芳有着较高的成就，以下就对他们的散文创作进行一定的阐释。

一、朱自清的浪漫主义散文创作

朱自清(1898—1948)，原名自华，号秋实，字佩弦，原籍浙江绍兴，生于江苏东海。1917 年，他进入北大哲学系学习。上大学期间，他开始了新诗创作。1922 年，他和俞平伯等人创办《诗》月刊，这是新诗诞生时期最早的诗刊。他 1925 年 8 月至清华大学中文系执教，创作开始转向散文，同时研究中国古典文学。1931 年，他留学美国，漫游欧洲，1932 年回国，在清华大学任教。1948 年，朱自清因病逝世。

朱自清是一代散文大师，他的散文数量不多，但精品不少。最能表现朱自清散文风格的，是那些取材于作者生活的抒情、叙事、写景之作。其中，《桨声灯影里的秦淮河》《荷塘月色》《背影》最负盛名。朱自清注重对客观事物进行仔细观察、深入体味。其散文素朴缜密、清隽沉郁，以语言洗练、文笔清丽著称，极富真情实感。

朱自清 1923 年发表的《桨声灯影里的秦淮河》一文，被誉为“白话美文的模范”。这是朱自清的第一篇记游散文，却出手不凡，一举成名。他与好友俞平伯同游秦淮河，暂时舒放心怀，尽情领略刹那间的游乐雅兴。作品体察入微，聚焦于桨声灯影、水光月色而移步换形，顾盼生姿，把秦淮河灯月交辉、桨声悠扬、画舫凌波、歌笑盈耳的情景氛围，描绘得如油画一般细腻精美，逼真尽态；把自我流连光景、率性游乐而又坐怀不乱、怅然若失的内心波动，抒写得起伏跌宕，神情毕现。这篇散文之后，朱自清还写了《温州的踪迹》《绿》《白水漈》等脍炙人口之作。在这类散文的创作中，朱自清能够极力地写出景物的细致情态，并将自己的情感与想象、直觉与体验，完全融化到对景物的细微描写中，从而营造出物我同化、心与境谐的诗情画意。

《荷塘月色》是写景散文，其在缘情造境上更胜一筹。作者为排解内心的“不宁静”而探访月光下僻静的荷塘，“像超出了平常的自己，到了另一世界里”，“便觉是个自由的人”。自己本有“爱热闹，也爱冷静；爱群居，也爱独处”的两重性，在平常因受到种种牵扯而不自由，现在暂时摆脱一切，来到不同于平常的境地，找到了个人自由，他就自由自在地享受“独处的妙处”，且“受用这无边的荷香月色”了。在行文的风格上，朱自清喜欢委婉曲折。写荷塘月色，他并不急于让大家见到荷塘，而是引着读者在通向荷塘的路上拐几个弯子。先是“忽然想起日日走过的荷塘，在这满月的光里，总该另有一番样子吧”；其次由“想”而“沿着荷塘”寻去，寻到了荷塘却不急于展示荷塘之美，偏要把自己独处荷塘月下的悠然自得之情先向读者抒写一番。这样一而再，再而三地从侧面渲染荷塘月色之美，从作者的思绪中、眼波里折射出荷塘月色的美，正可谓一波三折。结尾“这样想着”，作者竟不知不觉地从荷塘回到家中，从梦游般美好的境界回到日常生活境地。至于心头的“不宁静”是否排解，作者没说，也不必明说，作品的诗意流淌已说得再形象不过了。

朱自清的《背影》被称为“天地间第一等至情文学”。该散文在淡淡的笔墨中，流露出一股深情，没有半点儿矫揉造作，却有动人心弦的力量。如今，朱自清对父亲的感情之深应该说给太多的人留下了深刻的印象。《背影》只是一篇朴实无华的千字文，只是如实写照父亲普通平凡的“背影”，却从细微处见精神，从平实中见深情，从常人熟视无睹的“背影”透视父爱的无微不至，从家常絮语般的字里行间流露人子的感念之情，以父子间的真情交流引发人们的感情共鸣。他从父子交往的无数场景中选取“最不能忘记”的八年前的一件往事和一个背影，凸显了父爱的淳朴真挚。年迈父亲手脚并用费力爬上月台这一特写镜头，既显示了父亲对儿子无尽的爱，也表现了儿子对父亲感激涕零的情状。这样的“背影”凝聚了朱自清对父爱的独特发现和深刻体认，高度概括了普天下深厚纯朴的父子亲情，具有以小见大、以形传神的艺术表现力。不过，这篇散文又不纯是亲情的慰藉，还有世味的咀嚼。围绕“背影”，他历数祖母去世、父亲失业、借钱治丧、赴宁谋事、过江送行、帮拣座位、去买橘子、告别辞行一系列有关的事情，还原“祸不单行”“东奔西走”、悲戚惨淡、每况愈下的家境，在如此境地中父亲对儿子关怀备至，这就既增添了“背影”形象的厚重分量，又渲染了世道艰辛的人生况味，使“背影”的特写含有人生行旅多辛酸的意味。

除了《背影》，《儿女》《给亡妇》《白采》《怀魏握青君》《我所见的叶圣陶》等也是朱自清抒写亲情友情的散文。这些散文咀嚼着人生日常的酸甜苦辣，流淌着悲欣交集的真情实感，富于现实感和人生味。

20 世纪 30 年代以后，朱自清创作了《欧游杂记》《伦敦杂记》，文字洗练成熟，更具有现代口语的亲切韵味。他对游记中景物、艺术品的形状、色调、风致，都尽心尽力地进行了细致入微的描绘，遣词造句无不刻意为工，力求再现景物的具体风致，使西欧的文化风貌得以活脱逼真、亲切自然地呈现在读者面前，鲜明地体现出朱自清真诚自然的人生态度与人格追求。

20 世纪 40 年代中后期，朱自清参与民主斗争，随着生活的变化，他的散文创作也发生了变化，开始转向杂文，如《动乱时代》。朱自清杂文的成就不如前期散文，这里就不再多说。

总的来说，朱自清对文体精益求精，从早期以文作画、刻意求工的精美起步，进而创造了文如其人、用笔如舌的谈话风散文，以朴素自然的语言表现本真的思想感情，在现代散文史上开创了本色散文的发展道路。

二、何其芳的浪漫主义散文创作

何其芳(1912—1977)，四川万县人，1929 年后在上海中国公学、北平清华大学外文系、北京大学哲学系学习。1935 年毕业后，他在天津、山东、四川等地从事教育工作。1938 年，他到延安鲁迅艺术学院任教，同年加入中国共产党，为革命文艺做了大量拓荒工作。他最初是以诗歌登上文坛的，但他在探索诗歌艺术的同时，还把更大的热情投注在现代散文上。他著有诗集《预言》《夜歌》，散文集《画梦录》《刻意集》《还乡杂记》。1977 年 7 月 24 日，何其芳因病在北京逝世，享年 65 岁。

何其芳的散文成就以散文集《画梦录》为代表。这部散文集连序在内只有 17 篇，1936 年获得《大公报》文艺金奖，轰动一时。所收录的作品大都写于何其芳的大学时代，抒写的是一个寂寞悲愁的青年知识分子的内心情感。由于生活在象牙塔内，对现实生活不满却又无法解脱，何其芳便倾注于散文这种以抒写自己“成年的苦闷”与“郁结和颓丧”而擅长的文学形式。其中，有表现失恋青年寂寞与感伤的《黄昏》；有凭借童年记忆，叙说旧家庭三个姑姑的闺阁生活与婚姻悲剧的《哀歌》；有描绘少女爱情泯灭的《墓》；也有为民族命运担忧的《雨前》。不少篇目反映青春期的迷茫，或是表达寻找爱情的失败，这些作品或多或少地带有少年维特式的烦恼。

何其芳注重追求散文的艺术美，他希望自己的创作能“为抒情的散文发现一个新的园地”。《画梦录》中，作者以诗的虔诚对待散文创作，潜心追求散文的语言美和形式美。例如，《黄昏》所写：

> 马蹄声，孤独又忧郁地自远至近，洒落在沉默的街上如白色的小花朵。我立住。一乘古旧的黑色马车，空无乘人，纡徐地从我身侧走过。疑惑是载着黄昏，沿途散下它阴暗的影子，遂又自近至远地消失了。

这段文字在选材、散文的“诗意”追求、“意象”的营造等方面，都体现了何其芳追求唯美的散文观。

何其芳在进行散文创作时，常常采用“独语”的笔调叙述一个小故事，然而故事并非重点，作者主要是通过比喻、联想、象征和暗示等类似诗的艺术手法，将其加以改造、生长，重新创造出一个现实和梦境交融的艺术世界，或是在黄昏灯下吟哦，或是在"梦中道路"中迷离。例如，《独语》中的两段：

> 设想独步在荒凉的夜街上，一种枯寂的声响固执地追随着你，如黄昏的灯光下的黑色影子，你不知该对它珍爱抑是不能忍耐了：那是你脚步的独语。

> 黑色的门紧闭着，一个永远期待的灵魂死在门内，一个永远找寻的灵魂死在门外。每一个灵魂是一个世界，没有窗户。而可爱的灵魂都是倔强的独语者。

这种笔调是唯美的，就像不分行的诗歌一样，虽然文字不多，但是能够制造出一种情调，呈现出一种独特的感悟。

《画梦录》是何其芳早期的散文作品，形式唯美，精致纯粹。不过，也有太过之感，即过分精雕细刻，感情纤细。加之选材追求纤细衰颓的感伤色彩和缥缈境界，以及采用过多的象征手法和通感，文章有些朦胧晦涩。

何其芳在大学毕业后，由于广泛接触了社会现实，上述的情况得到了改善，不再讲究用语的浓艳华美，也不再追求语言的色彩斑斓，而是较多地使用大众化的口语，文风朴实无华。《还乡杂记》体现了这种转变，而写于延安的《星火集》真正代表了何其芳后期的散文成就。《星火集》在思想内容上，较之作者前期的散文更为丰厚广阔，跳动着时代脉搏，洋溢着浓郁的生活气息。然而，这种转变又有矫枉过正之嫌，毫无唯美的影子了。

第四章　中国现代主义文学思潮及其创作

19 世纪中期以后，西方文学从理性主义转型为现代主义，现实主义的文学势力开始衰退，代之而起的是现代主义文学潮流。19 世纪末 20 世纪初，西方现代主义文学思潮已经产生了广泛的影响，并被引进中国，影响了 20 世纪中国文学的发展态势，对中国现代主义诗歌、现代主义小说和现代主义戏剧的创作产生了极为深远的影响。本章将对中国现代主义文学思潮的基本特点、现代主义诗歌的创作、现代主义小说的创作、现代主义戏剧的创作进行研究。

第一节　中国现代主义文学思潮的基本特点

时代的力量和文学的发展促成了现代主义文学思潮在中国得到一定范围和程度的传播，并为新文学运动的进一步深入和拓展发挥了不可忽略的潜在影响。但是应该看到，现代主义文学思潮是在中国五四时代和中国五四文学的范畴中产生并发生作用的，因此，它就不能不有别于西方现代主义的某些质的规定性，具有自己时代的民族特点。这种特点概括起来可以从三个方面来加以论析。

第一，中国现代主义文学思潮不仅仅表现在从现实中揭示荒诞，更着重于在荒诞中显示现实的力量。竭尽全力、淋漓尽致地暴露现实生活中不合理、不正常的现象，用荒诞、变形、扭曲的形象来表达作者的愤懑和排斥，这是西方现代派的一个重要特征。不论是卡夫卡的《变形记》，还是贝克特的《等待戈多》，都对病态的社会进行了深刻的揭示，引起了读者和观众的强烈共鸣。中国现代主义文学作品中也显示了这一特征。废名的小说对社会中畸形的人和事进行了悲剧性的描绘，给人以可叹复可悲的感受。他的长篇小说《莫须有先生传》是一部典型的现代派作品。他在第一章《开场白》中直露地指出："历史都是假的，除了名字；小说都是真的，除了名字。"言简意赅，道出了现代派作品的精髓。更为典型的荒诞作品当推《野草》中的《立论》。作者虚拟了梦境中的一段对话："我"向老师请教立论的方法，老师讲了一个故事。在为一家的男孩庆祝满月的宴会上，有人说这孩子将来要做官，于是收获一番恭维；有人说这孩子将来要发财，于是得到一片感激；有人说这孩子将来要死的，得到的是一顿痛打。说谎的得好报，说真话的必然遭打，这就是当今的世道人心，因此立论不易。"我"说：既不说谎，又不遭打，老师，你说该怎么办？老师说：那就只有说："啊哈！这孩子呵，你瞧！……"用极其荒唐的故事引出十分深刻的人生哲理，这正是现代派的目标。

但是，在中国新文学这一类具有荒诞色彩的作品中，我们似乎还可以感受到一种对人类的信念、对社会的希冀，而绝不仅仅是悲叹和失望。就拿《立论》来说，通过调侃的嘲讽语调，夸张的喜剧笔触，读者看到的不仅是荒诞、可笑，还有人心的力量和现实的希望。因为不论老师还是学生对这种不正常的现实均表示了厌恶、反感和不愿合流的情绪，从而给人以振奋和警策。这正是现实赋予中国现代主义文学的鼓舞和激励的作用。

第二，中国现代主义文学思潮不仅在希望中感到绝望，更在绝望中追寻希望。如果说，荒诞是现代派对现实的看法，那么绝望就是他们对未来的观念。西方相当一部分现代主义作家在思想上是悲观主义者、虚无主义者，所以，人们往往称他们为"世纪末的产儿"。瑞典表现主义剧作家斯特林堡在《梦的戏剧》中描写了这样一个场景：一个青年军官捧着鲜花准备举行婚礼，等了整整 50 年也未见新娘的影子。最后，当天帝的女儿打开大门时，发现里面空空荡荡，一无所有。"什么也不是，是虚无，是乌有。"这就是现代派作家对未来、对前途的感受的形象表现。中国现代主义文学所表现的对未来的态度与此有某种精神上的沟通。现实的腐朽、丑恶使人们失去了对前途的信心，而希望的一再破灭造成了人们的绝望心理。经过一段坎坷、磨难，只剩下一副孱弱的躯壳，不过是给死穿上美丽的衣服而已。这种希望后的绝望，李金发在《有感》一诗中作了最形象的描绘："生命便是死神唇边的笑。"中国现代主义作家无一不提到死，提到坟墓，鲁迅在1927年出版的杂文集题名就为《坟》。但是，"坟"不仅意味着结束，也预示着新的开始："一面是埋藏，一面也是留恋。"在绝望中探求新的希望，或者说，绝望本身也是希望的另一种表现形态，因为一无所有也就将从零开始。正如《野草》中《希望》一篇所昭示的："绝望之为虚妄，正与希望相同。"既然绝望也不过是一种人生的虚妄，这就暗示着另一种追求、另一种执着、另一种生活的希望在东方的地平线上升起。

第三，中国现代主义文学思潮不仅激烈地反传统，而且在反传统中消化传统，融会传统，创造新的传统。西方现代主义文学是以激烈的反传统的姿态崛起于文坛的，他们宣称要摒弃全部遗产和现存文化，甚至不惜把"文学"这个词的字母完全颠倒过来写，以示其彻底反传统的态度。但是，在中国新文学运动中，这一现象却出现了错位。现实主义文学思潮、浪漫主义文学思潮在20世纪20年代初涌现时都表示了对传统文化的反叛，对以"桐城妖孽""选学谬种"为代表的封建文学和文学观念大加挞伐，并因之而踏上文坛，令世人刮目。而1925年前后出现的现代主义文学思潮在对待传统的态度上，既有激烈反抗的一面，又有容忍开放的一面，表现出一种较为宏大的气度。

相反的两极却有同一泉源，这在艺术领域并非罕见。值得注意的是，中国现代主义倾向的作家并没有把西方现代派的一切都奉为圭臬，不敢越雷池一步，而是融合新机，自有特色，创造了一个新的艺术天地，显示出它的活力和光彩。

但是，我们也能看到，作为一种文学思潮，现代主义毕竟没有现实主义、浪漫主义那样声势煊赫，影响久远。从理论形态上看，西方现实主义、浪漫主义的传播是集中的、整体性的、全方位的，而现代主义的影响则是分散的、渗透性的，没有形成一个较为系统的理论规范，也没有出现较有深度的理论著作。就创作形态上看，现实主义、浪漫主义都曾出现过一些典范的作品和杰出的作家，而现代主义范畴内的作家作品既不纯净，也乏知名度。因此，现代主义文学思潮与现实主义、浪漫主义文学思潮相比较，不仅在时间上迟了一步，而且在影响上差了一大截，不是被遗忘，就是被误解——这就是它的命运。这不能不成为一种历史的遗憾，造成这一遗憾的原因还在于它生不逢时。1925 年，当它出现时，中国还处于一个剧烈动荡的时代，不仅社会的热点，而且文学的热点，都自然而然地转移到革命、斗争、反抗的洪流中去。大革命为众望所归，茅盾、鲁迅去了，郭沫若、郁达夫去了，现代主义文学思潮生非其时，遭到冷落也是顺理成章的事情。但是更为深层的原因是，现代主义文学思潮是工业社会的产物。它表现的是现代人在现代社会中的情绪和心理，而中国社会则刚刚从传统的门槛跨出来，基本上还是一个封闭的农业国家。因此，现代主义虽从西方大量输入，却难以生根，虽五花八门，却如过眼烟云，在历史的册页上仅仅留下淡淡的印痕。但是，现代化毕竟是大势所趋，现代主义文学对现代人灵魂的深邃透视和精细刻画是其他文学难以企及的。所以，现代主义文学思潮尽管一再遭冷落、误解，甚至批判，但它依然存在，在中国文学现代化进程中不断崛起，不断深化。

第二节　现代主义诗歌的创作

在中国现代诗歌史上，现代诗派的诗歌创作产生了极其深远的影响。现代诗派出现于 20 世纪 30 年代，代表性的诗人有戴望舒、卞之琳、施蛰存、何其芳、废名、纪弦等。他们在进行诗歌创作时，反对直接抒情，而是积极追求朦胧美；反对格律化，大多不讲究诗歌形式的整齐和韵脚，而是以自由的形式和口语化的语言来表现情绪的节奏，从而创造了有着散文美的自由诗体；常常运用隐喻、象征、通感等手法将诗中表达的情绪意象化，从而将难以描述的、隐约的情绪转化成具体可感的东西。另外，他们的诗歌创作基调是低沉的，往往体现出虚无的、悲观的思想和情绪，表现出知识分子的复杂心情和内在痛苦。下面具体分析戴望舒、施蛰存和何其芳的诗歌创作。

一、戴望舒的现代主义诗歌创作

戴望舒(1905—1950)，原名戴朝宷，出身于浙江杭州一个银行职员家庭。1913 年，他开始读小学，毕业后进入宗文中学学习，并对文学产生了浓厚的兴趣。1923 年，中学毕业的戴望舒进入了上海大学中国文学系学习，后因上海大学被封转入震旦大学的法文班学习。从 1926 年起，他和施蛰存等人积极从事革命文艺活动，既出版书刊，又发表诗歌，在社会上产生了一定的影响。1930 年 3 月，他经冯雪峰的介绍加入了“左联”，之后出任《现代》杂志的主编。1932 年，戴望舒自费赴法国留学三年，后回国到了上海，与卞之琳、孙大雨、冯至等人共同创办了在中国新诗史上有着重要影响的诗歌刊物——《新诗》月刊。1934 年，他出版了诗集《望舒草》，这标志着他自此成为现代诗派的代表诗人。七七事变后，他辗转到了香港，先后任《星岛日报》文艺副刊《星座》、《华侨日报》的副刊《文艺周刊》、《香岛日报》的副刊《日曜文艺》的主编。抗战胜利后，戴望舒回到上海，在上海师范专科学校任教，兼任暨南大学教授。1948 年，他再赴香港，并出版了诗集《灾难的岁月》。1949 年 3 月，戴望舒回到了北京，担任新闻总署国际新闻局法文编辑。1950 年 2 月 25 日，戴望舒因严重的气喘病在北京逝世，终年 45 岁。

戴望舒创作了不少脍炙人口的名篇佳作，《雨巷》一诗是为他赢得声誉的最著名的作品：

撑着油纸伞，独自
彷徨在悠长、悠长
又寂寥的雨巷
我希望逢着
一个丁香一样地
结着愁怨的姑娘

她是有
丁香一样的颜色
丁香一样的芬芳
丁香一样的忧愁
在雨中哀怨
哀怨又彷徨

她彷徨在这寂寥的雨巷
撑着油纸伞
像我一样
像我一样地
默默彳亍着
冷漠、凄清，又惆怅
……
撑着油纸伞，独自
彷徨在悠长、悠长
又寂寥的雨巷
我希望飘过
一个丁香一样地
结着愁怨的姑娘

这首诗创作于1927年“四一二”反革命政变之后，诗中运用了西方象征主义诗歌的象征、暗示等手法，那阴霾淫雨下的“悠长/又寂寥的雨巷”，象征了大革命失败后社会的政治氛围；抒情主人公“我”的“哀怨”“彷徨”和“惆怅”，象征了大革命失败后一代青年忧伤、痛苦且抑郁的精神状态；而“丁香一样地/结着愁怨的姑娘”，象征了诗人对美好理想的向往和不断追求。同时，诗人有意识地将象征主义手法与中国古典诗歌指涉香草美人的抒情传统相结合，从而营造出优美而精致的诗的意境。另外，这首诗歌也有着很强的音乐性，诗句随着诗人情绪的起伏变化而长短错落，再加上江阳韵一韵到底、不断重复主题性意象和短句，从而使全诗形成了复沓、回环的节奏，有着“余音绕梁”的韵味。因而，此诗被叶圣陶誉为开辟了新诗音节的新纪元。《雨巷》受到当时读者普遍的欢迎和喜爱，即使在今天看来，它仍然是新诗中的精品。然而，这首被大众十分看好的诗，戴望舒在20世纪30年代初期编《望舒草》时却将其删去了。诗人曾发文表示对新诗的音乐成分进行否定。他针对新月派的三美要求，指出诗不能借重音乐，也不能借重绘画的长处。也许，他所不满意的也是卞之琳所批评的“浅易”和“浮泛”。这正如施蛰存所说：“在《望舒草》中删掉了这首诗，标志着诗人已进入一个新的时代。”这“新的时代”的起点，便是他的那首《我底记忆》，该诗的写法与《雨巷》有很大的不同。从内容上看，虽然两者都写到情绪、心情，但是《雨巷》是通过雨巷、姑娘、丁香等一系列的意象来表现的，而《我底记忆》则更深一步，深入到诗人的内心深处，深入到记忆这个意识的层面。把意识层面的记忆作为诗歌的表现对象，说明诗人具有内视和内省意识。而现代主义诗歌的一个重要特点就是诗人具有自觉的内视和内省意识。

在现代派诗人中，戴望舒的诗是最为深沉的，这深沉源自他在现代生活中所感受的现代情绪。20世纪30年代的青年诗人原本是农村（或小城镇）中来到大都市寻求理想的“寻梦者”，他们感受着西方意识形态对传统文化的冲击，目睹了农业社会的逐步解体和工业文明的出现，体验着都市商品社会的沉沦与绝望，理想与现实的矛盾使他们回到了内心世界。因而,诗对于戴望舒来说绝不仅仅是艺术的追求,它是一种对现实的逃避,是对受伤灵魂的抚慰和净化。

西方现代派诗人喜欢用知觉表现思想,或者说把思想还原为知觉,像你闻到玫瑰香味那样感知思想。戴望舒的现代诗亦如此。例如,《古神祠前》:

古神祠前逝去的
暗暗的水上,
印着我多少的
思量底轻轻的脚迹,
比长脚的水蜘蛛,
更轻更快的脚迹。

从苍翠的槐树叶上,
它轻轻地跃到
饱和了古愁的钟声的水上
它掠过涟漪,踏过荇藻,
跨着小小的,小小的
轻快的步子走。
然后,踌躇着,
生出了翼翅……

它飞上去了,
这小小的蜉蝣,
不,是蝴蝶,它翩翩飞舞,
在芦苇间,在红蓼花上;
它高升上去了,
化作一只云雀,
把清音撒到地上……
现在它是鹏鸟了。

在浮动的白云间，
在苍茫的青天上，
它展开翼翅慢慢地，
作九万里的翱翔，
前生和来世的逍遥游。

它盘旋着，孤独地，
在迢遥的云山上，
在人间世的边际，
长久地，固执到可怜。

终于，绝望地，
它疾飞回到我心头，
在那儿忧愁地蛰伏。

这首诗意在表达诗人对自由的热烈向往、执着追求和追求失败后忧愁的思想感情。诗人并没有空泛的议论，而是通过一系列的象征性意象来表情达意。追求自由的“思量”生出了翼翅，像蜉蝣飞上去了，像蝴蝶翩翩起舞；一会儿又化作云雀腾空而起，把清音撒在地上；一会儿又变成鹏鸟，慢慢地舒展开翅膀，准备作万里翱翔。然而，由于古神祠阴森肃杀，暗无天日，在白色恐怖下，诗人的向往只能是前生和来世的逍遥游。尽管诗人长久地、固执地追求，但是现实的黑暗令人绝望，追求自由的思想又忧愁地蛰伏在诗人心头。“思量”本来是人类的一种抽象的思维活动，它既无形，又无声。可是在诗人的妙笔下，读者看到了它的翩翩舞姿，听到了它的清音，失望之后还会忧愁地蛰伏。把看不见、摸不着的一种理念幻化为具体可感的形象，充分表现了诗人极度渴望自由的心情。诗人通过思想知觉化的方式，构成了虚实间的一种微妙联结，在感觉的宇宙里寻求诗意的体验，从而显示出现代派诗人高人一筹的艺术知觉灵敏度。

戴望舒早年的诗作多写爱情的苦闷和个人的忧愁，抗战爆发后，其诗风发生了深刻的变化，他关注国家民族的命运，在民族苦难中审视个人的不幸，诗中回荡着爱国主义的激情。这一时期的诗歌仍然以写实与象征方法相融合，形式上以半格律的自由体为主，如他在香港被日寇逮捕入狱后写的《狱中题壁》《我用残损的手掌》等诗，表现了爱国主义的深情，以及不屈的斗志。诗的艺术形式较为流畅自然、澄明可诵。

戴望舒的诗歌创作也形成了自身鲜明的艺术特色，具体来说体现在以下几个方面：

第一，戴望舒的诗歌善于运用知觉来表现思想和情绪，或者说善于将思想和情绪还原为知觉，如《自家悲怨》：

……

而今希望又虚无，
且消受终天长怨。
转看风里的蜘蛛，
又可怜地飘摇断，
这一缕零丝残绪。

这首诗是诗人的述怀之作，抒发了其悲怨的思想情感。诗中，诗人将希望的破灭幻化为蜘蛛网被狂风吹破，悲怨的情绪犹如在大风中飘曳的"零丝残绪"。在这里，思想（希望）找到了蜘蛛网这一客观对应物，情绪（悲怨）找到了"零丝残绪"这一客观对应物，从而使虚无缥缈的思想和情绪具象化、事物化、外在化了。

第二，戴望舒的诗歌常常借助对比、暗示、烘托、联想等手法对自己的感受和内心世界进行刻画。这在《野宴》一诗中有着鲜明的体现：

对岸青叶荫下的野餐，
只有百里香野菊做伴；
河水已洗涤了碍人的礼仪，
白云遂成为飘动的天幕。

那里有木叶一般的薄荷酒，
和你所爱的芬芳的腊味，
但是这里有更可口的芦笋
和更新鲜的乳酪。

我的爱软的草的小姐，
你是知味的美食家。
先尝这开胃的饮料，
然后再试那丰盛的名菜。

诗中，诗人描写了一场清爽迷人的野外宴会，表面看来表达了舒畅的心情、欢乐的胸襟和内心的奔放自由，实际上是用野宴来暗示女友施绛年置寄居在家里的男友于不顾，却跑到松江对岸去寻找野菊做伴，从而表明自己内心的无奈和悲伤。

总的来说，戴望舒以自己的诗歌创作实践找到了代替格律诗的诗歌形式，即以散文为特色的自由诗体，从而极大地促进了中国新诗的发展。

二、施蛰存的现代主义诗歌创作

施蛰存(1905—2003)，浙江杭州人。1922年，他在中学毕业后进入了之江大学学习，后转入上海大学学习，并在此期间开始了文学创作。1926年，他又转入了复旦大学法文班学习，并发表了小说《春灯》《周夫人》等。1929年，他在上海水沫书店任编辑，后于1932年起担任《现代》月刊的编辑，并积极进行诗歌创作。七七事变后，他先后在云南、福建、江苏、上海等地的多所大学任教。中华人民共和国成立后，他先是在上海华东师范大学任教，后转向文物考古研究。2003年11月19日，施蛰存因病在上海逝世。

施蛰存与其他现代派诗人相比，有着明显的印象主义倾向，还常常用新奇的意象对瞬间抓住的印象和感觉进行表现，这在

《银鱼》一诗中有着鲜明的体现：

横陈在菜市里的银鱼，
土耳其风的女浴场。

银鱼，堆成了柔白的床巾，
魅人的小眼睛从四面八方投过来。

银鱼，初恋的少女，
连心都要袒露出来了。

这首诗虽然只有短短的三节六行，却对印象主义的表现手法进行了广泛运用，并利用意象之间的相似特征，展开了出其不意的想象，营造了奇幻莫测的、广大的想象空间，含蓄曲折地传达出诗人微妙的失落惋惜的心情。诗中第一节中的“横陈”一词用得十分贴切，既将菜市上摆放的银鱼的状态生动而形象地展示了出来，又不禁使人联想起旧式言情小说描述女子向男子献身的词语“玉体横陈”，从而使诗中带有了性的挑逗意味，为接下来描写“土耳其风的女浴场”“柔白的床巾”做了重要铺垫。第二节中，“魅人的小眼睛从四面八方投过来”一句，将原本显得静止的意象变得极富动感，也将诗中原本凝重的氛围变得活跃起来。到了第三节时，诗人又将原本很有性挑逗意味的“土耳其风的女浴场”变换为“连心都要袒露出来了”的纯情的“初恋的少女”。但这样的转换，并不显得突兀和出人意料，反而具有了跌宕起伏之妙。

施蛰存的诗，还常常通过生动的意象暗示、隐喻等手法对自己对生命的体验及诠释进行表现，并进一步表明了20世纪30年代的一代青年知识分子在内忧外患背景下的迷茫、彷徨、恐惧和忧伤。这在《桥洞》一诗中有着很好的体现：

小小的乌篷船，
穿过了秋晨的薄雾，

要驶进古风的桥洞了。
……
但是，当我们还在微笑的时候，
穿过了秋晨的薄雾，
幻异地在庞大起来的，
一个新的神秘的桥洞显现了，
于是，我们又给忧郁病侵入了。

诗中描写的桥洞本是寻常之物，但诗人非说它是“神秘的东西”，并通过暗示、隐喻、象征等手法将作为客观物体的“桥洞”变为自己主观情感的对应物，进而将自己的内心世界形象地呈现了出来。在诗中，诗人将“桥洞”象征为人生的转折点或者说人生的驿站，将“水道”象征为人生的旅途。当人们通过“平静的水道”时，会感到十分的庆幸与宽慰，而当“一个新的神秘的桥洞显现”时，人们便会感到不安，甚至恐惧。这形象地体现出人生的艰险和命运的不可把握。

三、何其芳的现代主义诗歌创作

何其芳是一位渴望梦着一些美丽的、温柔的东西的诗人，他的心理、情感以及美学的选择，都偏向于中国古典的美人芳草，因此，他的诗中充满了青春的感伤、冷艳的色彩和朦胧的意境。这在《预言》一诗中有着鲜明的体现：

这一个心跳的日子终于来临！
你夜的叹息似的渐近的足音，
我听得清不是林叶和夜风私语，
麋鹿驰过苔径的细碎的蹄声！
告诉我，用你银铃的歌声告诉我，
你是不是预言中的年青的神？

你一定来自那温郁的南方！
告诉我那里的月色，那里的日光！
告诉我春风是怎样吹开百花，
燕子是怎样痴恋着绿杨！
我将合眼睡在你如梦的歌声里，
那温暖我似乎记得，又似乎遗忘。

请停下，你疲劳的奔波，
进来，这里有虎皮的褥你坐！
让我烧起每一个秋天拾来的落叶，
听我低低地唱起我自己的歌！
那歌声将火光一样沉郁又高扬，
火光一样将我的一生诉说。

不要前行！前面是无边的森林，
古老的树现着野兽身上的斑纹，
半生半死的藤蟒一样交缠着，
密叶里漏不下一颗星星。
你将怯怯地不敢放下第二步，
当你听见了第一步空寥的回声。

一定要走吗？请等我和你同行！
我的脚步知道每一条熟悉的路径，
我可以不停地唱着忘倦的歌，
再给你，再给你手的温存！
当夜的浓黑遮断了我们，
你可以不转眼地望着我的眼睛！

我激动的歌声你竟不听，
你的足竟不为我的颤抖暂停！

像静穆的微风飘过这黄昏里，
消失了，消失了你骄傲的足音！
呵，你终于如预言中所说的无语而来，
无语而去了吗，年青的神？

这首诗吟唱的是不幸的爱情。诗的开头，突兀地写出诗人的心跳。在恋爱之“女神”来临的美好境界中，诗人想象着女神生活的南方是如何美丽，月色与日光、春风与百花、燕子与白杨及如梦的歌声让诗人在恍惚的记忆和眷恋中感到温暖。神的人化和人的神化在想象世界中融合为一种关怀，诗人劝女神不要冒险前行，愿用“火光”的歌声向她倾诉；或与她同行，用“温存的手”和浓黑中的“眼睛”来给她以温暖与光亮。但是，诗人“激动的歌声”和痛苦的“颤抖”却没有打动女神的心。她“如预言中所说的无语而来，无语而去”，给诗人带来短暂的欢乐，也带来无限的怅惘。

在表现形式上，《预言》用了繁复的意象蕴含诗人乐中生悲的情绪，第四节中具象的“藤蟒”和抽象的“回声”等意象尤显诗人想象的生动与微妙。诗中以独白的口吻抒怀，暗示出诗人一厢情愿的热恋和由此带来的空虚。沉郁的语调和缓急相促的节奏，与全诗的境界相谐，恰当地表现了诗人的失望与痛苦。

何其芳的诗还善于对青春的梦进行描绘，而且就算是描写青春少女的死亡，也会将其诗化，赋予一定的青春的凄美，如很有特色的《花环》一诗：

开落在幽谷里的花最香，
无人记忆的朝露最有光。
我说你是幸福的，小玲玲，
没有照过影子的小溪最清亮。

你梦过绿藤缘进你窗里，
金色的小花坠落到你发上。

你为檐雨说出的故事所感动，
你爱寂寞，寂寞的星光。

你有珍珠似的少女的泪，
常流着没有名字的悲伤。
你有美丽得使你忧愁的日子。
你有更美丽的夭亡。

这是一首悼念名叫“小玲玲”的少女的悼亡诗，但与一般的悼亡诗相比，更像是一首赞美诗。诗中没有流露出一丝的悲伤之情、悼惜之意，而是通篇以优美的意象和明快的语言对“小玲玲”进行了赞美，表现了她的外貌之美和内在之美的统一。另外，诗中将不幸认为是幸福、将死亡认为是美丽的，可谓令人不可思议。但实际上，诗人这样写并不是要达到耸人听闻、令人惊讶的新奇效果，而是有着一定的深意：一是世界上所有美丽的东西都不可能是永恒的，都有一个产生、发展、衰落直至死亡的过程，因而若是在最美丽的时刻死去了，美丽便会变成永恒的，死亡也就成为美丽的了；二是少女“小玲玲”是那样的美丽和纯洁，但她却生活在一个腐败、污浊的社会中，而她的死亡恰巧保住了她的纯洁，因而诗人对她的死亡进行了赞美。

第三节　现代主义小说的创作

20 世纪 30 年代，在现实主义文学蓬勃发展的时候，中国出现了一个表现出明显的现代主义倾向的小说流派，即“新感觉派”，代表作家有刘呐鸥、穆时英、施蛰存。到了 20 世纪 40 年代，张爱玲的创作为现代主义小说的发展注入了更为新鲜的力量。本节将对刘呐鸥、穆时英、施蛰存和张爱玲的现代主义小说创作进行具体阐述。

一、刘呐鸥的现代主义小说创作

刘呐鸥(1900—1939),原名刘灿波,笔名洛生,台湾省台南人。他从小生长于日本,毕业于日本庆应大学。回国后,1925年在上海震旦大学法文特别班学习,和杜衡、施蛰存、戴望舒是同学,一起接受法国文学影响。他是中国“新感觉派”小说的最早尝试者。1928年,他翻译了日本作家片冈铁兵等人的小说合集《色情文化》,第一个将日本新感觉派介绍到中国,同年,在《无轨列车》杂志上发表了意识流小说,并于1930年出版了短篇小说集《都市风景线》。《都市风景线》在运用新的形式、技巧方面的意义,大于作品的思想意义。1939年,刘呐鸥在上海被枪杀。

刘呐鸥的小说,主要是运用现代主义的手法与技巧:一是善于运用跳跃式的结构,运用意识流的手法来表现都市快节奏的生活;二是重视描写都市现代人两性关系中“本我”的冲动;三是追求主观感觉印象的描写,表现作者所体验到的感性的“新现实”。

《两个时间的不感症者》是刘呐鸥的小说代表作,也是新感觉主义小说的代表作。这篇小说比较集中地体现了刘呐鸥小说创作的一些艺术特色。我们先读小说开头的一段文字:

> 晴朗的午后。
>
> 游倦了的白云两大片,流着光闪闪的汗珠,停留在对面高层建筑物造成的连山的头上。远远地眺望着这些都市的墙围,而在眼下俯瞰着一片旷大的青草原的一座高架台,这会早已被为赌心热狂了的人们滚成为蚁巢一般了。紧张变为失望的纸片,被人撕碎满散在水门汀上。一面欢喜便变了多情的微风,把紧密地依贴着爱人身边的女儿的绿裙翻开了。除了扒手和姨太太,望远镜和春大衣便是今天的两大客人。但是这单说他们的衣袋里还充满着五元钞票的话。尘埃,嘴沫,暗泪和马粪

> 的臭气发散在郁悴的天空里，而跟人们的快意，紧张，失望，落胆，意外，欢喜造成一个饱和状态的氛围。可是太得意的英国国旗却依然在美丽的青空中随风飘漾着朱红的微笑。There，they are off！八匹特选的名马向前一趋，于是一哩一挂得的今天的最终赛便开始了。

这段描写文字简洁，表意明晰。其中，视觉、听觉、触觉、味觉、嗅觉既是客体化的，又是对象化的，白描与暗示、平面与立体合二而一，较好地渲染了赛马场的真实气氛。这正是新感觉派所要努力追求的审美效果。

综观刘呐鸥的小说内容，存在着相当突出的颓废、悲观、色情的倾向。应该说，这与西方现代主义所推崇的思想倾向是有联系的。西方现代主义大都是表现一种世纪末的悲观、绝望情绪。有的国外评论家把西方现代主义文学的思想特征概括为“绝望”二字，这的确说明了西方现代主义文学的某些本质特征。这种世纪末情绪不仅充斥于西方现代主义文学中，也导致一些现代派作家最终走上自杀的道路（如川端康成、海明威、恩斯特·托勒）。日本新感觉主义也是兴起于日本1920年发生较大经济危机之后，特别是1923年的一次大地震，造成重大人员伤亡，使许多人陷入悲观的境地，于是走向颓废、享乐的人生之路，日本新感觉派的一些作品突出地表现了这种思想倾向。刘呐鸥从小生活在日本，比较明显地直接接受了这种思潮的影响。他的小说集《都市风景线》，思想苍白，只是单一地向人们展示大都市资产阶级男女的空虚、腐朽、堕落的生活，而且在描写时，他总是带着一种欣赏的心境在里头，这更是不可取的。当然，他也写过一两篇关于无产者反抗和斗争的作品，不乏暗示新兴阶级光明前景的向上思想。

二、穆时英的现代主义小说创作

穆时英（1912—1940），出身于浙江省慈溪县的一个银行家家庭，笔名伐扬、匿名子等。他1912年就读于上海光华大学中文系，在校期间即在《新文艺》上发表《咱们的世界》《黑旋风》等，被施蛰存推荐到《小说月报》发表的《南北极》，引起了文艺界的重视，从此成名。1932年，穆时英的第一部小说集《南北极》出版，所收入的小说大多以闯荡江湖的流浪汉为主人公，反映了贫富两极的对立，特别引起左翼作家的关注和重视。1933年出版小说集《公墓》，内收《公墓》《上海的狐步舞》《夜》《夜总会里的五个人》《被当作消遣品的男子》《黑牡丹》《莲花落》。这个小说集的出版标志着穆时英创作的明显变化，即开始转向描写大都市现代人颓废失落的精神状态和畸形、变异心理，逐渐形成了新感觉主义小说的特色。1934年出版小说集《白金的女体塑像》，1935年出版小说集《圣处女的感情》，长篇小说《中国行进》未能出版。1935年与叶灵凤合编《文艺画报》。1937年一度流亡香港。1939年回到上海，担任汉奸政府创办的《中华日报》编辑，及《文汇报》(汉奸控制)社长。1940年春，穆时英被暗杀身亡。下面对穆时英的《夜总会里的五个人》和《上海的狐步舞》进行分析。

《夜总会里的五个人》将五个人物聚集到周末的夜总会，展示了他们不同的命运。这五个人物分别是破产的金子大王胡均益、失去了青春的交际花黄黛茜、研究《哈姆雷特》的怀疑主义者季洁、失恋了的大学生郑萍、失业了的市府秘书缪宗旦，他们都是在与生活搏斗中跌撞下来的人物，他们的感觉中渗透着败落破产的痛苦和无法排遣的颓败情绪。他们朝不保夕，带着各自不同的苦恼来到夜总会，企图在疯狂的音乐中寻求刺激，麻醉灵魂，发泄痛苦，直到天明。出门时，破产的胡均益开枪自杀，其余四人把他送进墓地。小说表现了现代人在都市快节奏变幻中不可把握的人生命运，反射出都市人生的“心理荒原”。

《上海的狐步舞》是穆时英新感觉主义小说的重要代表作。这篇小说摒弃了传统小说叙事集中化、中心化和封闭性的特点，采用的完全是开放式叙事结构，只是展示环境、渲染气氛、创造节奏和表达作者的主观感觉，将生活中的多个片断组接起来，以感觉支配“蒙太奇”式的叙事。比如，行路人突然被拦劫暗杀，姨太太与前妻的儿子乱伦，舞池中男女交互调情，饭店里有钱人嫖妓、赌博，巷口老妇人拉客、让儿媳卖淫以求生存，工人被砸断脊梁而死，坐黄包车的洋水兵不给钱……这些互不关联的画面，作者根据感觉的需要自由地、立体地组合在一起，描绘出来的是大都市繁华与恐怖、堕落与悲苦相生的病态生活残卷。例如，小说对舞会场面的描写：

> 蔚蓝的黄昏笼罩着全场，一只鲫 saxophone(乐器萨克斯管)正伸长了脖子，张着大嘴，呜呜地冲着他们嚷。当中那片光滑的地板上，飘动的裙子，飘动的袍角，精致的鞋跟，鞋跟，鞋跟，鞋跟，鞋跟。蓬松的头发和男子的脸。男子的衬衫的白领和女子的笑脸。……酒味？香水味，英腿蛋的气味，烟味……

这一段描写运用蒙太奇叙事视点，造成了一种电影式的形象感、运动感和节奏感，写出了大都市现代人(包括作者自己)的生活情绪与人生感受。

这篇小说充分体现了新感觉派的艺术特征，由爵士乐、狐步舞和流动的色彩构成了现代都市畸形文明的节奏和旋律，作者用感性的表达方式，把自己的主观感觉注入所描写的客观对象之中，使对象生命化和个性化，从而真实地表达了作者颓唐的情绪、失落的心态以及混乱的价值观。

总之，穆时英的新感觉派小说开拓了中国现代主义文学的新领域，通过对具有变异心态的人物以及病态的都市社会的描写，具有了针砭现实、批判社会的意义。

三、施蛰存的现代主义小说创作

施蛰存是中国新感觉派小说创作成就最高的作家，20 世纪 30 年代是其创作的辉煌时期，《将军底头》《梅雨之夕》《善女人的行品》这三部小说反映了作者这一时段的创作全貌。下面对《将军底头》和《梅雨之夕》进行分析。

《将军底头》以描写主人公花惊定"性爱与种族"冲突的基本主题，展现了灵魂真实的艺术魅力。身为大唐武官的花惊定，由于血管里流淌着祖父吐蕃人的血液，便对汉族和汉族士兵产生了本能的厌恶，于是萌发了背叛的念头，因而在他的意识中，反叛大唐与忠于吐蕃之间的矛盾冲突一直没有平息过，但当他偶然遇到了一位巴蜀美丽的汉族少女时，这位年轻的将军竟然"骤然感觉到了一次细胞底震动"，并"全身浸入似地被魅惑着了"。这种对爱欲的强烈追求，产生了无比"凶猛"的力量，他不仅严厉地将追逐少女的士兵斩首示众，而且消散了他反叛大唐的一切信念，并下意识地在少女居住的门前徘徊了七次，以致最后被吐蕃人砍掉了头颅，仍策马来到少女的身边，无首将军隔岸遥望。小说内容虽然荒诞不实，却揭示了将军灵魂深处固执的欲念，以及至死也无法摆脱的强悍力量。

《梅雨之夕》是一部以现代主义创作方法为主的专写现代题材的短篇小说，写"我"从公司下班，在梅雨天气中徒步回家。在店铺檐下避雨时，邂逅了一个没有带雨伞的美丽少女。"我"为她的姿色所动，但心存疑虑，不敢贸然用自己雨伞的一半去荫蔽她。久等没见雨止，终于同伞结伴上路。"我"又觉得她貌似自己在苏州时初恋的女子，诧异自己的奇遇，但是瞥见街边一个女子的忧郁眼光，又似乎看见在焦灼地等自己回家的妻子的忧郁脸色。问知这位少女姓刘，怀疑这是自己的初恋情人故意隐瞒姓氏，于是联想到日本画家《夜雨宫诣美人图》，联想到古人"担簦亲送绮罗人"的诗句，重温着初恋的清新感受。"我"最后才发现少女的嘴唇太厚，绝非初恋的女伴，感到被压抑的心境忽然松弛，连呼吸也觉得舒畅了。别了这少女上车，还在车上无意识地张一雨伞，回到家中听见妻子的声音，仿佛又是那少女的声音。这部小说情节不多，满纸都是内心独白，瞻顾之间，疑窦重重，在一种层层递进、往复回环的圆熟的心理描写中，传达了都市薄暮中一种蠢蠢欲动而又带有强烈的自我抑制性的梦幻美。

总之，施蛰存善于用弗洛伊德精神分析学去观察人物的深层心理，热衷于描写人物主观意识的流动，并揭示都市生活的急迫节奏对人物神经的严重冲击。他的艺术实践标志着西方现代派文学在我国文学园地再植生根，显示了独特的艺术风采。

四、张爱玲的现代主义小说创作

张爱玲（1920—1995），原名张瑛，出身于上海公共租界的一个大家庭。张爱玲的家世显赫，祖父张佩纶是清末的名臣，祖母是李鸿章之女。她的父亲是遗少型的少爷，母亲是新式女性，因而两人的婚姻并不幸福，但这却成了张爱玲感悟世情、了解人性的必修课。1931年，她考入上海圣玛丽学校，并开始发表小说作品。1938年，她考入英国伦敦大学，但因战事未能前往。1939年秋，她改入香港大学文学系。1942年，张爱玲回到上海，并坚持文学创作。1943年，她发表了小说《沉香屑：第一炉香》，并因此引起了文坛的关注。此后，她一发而不可收，发表了《沉香屑：第二炉香》《心经》《封锁》《倾城之恋》《金锁记》《琉璃瓦》《花凋》《红玫瑰与白玫瑰》《桂花蒸阿小悲秋》等小说以及一些散文作品。1952年，她再次到了香港，并发表了《秧歌》和《赤地之恋》两部小说作品。1955年，她去了美国，在坚持小说创作的同时进行戏剧写作。1995年9月8日，张爱玲被人发现孤独地死于洛杉矶的家中。

张爱玲在中国现代文学史上的小说创作几乎都取材于家庭和婚恋题材，不涉及政治和重要的事件，这明显不同于当时文坛上对“国家”“阶级”和“民族”表达的热衷。同时，她的小说创作底色是苍凉的，“旨在写出现代人虚伪中的真实、浮华中的朴素，表现不彻底的平凡人的苍凉人生”①。《倾城之恋》和《金锁记》是张

① 林亦修．张爱玲小说结构艺术[J]．中国现代文学研究丛刊，1996(1)．

爱玲在中国现代文学史上最重要、最著名的两部小说作品。

《倾城之恋》的主人公白流苏是上海破落望族的一个离过婚的女人，到香港待价而沽，将自己巧妙地“推销”给了三十多岁的华侨富商、花花公子范柳原，决定用她的前途来下注。如果她输了，她便会声名扫地；如果赌赢了，她可以得到众人虎视眈眈的目的物范柳原，出净她胸中这一口恶气。于是，两人进入了真真假假的两性游戏，嘴上是美丽的甜言蜜语，双方却都在吸引、挑逗，无伤大体地攻守，谁也不认真。后来，两个人因抗日战争的爆发，在生死交关时才得以真心相见，并许下了天长地久的诺言。战争结束后，两个人在报上登了结婚启事。可是从实质上来说，范柳原娶白流苏既不是因为爱情，也不是由于她的魅力，只是香港的陷落成全了她。这种倾城之恋的实质和传统理解的倾城之恋存在强烈反差，构成的反讽意味耐人寻味。

《金锁记》在一个古色古香的故事叙述中阐释了“金钱能使人的心灵扭曲”这一现代文化命题。小说的主人公曹七巧是麻油店老板的女儿，举止粗俗、爱耍小奸小坏，后因金钱嫁到姜家做了二奶奶。她的丈夫是一个患骨痨的病人，坐起来，脊梁骨直溜下去，实在没法拿他当了人看，这使得曹七巧被困在情欲之中。为了发泄自己的情欲，她挑逗风流倜傥的三爷姜季泽，可姜季泽对此无动于衷。后来，曹七巧以自己的青春和爱情为代价，分得了偌大一笔金钱，带着儿子长白、女儿长安租房另过。为了牢牢地将金钱掌握在手中，曹七巧变成了一个自虐和虐人的变态狂。她赶走了觊觎自己的金钱而想与自己重叙旧情的姜季泽；为了牢牢抓住她生命中唯一的一个男人，她教唆儿子长白吸鸦片，并在儿子娶妻后虐待儿媳，还常常把儿子留宿在自己的房里，弄得“丈夫不像个丈夫，婆婆也不像个婆婆”，最终将儿媳凌辱折磨致死，儿子则成了她替代的丈夫；阻碍女儿长安的婚姻，还哄她吸食鸦片，使长安终生未得到幸福。

张爱玲一方面受中国古典文学及传统文化的熏染，另一方面又较早地接受了西方现代文化的教育，这形成了她独特的文化素质。她的小说既有传统小说叙事的痕迹，又有现代派的味道，诸如注重写人物意识的流动，注意暗示与象征，善用联想，特别是对人物病态心理的描写与揭示等，都显示出这一特点。张爱玲具有清晰的时代感与精细的把握能力，甚至通过对衣饰与环境的描写，也能将时代与社会的变化生动具体地表现出来，它们本身已经成为一种有意味的形式，透露出浓浓的文化意蕴。

第四节　现代主义戏剧的创作

在中国现代主义文学思潮中，现代主义戏剧的发展并不十分繁荣，并且深受西方表现主义戏剧的影响。在早期，高长虹和白薇的戏剧创作具有一定的代表性，直到曹禺的《原野》问世，才使得现代主义戏剧的创作精神在中国得到了成功的实践。下面主要对曹禺和白薇的现代主义戏剧创作进行研究。

一、曹禺的现代主义戏剧创作

在第二章中我们已经对曹禺的现实主义戏剧创作做过研究，这里我们主要研究曹禺的现代主义剧作《原野》。曹禺在《原野》(三幕剧)中将对人性的剖析进一步向心灵深处开掘，是一个在封建宗法思想影响下农民复仇者的心理悲剧。

此剧在莽莽苍苍的原野上展开了仇、焦两家因历史仇恨而激发的冲突。戏剧正面表现的是八年后仇虎逃出牢狱来到焦家报一家两代之仇，冲突在仇虎与焦母之间展开。曹禺通过激烈的戏剧冲突，刻画了仇虎这个农民复仇者满蓄着仇恨与反抗力量的灵魂。焦母的暴戾、凶残、诡计多端，也被刻画得入木三分，极富个性特征。

剧本以内、外两种冲突来塑造仇虎形象。戏剧的外部冲突——仇虎为复仇而同焦母展开的冲突，表现出农民的反抗；人物的内心冲突——仇虎杀人前的矛盾，杀人后的恐惧、自责，进一步体现出悲剧的成因。《原野》的戏剧动作在这里得到统一，两种冲突没有造成仇虎形象的前后隔离。仇虎复仇的对象是焦阎王，而之所以忍心下手杀死焦大星，就在于焦大星是焦阎王的儿子。不幸者的惨叫触动了人性的神经，仇虎奋起一击，没有触动黑暗统治势力本身，却使自身陷入了自责与痛苦，掉进了恐惧的心狱而不能自拔。焦母叫魂，夜里的鼓声使他神经错乱，愚昧、迷信将他的心推进幻觉引起的恐怖中。曹禺描写舞台上焦家的陈设，右面是黑暗统治者焦阎王的画像，左面则是供奉菩萨的神龛，象征黑暗世界的精神统治，同时孕育着愚昧和迷信。这是仇虎"心狱"中的魔鬼，导致了他内心的悲剧性冲突。序幕中，他敲掉了焦阎王给他戴上的镣铐，但无法挣脱精神镣铐的束缚，最后仍然回到十天前挣脱的镣铐面前。实际上，肉体与精神的两种镣铐他都没有挣脱。

在塑造仇虎形象的同时，剧本还成功地塑造了花金子与焦大星的形象。金子与焦母针锋相对而又勉强自我克制，她满怀狂热的青春激情，对焦大星这个窝囊废既同情又厌恶，她风流、泼野，以女性的诱惑力吸引着仇虎，并将这种肉体的欲望升华为精神的爱恋。所有这些都与仇虎原始的激情互相呼应，并被表现得血肉丰满、富有魅力。焦大星也是曹禺长于描写的人物形象。这个善良人的懦弱无能，源于焦阎王夫妇的封建淫威与刚愎意志，他忧郁痛苦的灵魂也是由其父母的罪恶直接、间接铸成的。这个形象与《雷雨》中的周萍、《北京人》中的曾文清属同一类型。

在《原野》中，曹禺通过塑造仇虎这位因杀人而心灵分裂的悲剧英雄，完成了一次对人性潜在深度的探索。这是受到莎士比亚悲剧《马克白斯》的影响。第三幕对仇虎在森林中逃跑时的幻觉的描写，则是吸收了美国剧作家尤金·奥尼尔《琼斯皇》的表现主义艺术。《原野》与《琼斯皇》的戏剧情节有许多相似之处。正是由于借鉴了表现主义艺术手法，曹禺才别开生面地展示了仇虎的内心悲剧冲突，重现了他所遭受的种种不公，以及他在种种恐惧与幻觉的纠缠下拼命挣扎、苦斗的精神世界。总之，曹禺在现实主义中吸收了表现主义，成功地进行了一次艺术尝试。

二、白薇的现代主义戏剧创作

白薇(1893—1987)，原名黄彰、黄鹏，又名黄素如，出身于湖南资兴县的破落地主家庭。其父黄达人曾参加同盟会，在日本留学期间及回到家乡初期思想激进，但在家族意识中，又有着浓厚的专制思想，为白薇指定婚事，在婚姻问题上让白薇饱受旧礼教的摧残与折磨，甚至导致了白薇一生的命运悲剧。但她并不遵循“女子无才便是德”的古训，从而使她获得了接受教育的机会。面对封建婚姻的枷锁，具有新思想与新精神的她在长沙第一女子师范就读时勇敢地选择了反叛与抗争，为了寻求自我的独立生存与精神自由，她先赴上海，继而东渡日本。在日本，她历尽艰辛，考入日本东京御荣之水高等女子师范，后在郭沫若、田汉等人的影响下开始了文学创作，并成为中国现代文学史上最著名也最有成就的女戏剧作家。

1922 年，白薇在田汉、郭沫若等现代戏剧大师的影响下创作了第一个剧本《苏斐》，发表于当时影响巨大的文学刊物《小说月报》上。这个作品讲述的是苏斐、亚斐姐妹同恶少陈特之间的爱情与恩仇。陈特因得不到苏斐的爱，便暗害了苏斐的父亲及其恋人华宁，还害死了亚斐和七姑，强占了他们的全部家产。万念俱灰的苏斐身陷太行，潜心宗教，想从中获得灵魂的安宁。此时，她与上山游玩的陈特相遇，未曾料到陈特淫邪不改，上前调戏。苏斐假意与其周旋，趁其酒醉之际欲复仇，但事到临头忽然放弃了这一举动，而用“无抵抗精神，感化这个罪囚”，结果双双皈依宗教。虽然白薇在这部作品中宣扬了宗教之爱的慈悲与博大，但在整个作品中我们可以敏锐地感受与体验到她怀着对于爱的虔诚与膜拜之心来追求真正的爱情，但陈特的残忍、淫邪与卑劣不仅让爱情的美梦成为泡影，并且给命运带来了浓重的悲剧宿命。此剧末尾处的陡转虽与人物性格逻辑及整个作品的艺术逻辑不合，却折射出作者在面对人生苦难与人性罪恶之时，想寻求一种超越与解救的可能。虽有以空幻虚无之爱来化解世界苦痛的柔弱与幼稚之意，但可见到作为女性作家的她对于爱的虔诚与渴念。与冰心对于母爱、自然之爱与童心之爱的礼赞相比，冰心作品中的爱是以一种纯粹状态予以呈示，从而一味的温柔能在其所圈定的世界中被人接受，而白薇之爱则在尖锐的戏剧冲突中突然降临，自然也就令人难以索解。其实，两人同为女性作家的那种“爱”的情怀，在底子里却是息息相通的。

真正为白薇带来文坛声誉的当属三幕诗剧《琳丽》。陈西滢在读完白薇的这部作品之后很是兴奋，对其中曲折的剧情、瑰丽的诗意、哀婉的情调与奇特的想象予以了高度评价：“我们突然发现了新文坛的一个明星。”[①]赞美之情溢于言表。在《琳丽》中，女主人公琳丽热烈地爱上了艺术家琴澜，把人生的一切都丢弃了，认为“人生只有情才靠得住的，所以，我这回要特别执着我的爱，人生最深妙的美只存在两性之间”，“我只为了爱而生的，不但我本身是爱，恐怕我死后，我冰冷的那块青石墓碑，也只是一团晶莹的爱，离开爱还有什么生命，离开爱能创造血和泪的艺术么！”但痴情女偏逢薄情郎，琴澜是一个“泛爱”论的践行者，他又爱上了琳丽的妹妹璃丽。在失恋的痛苦折磨下，琳丽决心追求知识和艺术，想成为一个剧作家，去那心目中的殿堂——遥远的莫斯科追求新的生活。最后，她带着“骄爱”的矜持和人生的幻灭感，“周身佩着蔷薇花，死在泉水的池子里面”。如果说《苏斐》中还含有反对包办婚姻、追求爱情自由的内涵的话，那么在这个作品中，“爱情至上”的唯美主义倾向和“颓废”“幻灭”成了主调。但戏剧在戏剧冲突上却是颇有意味的，那就是不再将剧情矛盾设置为追求自由爱情与封建礼教之间的冲突，而是赋予隐秘的心灵世界以动人的景观，专注于理想与现实的冲突，“灵”与“肉”的搏斗。如果说

① 陈白尘，董健．中国现代戏剧史稿［M］．北京：戏剧出版社，1989：202.

琳丽渴望的是圣洁理想的“爱”的话，那么琴澜则代表的是现世泛滥的“爱”，从其根本上来讲，则是“爱”在面对人性自身的欲望与贪婪时的悲剧与失落。可以说，我们虽然可从其缺乏现实性与生活深度方面来对其进行批评，但她在一种奇诡美幻色彩下，对人性自身矛盾的揭示无疑更有着普遍与深远的意义。

第五章 中国唯美主义文学思潮及其创作

唯美主义是欧洲19世纪中后期的重要文艺流派之一，其影响遍及欧美，远涉东亚。20世纪初，唯美主义传到日本，与日本新兴的“白桦派”汇结成流，成为反对盛极一时的自然主义文学的重要力量。五四新文化运动时期，一些留日学者将唯美主义从日本引入国内，推动了中国唯美主义文学创作的发展。

第一节 唯美主义文学思潮在中国的传播与流变

在五四文坛的新浪漫主义文学中，唯美主义是备受青睐的一种思潮，它随着译介西方文学著作和美学著作的热潮由留学日本的文人传至国内，正式开始在中国国内传播。在此过程中，西方的唯美主义思潮与中国的文学思潮逐渐融合，形成了独具中国文学特色的现代唯美主义文学。

唯美主义文学思潮是西方19世纪末期重要的文学思潮之一。一般认为，法国作家、批评家戈蒂耶是这一思潮的发起者，他在19世纪30年代的两篇文章《〈阿尔贝丢斯〉序言》和《〈莫班小姐〉序言》中提出了唯美主义的重要观点，他一方面反对将艺术道德化，反对用道德来压制、约束艺术；另一方面反对艺术的功利化倾向，认为“只有艺术才是人生的安慰”[①]。在戈蒂耶之后，“为艺术而艺术”的原则逐渐扩散，到了19世纪末期，以王尔德为首的一批英国作家的涌现，使得唯美主义文学创作攀升至高峰，成为

---

① 刘中树，许祖华. 中国现代文学思潮史[M]. 武汉：华中师范大学出版社，2009：274.

影响巨大的文学潮流。

王尔德作为唯美主义的经典作家，把戈蒂耶依赖的“为艺术而艺术”的非功利文学精神发展到一个高峰，发展了文学的独立性，使艺术成为除了表现自己，不表现任何别的东西，而是按照自己的种种路线向前发展。同时，由于对道德的蔑视，王尔德的创作带有明显的感官刺激和撒旦主义倾向，正如19世纪末以来的其他思潮一样，王尔德的唯美主义释放了人的精神内部的非道德冲动和欲望。

在文学革命之前，王尔德就为中国的新文学家所关注，如1909年，周氏兄弟（鲁迅和周作人）合译出版了《域外小说集》，收录其中的周作人翻译的王尔德的童话《快乐王子》标志着唯美主义文学作品在中国流行的开始。1915年，陈独秀在《新青年》第1卷第3号上发表了《现代欧洲文艺史谭》，将王尔德作为西方近代以来的四大作家予以介绍。此后，陈独秀还在《文学革命论》中号召中国文学革命将王尔德作为新文学的榜样之一介绍到中国。另外，从1915年起，《新潮》《新月》《小说月报》《学衡》《现代评论》《创造》《浅草》《弥洒》《诗镌》《狮吼》《金屋月刊》等期刊杂志，频频译介王尔德、佩特、波德莱尔、拉斐尔前派诗人等唯美主义作家的作品以及他们的唯美主义文艺思想。据估算，从周作人翻译王尔德的童话《快乐王子》开始，到五四新文化运动后期的20年左右的时间内，相继问世的西方唯美主义理论及文学作品的译著和评介，就数量而言，超过了除现实主义之外的任何一个西方文学流派，人们对唯美主义文学作品所倾注的热情更是空前高涨。

广泛译介是中国文坛开始认识和了解唯美主义思想及其作品的重要基础，纷纷成立的各种文学社团的活动以及他们之间旷日持久的笔战，为唯美主义在中国的传播起了推波助澜的作用。其中，创造社是受唯美主义影响最大的一个文学流派。这是1921年由一群留日学生组织成立的文学团体，由于“日本人教外语，无论英语、法语、德语，都喜欢用文学作品来做读本。因此，在高等学校期间，便不期然地与欧美文学发生了关系。……（它们）在我

(留日学生)的文学基底上种下了根"①。从某种角度讲,日本这个介质为创造社接触和接受西方唯美主义准备了最基本的条件。从引导作用来看,日本文坛上具有代表性的唯美主义文学作品对创造社产生了较大影响,为其成员唯美倾向的建立提供了支撑和借鉴。

受日本唯美主义思潮的影响,创造社无论是在早期的文学观或是在文学创作中,都表现出明显的唯美主义倾向。例如,郭沫若的《王昭君》《卓文君》《聂嫈》等,都是在王尔德唯美主义戏剧《莎乐美》的影响下创作的张扬个性解放、表现灵肉冲突的历史题材的喻今之作。郁达夫曾经率先向中国文坛介绍了王尔德的唯美主义宣言《杜莲格莱》(今译:《道林·格雷的画像》)序言,还最早向中国读者详细地描述了英国唯美主义杂志《黄面志》的作家群,很早的时候就在《创造周报》上发表介绍唯美主义画家比亚兹莱的文章。他对唯美主义作家欧内斯特·道生特别推崇,曾极力称赞道生的诗作是"在孤冷忧郁时候的最好伴侣",认为他的诗作"没有一首不是根据他的唯美的天性而来的"②,还专门以道生的生平为蓝本写了他最早的一篇小说《银灰色的死》。田汉从创造社到后来的南国社,始终保持着对唯美主义的浓厚兴趣。他从不讳言接受过唯美主义的影响,公开承认其早期文学活动与"唯美主义系统"有很深的关联,说自己"几乎走上唯美主义、颓废主义的歧路"③。在留日期间,田汉曾和许多日本青年一样喜爱诵读爱伦·坡、波德莱尔、斯温伯恩、王尔德等唯美主义作家的作品;他曾经率先热情地向中国文坛介绍过波德莱尔,而五四时期那股"王尔德热"也是因为他翻译的《莎乐美》而达到高潮的。

继创造社之后,与唯美主义有着明显血缘关系并对唯美主义

---

① 郭沫若.学生时代[M].北京:人民文学出版社,1979:12.

② 郁达夫.The Yellow Book 及其他[A].郁达夫文集[C].广州:花城出版社,1982:172.

③ 田汉.我怎样走上党的文学道路[A].田汉论文集[C].北京:中国戏剧出版社,1983:447.

在现代中国的传播做出巨大贡献的是新月派。1926年,由域外回国的两位诗人闻一多和徐志摩发起了一场唯美主义文学力量的汇集,参与者包括被称为"清华四子"的朱湘、饶孟侃、孙大雨、杨世恩,以及余上沅、方玮德、林徽因等。他们共同创立了《晨报·诗镌》,对欧洲唯美主义文学思潮进行传播。其中,闻一多对西方文化的接受和接纳是驳杂而丰厚的,不论是唯美主义的先驱济慈、戈蒂耶,还是唯美主义运动的创始人罗赛蒂、罗斯金和后继者佩特、王尔德等,都有过接触和研究,并做了一番辨析取舍的工作①。他对王尔德"艺术的本身就是目的""自然模仿艺术"等观点深表赞同,并在王尔德"美在艺术形式""形式就是一切"等唯美主义观念的影响下,提出了艺术的最高目的就是"纯形"的主张,最终完成了形式本体论的诗学。正因为闻一多的诗歌创作"渗透着唯美主义的绮丽靡绯",而且其"关于文学本质的表述也呈露出唯美主义的斩钉截铁",所以被视为"新月派中唯美主义色彩最秾丽的诗人"②。除了闻一多,徐志摩也是新月派中的一位艺术至上主义者,他在留学欧洲期间,从浪漫主义那里得到启发,又在唯美主义者戈蒂耶、波德莱尔、佩特、马拉梅、王尔德、西蒙斯、邓南遮那里得到全面而深刻的熏陶,将"艺术自律和艺术至上的价值"深化在自己的诗歌创作中,成为中国唯美主义诗歌创作的重要一员。

除了创造社和新月派,成立于1925年的狮吼社也是中国现代唯美主义文学的一支重要力量。狮吼社酝酿于滕固、方光焘等在日本留学期间。他们出于共同的文学爱好,同时受创造社成立的刺激,成立了狮吼社。狮吼社的主要成员有滕固、章克标、邵洵美、方光焘、滕刚、倪贻德、张水洪等人。滕固早年在日本时接触了西方唯美主义,熟悉王尔德、佩特、波德莱尔、罗赛蒂和戈蒂耶等作家,并深受戈蒂耶思想的影响。重视感官享受、追求人生快乐是滕固作品中呈现的总体趋向。他的许多小说如《新漆的偶

① 吴诠元.得益于唯美主义的闻一多[A].闻一多研究四十年[C].北京:清华大学出版社,1988:309.

② 朱寿桐.新月派的绅士风情[M].南京:江苏文艺出版社,1995:146-147.

像》《银杏之果》《石像的复活》《乡愁》《水汪汪的眼》的主人公几乎都陷入了病态的肉体欲望之中，他们为了肉体的享乐宁愿抛弃自己的灵魂，但是肉体的沉醉反过来又引起了灵魂的不安。从这一点来说，他的小说更加真实地留下了中国传统与西方文化嫁接的浓重痕迹。章克标早年也曾留学日本，受到谷崎润一郎、厨川白村等作家的影响，走的是日本唯美主义的肉感路线。在章克标的眼里，“唯美即是唯乐，而唯乐又等于官能之乐”①。他将唯美主义与醉生梦死的感官快乐主义相结合，认为“只有梦是好的，有使心舞肉跃的奔放的梦，使神安志宁的怡畅的梦，……我们在梦里，我们的眼、鼻、舌、身、觉是如何使得我们达到美的极致呀！”②这种文学观在他的长篇小说《银蛇》、中篇小说《一个人结婚》和短篇小说集《恋爱四象》中有着充分的体现，醉生梦死地追逐官能之乐是这些作品的共同主题。

在创造社、新月派诗人以及狮吼社等群体的宣传推动下，中国唯美主义在1930年左右达到高潮。这一时期，政治黑暗、现实腐败，使许多迷惘而又彷徨的文人纷纷涌入文学艺术的象牙之塔。浅草社希望在文学创作中摄取异域的营养，王尔德倡导的唯美主义成为其养分来源之一，但是浅草社成员在摄取唯美主义的世纪末情绪，着力于形式美的追求的同时，舍弃了唯美主义“艺术超功利”和“艺术不表现真实”的思想，主张“向内挖掘自己的魂灵”③。弥洒社成员坚持唯美主义“无目的”的艺术观，这种观点与王尔德“艺术除了表现它自己，不表现任何其他东西”的观点是非常相似的。京派文人以周作人为中心，聚集在他周围的大部分是他的学生和朋友，如俞平伯、朱自清、废名、章衣萍等人，他们更多地吸纳了西方唯美主义者重视精神美的思想，又融入了中国道家的“自然”“虚静”和佛教的“境界说”，追求一种自由、超脱、闲适的

---

① 解志熙.美的偏至[M].上海:上海文艺出版社,1997:233.

② 章克标.来吧，让我们沉睡在喷火口上的梦[J].余屋月刊,1929(2).

③ 鲁迅.中国新文学大系・小说二集・导言[M].上海:良友图书印刷公司,1935:5.

人生和艺术境界。海派文人则主要包括狮吼社等社团的作家，代表人物有邵洵美、滕固、章克标、叶灵凤、方光焘、朱维基、芳信、林徽因等。他们鲜明地亮出“唯美派”的旗帜，掀起了一股颇为壮观的唯美风潮，足以与当时闲情雅趣的京派文学以及愤世嫉俗的左翼文学相抗衡。

进入20世纪40年代，中国文坛出现了以徐讦、张爱玲为代表的“洋场小说家”和九叶诗派等具有一定唯美主义倾向的文学力量。徐讦的作品以时髦、趣味和通俗化为目标，其特点是传奇化情节，异域化情调，并缀以哲理化的语言，呈现出新潮脱俗的特点。相比之下，描写乱世男女传奇的张爱玲的小说则具有一定的深度。她的作品体现出铭心刻骨的生命颓废感和人生虚无感，时代的影子只是被虚化成一幅褪了色的翠竹帘隐在作品的后面。九叶诗派由辛笛、陈敬容、穆旦、袁可嘉等九位青年诗人组成，他们受到西方唯美主义作家波德莱尔、叶芝及现代派诗人庞德、艾略特、瓦雷里等人的影响，追求现实、知性、象征的融合，描绘世界的异化，表现知识分子的生命意志和人生感悟，在孤独与寂寞中追寻生命的真实，从而形成与西方现代主义趋同的文化语境，但他们对政治和现实生活的关注，以及对前途的乐观情绪，与现代主义的悲观绝望迥然不同，具有独特的民族意识。

第二节　唯美主义诗歌的创作

早期白话新诗过于平实和口语化，缺乏诗歌应有的内在审美张力和外在形式美。为了改变这一诗歌创作的非诗化倾向，一些诗人开始了新的探索和实验。其中，醉心于唯美主义，试图通过对“纯形”这个“艺术最高目的”的尊崇和追求，来扭转当时诗坛混乱的状况，为新诗确立新的艺术形式与美学原则，以促使新诗逐渐走向“规范化”道路的新月派诗人的创作十分具有典型性。新月诗派出现于20世纪20年代中期，以1927年为界可大致分为两个时期。前期新月诗派以《晨报副刊·诗镌》为阵地，代表性诗人有闻一多、徐志摩、朱湘、饶孟侃、刘梦苇、孙大雨、于赓虞、林徽因等，他们致力于追求诗美，提倡以理性节制情感，反对滥情主义和诗的散文化倾向，并主张新诗创作要走新格律化的道路，还要遵守“三美”（音乐美、绘画美、建筑美）原则，从而在一定程度上纠正了早期新诗创作过于散漫、自由造成的混乱局面，使新诗的创作日趋精炼和集中；后期新月诗派以《新月》月刊和《诗刊》季刊为主要阵地，代表性诗人有徐志摩、林徽因、饶孟侃、陈梦家、方玮德、邵洵美等，他们在诗歌形式由讲究格律向自由发展转变的趋势下，注重诗情并向内心回归，提出了“尊严”“健康”的诗歌创作原则，并始终坚持诗歌创作的超功利的、自我表现的、贵族化的“纯诗”的立场，从而在一定程度上使新诗创作向着更加自由、更好地表达内心和灵魂的方向发展。

一、闻一多的唯美主义诗歌创作

闻一多（1899—1946），原名闻亦多，出身于湖北浠水县的一个书香望族之家。幼年时，他接受了良好的启蒙教育，并喜欢上中国古典诗词和美术。1912 年，他考入北京清华学校，并积极参加各类社会活动。从 1916 年开始，他在《清华周刊》上发表了总称为《二月庐漫记》的系列读书笔记。1919 年五四运动期间，他积极参加学生爱国运动。从 1920 年开始，他积极写作和发表新诗，并开始了新诗理论的研究。1922 年，他赴美留学，先后在芝加哥美术学院、丹佛阿罗拉多大学学习美术，同时积极写作新诗。1923 年 9 月，他出版了第一部诗集《红烛》，在诗坛引起了一定的反响。1925 年，他回到了国内，先后在北京艺术专门学校以及武汉、青岛等地的大学任教。1928 年 1 月，他出版了第二部诗集《死水》，并积极参与新月诗派的活动。七七事变后，他任教于昆明西南联大，从事中国上古文学史研究，并积极投身于民主运动和民主斗争之中，成为中国民主同盟的领导人。1946 年，闻一多遭国民党特务杀害，终年47岁。

闻一多是新月社中理论建树较多的成员，其唯美主义的倾向，根据表现形态的不同，大体可以分为两个阶段：1912—1922年清华10年的学校生活为第一阶段，这是他唯美主义情结的发端，主张用美育去改造社会，实现人生的艺术化；1922—1926年为第二阶段，他从美国留学回国后加入新月社，逐渐形成了具有明显唯美主义倾向的文学观，并付诸文学批评实践。前期，闻一多在英国早期的唯美主义者罗斯金那里找到了理论的支撑，他在文章里直接引用了罗斯金的话："生命无实业是罪孽，实业无美术是兽性。"[①]为此，他对清华园中的恶俗趣味予以猛烈的抨击，痛感校园里"美"的缺失。1920年12月1日，闻一多、梁思成、浦薛风等人成立了"美司斯"艺术社团，"美司斯"是希腊神话中文艺女神"Muses"的音译，表现了他们侍奉艺术的决心。在闻一多等人看来，人的生命终归是有限的，但精神可以达到美的永生的境界。如何走向这种永恒呢？那就是"生命底艺术化"。闻一多的"生命底艺术化"第一次准确地把握住了唯美主义的脉搏。在后期，闻一多提出了新诗格律化的主张，其核心内容是讲究诗歌的"三美"。而闻一多诗歌创作的"三美"主张与中国的传统艺术精髓是一脉相承的，因而其在中国新诗的艺术探索方面，既回归民族传统，又努力开拓新诗的形式。

闻一多的艺术感觉是被济慈唤醒的，他的诗歌创作实践也展现了他的文学思想，他最初发表于1920年7月的处女作《西岸》就体现了这种倾向。篇首以济慈的诗"他有一个充满欲望的春天，此刻明晰的幻觉包容了所有的美"为题辞，抒发了诗人对美的渴望和追求。西岸是光明的象征，是真、美、善的所在，但一道"宽无边、深无底"的大河横亘在面前，于是，东岸的人只有死一般的酣睡，或沉溺于金钱和虚荣之中。可是诗人幻想"有个人也逃脱了/河岸上那纷纠的樊笼"，让他的目光穿过"恶雾"，让他的意志

① 闻一多．建设的美术[A]．闻一多全集(第2卷)[C]．武汉：湖北人民出版社，1993：4．

抵御众人的嘲笑，而决意“搭个桥”以到达那光明的彼岸。在《李白之死》中，闻一多以李白骑鲸捉月而终的传说，表达了自己甘愿为美献身的愿望。诗人有意强化了“诗境”与“尘境”的对立、理想与现实的鲜明对照，以体现自己强烈的爱憎情绪。《剑匣》写一名盖世骁将退居孤岛，历经几度春秋制造精美绝伦的剑匣，以使自己的宝剑有一个永久的归宿。剑匣就是诗人为自己灵魂构筑的一座艺术之宫，而把一切世俗的功利主义摒弃在外。由此可见，闻一多的这三首叙事诗，虽然都有象征手法的运用，但却是为表达唯美主义理想的。

随着时间的推移，闻一多渐渐认识到20世纪初期中国的社会现实情况，这使他的民主思想和爱国思想有了很大的发展，他开始进行自我解削，认识到自己“苍蝇似的思想，垃圾桶里爬”（《口供》），认识到自己作为一个诗人不能“只会唱着个人的休戚”，自己写诗“只是为了一杯酒，一本诗”，而应该让自己的心冲破“墙内尺方的和平”，飞向“更辽阔的边境”（《静夜》），去关心民族的命运和人民的生活疾苦，用自己的笔锋揭露反动统治的罪恶、旧社会的黑暗与腐朽，也去描绘人民的苦难和挣扎，探索祖国、民族新生的道路和未来的希望。由于有了这种认识，所以，他主张把文学运动和爱国运动密切结合起来，“希望爱自由，爱正义，爱理想”的诗人、作家像“三一八”烈士一样，把热血“流在笔尖、流在纸上”（《文艺与爱国——纪念三月十八》）。这种美学思想的变化发展，给闻一多的诗歌创作带来了题材、主题和思想内容的显著变化，从而出现了《大鼓师》《死水》《春光》《夜歌》《静夜》《一个观念》《发现》《祈祷》《一句话》《荒村》《罪过》《天安门》《飞毛腿》等反映现实生活斗争，表现强烈反帝反封建思想情感的诗篇，使诗歌的“灵魂”更真、更善、更美，更能激励人心，提高人的精神境界。

二、徐志摩的唯美主义诗歌创作

徐志摩是贯穿前后期新月诗派的重要诗人，他虽然没有对诗歌的理论、艺术手法等进行积极的探索和研究，但通过诗歌创作实践使中国新诗的艺术手法得到了极大扩展，并在中国诗歌史上确立了独具特色的诗歌艺术个性，丰富了中国新诗的发展路径。

徐志摩(1896—1931)，原名徐章垿，出身于浙江省海石县硖石镇的一个富商家庭。他从小就过着十分舒适的生活，也接受了良好的教育。1910 年，他考入杭州府中学堂，与郁达夫同班，毕业后又考入北京大学读预科。1918 年，他赴美国留学，先后在克拉克大学和哥伦比亚大学学习。1921 年，他因仰慕英国哲学家罗素而到英国剑桥大学学习，研究政治经济学。在英国留学期间，他深受西方民主主义思想和生活方式、英国浪漫主义诗歌的影响，在人生观和艺术观方面产生了一定的改变，而且，他在这一时期萌生了诗歌创作的激情，创作了经典诗歌《再别康桥》。1922 年，徐志摩回国，先后在北京大学、清华大学任教，并开始大量创作诗歌。1923 年，他发起成立了新月社，并发表了诗集《志摩的诗》，在诗坛引起了很大的反响。之后，他担任《晨报》副刊《诗镌》的主编，与闻一多、朱湘等人共同提倡新格律诗。1927 年，他发表了诗集《翡冷翠的一夜》，之后又发表了诗集《猛虎集》。1931 年 11 月 19 日，徐志摩因飞机失事不幸身亡，终年 35 岁。

徐志摩以其“杂”而闻名，他的兴趣不断辗转于许多作家和思想家之间，他不仅崇拜华兹华斯、拜伦、雪莱、济慈等英国浪漫主义诗人，而且受到过西方唯美主义思想家、诗人佩特、西蒙斯、波德莱尔等人的影响。因此，从一定意义上来说，徐志摩是一个集浪漫主义与唯美主义影响于一身的诗人。他的文艺思想表现为“浪漫与唯美”的对接，他的艺术风格呈现出由浪漫到唯美的嬗变；他的诗歌既有浪漫主义和唯美主义的共同主题“爱与美”，更有唯美主义特有的表现艺术“恶中美”。

徐志摩认为：“美的敏感比强烈的理智或道德品性对人生的意义更重要，更富有成效。只要努力追求艺术的激情，你就能懂得美和生活的意义。”[①]在浪漫主义与唯美主义的对接点上，徐志摩没有像英国浪漫主义者和唯美主义者那样极端，没有将美看作是“压倒一切的”“甚至违反利益的”或“脱离社会现实的”，而是对此进行淡化处理，只是认定其“比强烈的理智或道德品性对人生的意义更重要”。尽管表述得很婉转，但其中所包含的对美的非功利性特质的认同却是显而易见的。

与闻一多的诗相比，徐志摩的诗不再深沉凝练，而是有着新颖活跃的意象和自然清新的意境，并以“合其自身性灵的轻柔率真、纯挚缠绵的抒情风格”享誉中国诗坛。徐志摩认为：“在我们这样的社会里，人们几乎体验不到音乐的激情、理智上的振奋、高尚的爱的悲喜或宗教上、美学上的极乐瞬间。”不难看出，徐志摩的所谓“美学上的极乐瞬间”与佩特的“赋予每一刹那以最高的美”具有师法传承关系。文艺思想上如此，文学创作亦然。情境会唤起一种强烈的美的瞬间体验，领略这强烈的美的体验可以使人顿悟，仿佛是冥冥之中神灵注入你灵魂，但这需要诗人放弃世俗功利，去静观默想、绘于纸上。徐志摩的《偶然》《山中》《威尼市》《雪花的快乐》《朝雾里的小草花》等诗歌，都是把美的刹那感悟转化为生命运动和灵魂作舞的典型诗作。以《雪花的快乐》一诗来说：

假如我是一朵雪花，
翩翩的在半空里潇洒，
我一定认清我的方向
——飞扬，飞扬，飞扬，
这地面上有我的方向。
……
那时我凭藉我的身轻，
盈盈的，沾住了她的衣襟，
贴近她柔波似的心胸

① 徐志摩.艺术与人生[A].徐志摩研究资料[C].西安：陕西人民出版社，1988：87.

——消溶，消溶，消溶
——溶入了她柔波似的心胸。

诗中，在空中快乐飞舞的雪花最后与诗人钟情的朱砂梅融为了一体，这实际上是雪花与诗人内心的情感融为了一体，从而表达了诗人对理想情感归宿的追求。此外，该诗透露出诗人精神世界的一角，柔软的曲调中彰显着青春的活力与生命的气息。透过那静谧而热烈的画面，人们一方面可以领略到诗人鄙视惆怅、浪漫洒脱、呼唤崇高与唯美的精神状态，另一方面可以体味到诗人张扬个性、标举性灵、融通浪漫与唯美的艺术情趣。貌似浪漫的抒情独白中，唯美主义的因子早已蕴含其中。诗人赋予"雪花"的是"翩翩的在半空里潇洒"的"美学上的极乐瞬间"，追求的艺术"方向"是拒绝"冷漠"的"美的敏感"，推崇的艺术旨趣是"飞扬，飞扬，飞扬"这一非功利的创作原则。

此外，徐志摩的诗歌有着规范而又相对灵活的诗歌形式，如《再别康桥》一诗有着极为规整的诗行，每一节的第一行和第三行的排列相同，第二行和第四行的排列也相同，而且单数行和双数行错开了一个字：

轻轻的我走了，
正如我轻轻的来；
我轻轻的招手，
作别西天的云彩。

那河畔的金柳，
是夕阳中的新娘；
波光里的艳影，
在我的心头荡漾。
……
悄悄的我走了，
正如我悄悄的来；

我挥一挥衣袖，
不带走一片云彩。

这首诗从结构上来看，共7节，每节4句。每节各描写一种景物、一个意境，而节与节之间又相互联系，承上启下。在形式上，诗歌韵律和谐，全篇押脚韵，但又随时换韵，显得活泼多姿；末节诗和首节诗遥相呼应，字句重复，声调回环往复，具有音乐美；运用华丽的辞藻构成了色彩明丽的画面：河畔金柳、波光艳影、青荇招摇、彩虹沉淀、星辉斑斓等，很注意色彩的敷设和配合，具有绘画美；全诗具有章法整饬、诗行整齐、句式一致的建筑美。总的来说，全诗意境优美，情感深挚含蓄，诗思精巧别致。诗人以康桥的自然风光为直接抒情对象，采取间接抒情的方式，寓情于景，情景交融。全诗无一处不是在写景，又无一处不包含着诗人那淡淡的离别愁绪。

徐志摩的诗歌创作还有一个十分鲜明的特色，即化“现实丑恶”为“艺术之美”。他“恨的是这时代的病象：猜忌，诡诈，小巧，倾轧，挑拨，残杀，互杀，自杀，忧愁，作伪，肮脏”，他要的是像波德莱尔一样，以这些“病象”为诗歌创作题材与灵感源泉，从社会丑中挖掘出诗意，在人性恶中创造出艺术美。在《运命的逻辑》一诗中，他以前天、昨天和今天为叙事时空，叙写了一个美女的堕落历程。诗中，长短句不规则地交替出现，犹如一首节拍时缓时快的变奏曲，使“美与丑”形成强烈对比，给人震撼、发人深省。场景从前天的“水晶宫大厅”，切换成今天“城隍庙前的阶沿”；人物从“叫全堂的男子们疯魔”的年轻美女，衰变为今天坐在城隍庙前求乞的“老丑”。她胸前挂上了一串“骷髅”，更是《恶之花》式的唯美主义艺术的中国版，使得“魔鬼”见了她也“哆嗦”。寥寥数语、短短12行的三节小诗，构成了一部人性泯灭的三部曲、一幅丑恶横行的都市图，以生动的直觉形象地展现了现实社会的病态，暴露了人性堕落的丑恶，揭示了浮生若梦、生命犹如瞬间、作践人生必被命运反作弄的“运命逻辑”。

三、朱湘的唯美主义诗歌创作

朱湘(1904—1933),字子沅,祖籍原为湖北,后来转入安徽太湖县。他出身于旧式家庭,自幼接受良好的教育。五四运动时期,朱湘受到新文学的感染,对新诗产生兴趣。1919年,朱湘考入人才萃集的清华学校,在那里接受了西方文学思潮的熏陶,并积极参加清华文学社,同青年诗人饶孟侃(子离)、孙大雨(子潜)、杨世恩(子惠)交往甚密,蜚声校园,被称为“清华四子”。后来,他曾与徐志摩、闻一多等人创办《晨报副刊·诗镌》,成为提倡新诗格律化的一员猛将,但中途因与徐志摩不和而退出。1927年,朱湘从清华毕业,后赴美留学,先后就读于威斯康星州劳伦斯大学、芝加哥大学、俄亥俄大学。两年后,为了家人的生活,朱湘放弃获得学位的机会,提前回国。回国后的朱湘迫于生活压力,不得不以教书为业,但因当时社会情况混乱,教职工拖欠工资的现象时有发生,加之朱湘本性狷傲,最后离开学校卖文为生。1933年,在残酷生活的压迫下,朱湘投江自杀。

朱湘的创作生涯大概有十年左右,期间,他的唯美主义诗歌创作主要集中于1925—1926年间,诗集《草莽》是其代表作品。作品主要歌唱青春的热情、游子的哀思、愤世者的孤高以及含有哲学意味的思索。此外,还有一些情诗和爱国诗。集中绝大部分为格律化的新诗,然而在辞藻、用典、格律诸方面明显受古诗词的影响。诗歌意境美丽,气氛轻婉柔和,音律悦耳动听,既具有整饬多变的西方格律诗的长处,又有古代词曲民歌鼓词讲究韵律节奏的特点,是吸收西方唯美主义文学思潮与中国古典文学营养而成的一种新式诗歌体式。

《草莽》集中除了写于1924年11月的一首《雨景》是无韵自由体诗,其他都是格律诗。即使是一些只有几行的小诗,也很注意整齐和押韵。这些诗没有闻一多诗歌的深沉厚朴,不像徐志摩诗歌的潇洒飘逸,但也自有他引人注目的风采。这种风格特点,恰如沈从文概括的那样,《草莽》集的“全部调子建立于平静上面,整个的平静,在平静中观照一切,用旧词中属于平静的情绪中所产生的柔软的调子,写成他自己的诗歌,明丽而不纤细”①。例如,诗集中的《摇篮曲》一诗这样写道:

春天的花香真正醉人,
一阵阵温风拂上人身,
你瞧目光它移的多慢,
你听蜜蜂在窗子外哼:
睡呀,宝宝,
蜜蜂飞的真轻。

这首《摇篮曲》和另一首《采莲曲》,作者曾多次为人们朗诵吟唱过。据有人记述,曾在某一个文艺晚会上亲自听诗人朗诵他的《摇篮曲》,“其音节温柔飘忽,有说不出的甜美与和谐,你的灵魂在那弹簧似的音调上轻轻簸着摇着,也恍恍惚惚要飞入梦乡了。等他诵完之后,大家才从催眠状态中醒来,甚有打呵欠者。其音节之魅力可想而知”②。

第三节 唯美主义小说的创作

唯美主义作为西方文艺思潮,在我国新文学运动的初期便和浪漫主义、象征主义结伴进入中国,成为当时“新浪漫主义”的构成主体之一。在新文学运动初期,主张“艺术至上”的唯美主义具有与现实主义传统分庭抗礼的话语力量,在当时的中国文坛赢得了与现实主义平起平坐的同等地位。追求“美”、表现“爱”、反映“灵”与“肉”的冲突、摆脱传统束缚、讲求作品的艺术性,几乎成了

① 沈从文.论闻一多的《死水》[J].新月,1930(2).
② 苏雪林.论朱湘的诗[J].青年界,1934(2).

当时所有作家的共同愿望。其中，叶灵凤和滕固深受王尔德、戈蒂耶和比亚兹莱等唯美主义大家的影响，创作了一系列蕴含着"为艺术而艺术"的唯美主义小说作品，使西方唯美主义文学思潮传入中国后开出了璀璨的花朵。

一、叶灵凤的唯美主义小说创作

叶灵凤(1904—1975)，江苏南京人。七七事变后，他南下广州，参加《救亡日报》的编辑工作。1939 年广州沦陷后，他赴港定居，先后主编《立报》《星岛日报》《华侨日报》几家报纸的副刊，直至逝世。叶灵凤是个唯美主义者和新浪漫主义者，散文集有《白叶杂记》《叶灵凤小品集》等。

叶灵凤一生灵活趋时，"总试图跟踪外国潮流"，希望成为诗歌"引导潮流者"。他的文学创作也因此较为多变，但"也有一点稳定不变的趣味，那就是对唯美—颓废主义的爱好，其中对王尔德和比亚兹莱的作品尤为酷爱"[①]。叶灵凤非常喜欢王尔德及其同时代的一批作家的作品，王尔德等人的生活和作品是他模仿的"镜子"。在生活中，叶灵凤处处模仿王尔德，像王尔德那样把自己打扮成一副纨绔子弟的样子。他的随笔里随时可见一个唯美者的剪影，他曾对着镜子自我欣赏或自我感伤，抒发王尔德唯美主义小说主人公道林·格雷衰老后的感慨："自从年岁是一年一年地大了起来，青春日渐失去。在灯红酒绿之中，年少的热情，眼看着都埋葬在销萎的玫瑰花中，要想再追寻往昔的欢娱，已是不可能的事了。"[②]在文学创作尤其是小说创作上，叶灵凤也经常模仿王尔德，《禁地》《口红》等小说都有意模仿王尔德塑造"穿着精细的纨绔形象"。他的长篇小说《永久的女性》，就是模仿《道林·格雷的画像》写成的，画家创造了永恒美丽的画像，但是这张画像以及被他素描的女人都不属于他。

---

① 解志熙. 美的偏至[M]. 上海：上海文艺出版社，1997：240.

② 叶灵凤. 白叶杂记[M]. 上海：上海光华书局，1929：2.

在小说创作中，叶灵凤与西方唯美主义在“色彩感”和“官能感”等肉体美上形成共鸣，接受了西方唯美主义华丽诡异、新奇巧妙的美感形式和富有享乐色彩的美感内容，创作了《禁地》《菊子夫人》《浴》《浪淘沙》等作品，实践了王尔德的那种感性化、肉身化的自由美。这些作品的中心主题是“人的自然性欲与梦欲主义的传统性意识的对立”[1]，小说的中心话题是描写男女之间的性爱，无论是在现实还是在梦境，两性话题一直贯穿始终。叶灵凤的小说中总有一个恶魔撒旦，这个撒旦就是性的欲望，性的欲望往往超越一切而存在于肉体和灵魂之中，美也产生于肉体交媾的快乐之中。西方唯美主义者主张“灵肉并重”，追求一种快乐主义和精神主义并行的美，叶灵凤比西方唯美主义者走得更远，他更像日本的唯美主义者，他所倡导的美更偏重于官能性、肉体性，在他的作品中，肉体的爱主宰了一切。他在小说《禁地》中说：“性的感应实在是小说家最大的宝藏。一部没有爱没有女性的小说，实在是一部最空虚的东西。”在《菊子夫人》中，他以议论的方式极端地宣布社会的“道”毫无价值：“社会运动和革命工作有何用？铁十字的勋章还悬在我的内衣襟上，然而为了你的缘故，我可以将握在手中的炸弹抛向我自己同伴的身上来。”叶灵凤大胆地描写男女在肉体世界里的享乐，用带有诱惑性的笔墨描写女性的躯体，无论是传统女性还是现代女性的躯体，在他小说中都变得美丽而妖艳。

此外，唯美主义大家比亚兹莱长于以怪诞手法来表现女性复杂情感与心理的艺术风格，在叶灵凤小说中也得到了很好的体现。这一点在《鸠绿媚》中展现得尤为明显。小说借鉴王尔德的“莎乐美”意象，以神秘、怪诞之笔描绘了两个彼此纠结的唯美式爱情故事，一个是波斯公主螑绿媚因与教士彼此相爱却不能厮守而殉情，教士盗得公主的骷髅，日与相对、夜与共寝；另一个是小说家春野君手握瓷质仿作波斯公主的骷髅入眠所做的关于鸠绿

---

① 孟翰．叶灵凤性爱小说的意义[J]．临沂师范学院学报，1999(4)．

媚与其教师白灵斯双双殉情的梦，连接两个故事的纽带则是比亚兹莱常用的骷髅意象。小说亦真亦幻、真幻交织，古今错综、梦境与现实交错，故事离奇而荒诞，表现出迥异于以往的现代主义风格。叶灵凤在小说艺术上刻意追求新奇并且反复采用梦幻形式，反映的正是其试图逃避现实的潜在心理，他要告诉读者的是：即使他们投身于梦幻，也无法摆脱现实的威胁，现实是残酷无情的，美梦是不得善终的。

二、滕固的唯美主义小说创作

滕固（1901—1941），字若渠，月浦人。他早年留学日本，攻读文学和艺术，后赴德国留学，回国后曾一度从政。滕固一生主要从事艺术史研究，著有《中国美术小史》《唐宋绘画史》以及《唯美派的文学》。他曾是“民众戏剧社”的发起人，后来与方光焘合组狮吼社，一度是邵洵美主办的《金星》月刊撰稿人，但他一直被看作是创造社的成员。1938 年，国立北平艺专与国立杭州艺专合并为昆明国立艺术专科学校，滕固出任校长，但两年后他因故辞职，不久去世。

在中国现代小说史上，滕固并不引人注目。他缺少郁达夫的大胆深刻，没有叶灵凤那么灵活趋时，也不像后来的穆时英和刘呐鸥那么充满都市气息，但在论及西方唯美主义对中国现代文学的影响时，滕固却是一个重要人物，他撰写的《唯美派的文学》是中国第一部系统介绍西方唯美主义的著作①。此外，他参与创办的狮吼社也是宣扬唯美主义的一个重要社团。

滕固在日本时接触了英国唯美主义，了解到王尔德、佩特、罗塞蒂和戈蒂耶等作家。滕固小说中的人物动辄就看罗塞蒂的诗集和戈蒂耶的小说，在《新漆的偶像》中，主人公谭味青平时大脑想的是华丽场面和丰美女人，参加朋友的婚礼，由宴会竟幻想到

① 解志熙. 美的偏至[M]. 上海：上海文艺出版社，1997：232.

在朦胧灯光下"读 Gautier（戈蒂耶）的小说，看 Rossetti（罗塞蒂）的画集"[①]；而在《眼泪》中，"我"妻子的难产很快令"我"想起罗塞蒂的妻子也是难产而死。此外，滕固十分推崇王尔德艺术高于一切的唯美主义观点，主张艺术的独立、艺术与道德的分离。滕固的小说不少都是模仿王尔德的《莎乐美》创作的，男主人公大都对艺术极端敏感，为了"美"甚至可以牺牲道德、信仰和生命。《壁画》中男主人公是画家崔太始，他用自己的血创作了一幅艺术壁画，壁画上画了一个僵卧的人，一个女子站在他的腹部跳舞，最终为欲所困，在无望的单恋中苦苦地困于自我心灵的颓废与感伤，进而走向毁灭；《石像的复活》中男主人公宗老是个基督徒，一直潜心研究神学，过着禁欲生活，但在看了女裸体石像影片后改变了自己的宗教信仰和日常生活，每天晚上都将这张影片当作至上的艺术放在枕头边，他从内心爱上了裸体雕像，但雕像就是雕像，它替代不了现实，现实中的宗老最终因得不到自己的欲望对象而进了疯人院。在滕固小说中，艺术的最高目的是"美"，对"美"的追求达到了极致，并且带着明显的莎乐美式的残酷性，"美"的创造和毁灭总是紧密联系，几乎所有的主人公都是因为得不到心中的"美神"而陷入死亡或者疯癫的境地。

第四节　唯美主义戏剧的创作

在20世纪二三十年代的中国现代文坛上，在唯美主义等西方文学流派的影响下，出现了提倡"为人生而艺术"的"人生派"和主张"为艺术而艺术"的"艺术派"，两派之间进行了旷日持久的笔战，发表了大量文章，创作了许多作品，阐释各自的文学观点。这两种文学观的争论造就了中国现代剧坛一批很有影响的剧作家，他们以艺术和人生为题材，探索生命的意义和人生的价值。他们

① 滕固．新漆的偶像[A]．滕固小说全编[C]．上海：学林出版社，1997：170．

有的高举“艺术至上”的大旗，精心构筑“爱与美”的象牙之宫，不惜以生命为代价来与封建礼教相抗争；有的倡导艺术救国，追求个性解放，与当时的黑暗社会相抗争。他们的戏剧作品或多或少地带有唯美主义色彩，深刻地反映了中国现代文化人在艺术和现实的冲突中所处的各种困境，表现了与封建礼教和黑暗现实抗争的勇气。这些作家以田汉、苏雪林为代表，刻画了许多“艺术创造阶级”人物形象的作品，其中一类是以恋爱、唯美、死亡为主题的社会问题剧，虽然此类剧作对造成艺术和爱情悲剧命运的现实原因探究不多，但在表现“灵与肉”的冲突上颇有建树，剧作家把王尔德剧作人物莎乐美为爱而生、为爱而死、百折不回的执着追求精神贯注在作品的人物身上，在追求个性解放、反对封建势力的底色上涂抹或浓或淡的唯美主义色彩，如苏雪林的《鸠那罗的眼睛》；另一类的事件和人物的背景是现实的，作者主要是在艺术和爱情毁灭所带来的孤独和苦闷中感悟人生的哲理，从现实社会中去探索导致艺术和爱情悲剧性命运的原因，如田汉的《梵峨璘与蔷薇》《苏州夜话》《名优之死》等。

一、田汉的唯美主义戏剧创作

田汉（1898—1968），字寿昌，湖南长沙人。由于受到过传统戏曲的熏陶，田汉在中学时代就写出了改良新剧《新教子》和《新桃花扇》。在日本留学期间，他又广泛汲取了西方文化。1921年，他与郭沫若等人创办了创造社。从日本回国后，他曾先后创办《南国》半月刊和南国电影剧社，并举办了“鱼龙会”演出。1928年，田汉创办南国艺术学院，培养戏剧人才，同时创作了一批关注社会、人生的剧作。加入“左联”之后，田汉写下了著名的《我们的自己批判》。1932年，田汉加入中国共产党，并担任左翼戏剧家联盟党团书记等职，在此期间创作了《义勇军进行曲》等曲目。七七事变后，田汉加入文艺界救亡运动，先后创作了一批抗日救亡剧。中华人民共和国成立后，田汉曾先后任文化部戏曲改进局、艺术局局长，创作了话剧《关汉卿》《文成公主》《十三陵水库畅想曲》及整理戏曲《白蛇传》《谢瑶环》等。1968 年，田汉去世，终年 70 岁。

田汉赞同唯美主义“为艺术而艺术”的观点，他在给郭沫若的信中这样写道：“我们做艺术家的，一面把人生的黑暗面暴露出来，排斥世间一切虚伪，立定人生的基本，一方面更当引人入一种艺术的境界，使生活艺术化，即把人生美化，使人家忘掉现实生活的痛苦而入于一种陶醉法(怡)悦浑然一致之境界，才算能尽其可能事。”①这几乎可以看作是唯美主义的宣言。田汉早期的戏剧创作也一直贯穿着一条试图解决艺术与现实、灵与肉激烈冲突的线索。从处女作《梵峨璘与蔷薇》开始，直到《古潭的声音》，田汉都在剧作中表达他独特的灵肉观和生活艺术观。《梵峨璘与蔷薇》以一对恋人的遭遇，折射出在尘世生活中艺术的命运。梵峨璘(小提琴)象征着男女主人公所追求的艺术世界，在冷酷的现实压迫下，它只能冷落地悬挂在墙壁上；而蔷薇象征着萌生于主人公之间的爱情，使女主人公甘愿自我牺牲，以换取男主人公的艺术追求。终于在艺术和爱的感召下，那位富人老爷也幡然醒悟，他慷慨解囊，资助了男主人公的艺术追求，也成全了他们的爱情。最后，一轮满月照在这对相偎依的恋人身上，昭示着艺术与现实差距的消失和灵肉一致的理想境地。虽然田汉将此剧题上“四幕新浪漫主义悲剧”的标签，但它仍然是以积极浪漫主义兼以象征主义手法来传达自己的艺术救世理想的。《湖上的悲剧》抛弃了带有虚幻色彩的理想主义，转向表现现实的严酷。主人公杨梦梅在痛失爱侣后，过着一种二重生活。娶妻生子、为衣食奔忙的世俗生活，只是为延续生命，以便能够呕心沥血地完成记叙他与女主人公爱情生活的小说。当他躲避到湖边小屋写作，认出被误为鬼魂的素苹就是从前误传已死的恋人白薇时，真正的悲剧发生了，白薇为了保证杨梦梅的艺术生活不受影响而再度自杀。空寂

① 田汉. 致郭沫若的信[A]. 田汉全集(第 14 卷)[C]. 石家庄：花山文艺出版社，1997：150.

的湖上缭绕的枪声，说明为艺术而付出生命的代价，这毕竟过于沉重了。

王尔德在著名的对话录《谎言的衰朽》中提出了这样一个创作理念："撒谎——讲述美而不真的故事，乃是艺术的真正目的。"[①]这里所谓的撒谎并非是真的撒谎，而是将艺术的虚构、想象、夸张等戏称为"撒谎"，所谓的"不真"也并非是真的不真，而是"承认生活的事实，把生活的事实转化为美的形象……通过它们建造一个比现实更真实、更具有内涵的世界"[②]。田汉对这一观点持赞同态度，他的《古潭的声音》就是实践这一理念的产物，它是唯美、神秘色彩最浓厚的剧作，主人公也是一位诗人，他坚持"生命是短促的，艺术是不朽的"[③]理念，将对艺术的态度延展到生活之中。此剧创意来自田汉 1921 年偶然读到的日本古诗人松尾芭蕉的名句："古潭蛙跃入，止水起清音！"此二句诗创设了一种颇令人玩味的意境，被认为"在天地大寂寞中突然破之，扬悠然之声。这一声之中真具足了人生之真谛与美底福音"(《田汉戏曲集》第五集自序)，具有强烈的艺术至上主义倾向的田汉对此产生了共鸣。剧作写一诗人把一年轻女子"由尘世的诱惑里救出来"，藏之于高楼，教她热爱艺术，教她懂得"人生是短促的，艺术是悠久的"，应"一天一天地向精神生活迈进"。这女子起初也曾静心看书，但她到底是"一个漂泊惯了的女孩子"，"艺术的宫殿她也是住不惯的，她没有一刻子能安"，终于受露台下"古潭的诱惑"而跳进了那深不可测的古潭。旅外二月归来的诗人，为向这诱惑了女子的万恶的古潭复仇，叫喊着"我要听我捶碎你的时候，你会发出种什么声音"，也纵身跳入了古潭。田汉《古潭的声音》的主人公被神秘古潭诱惑，与莎乐美被肉的国、欲的国诱惑一样强烈，剧作家

① Wilde, Oscar. The Decay of Lying, Complete Works of Oscar Wilde[M], Glasgow: HarperCollins Publishers, 1994: 1091－1092.

② Wilde, Oscar. The Decay of Lying, Complete Works of Oscar Wilde[M], Glasgow: HarperCollins Publishers, 1994: 1145.

③ 田汉. 古潭的声音[A]. 田汉文集(第 2 卷)[C]. 北京：中国戏剧出版社，1983：39.

就是用这精心打造的艺术精品来追摹日本古代诗人松尾芭蕉所创造的“古潭蛙跃入，止水起清音”的唯美境界。《古潭的声音》是充满想象力的、超现实的、远离人生的，作品无关乎社会人生，也无关乎道德说教，但充溢着空灵的美、神秘的美。剧作家希望观众能从诗人捶碎古潭、倾听声音的瞬间，去体验刹那间的美感享受。

二、苏雪林的唯美主义戏剧创作

苏雪林(1897—1999)，笔名绿漪，安徽太平人。她 1919 年入北平女子高等师范，1921 年赴法国留学，回国后，历任东吴大学、沪江大学、安徽大学、武汉大学教授，后定居台湾，任台湾师范大学、成功大学教授。著作有《绿天》《青鸟集》《屠龙集》《归鸿集》等。

唯美主义的代表人物波德莱尔认为，诗的目的“就是把善跟美区别开来，发掘恶中之美”[①]，王尔德也认为“邪恶与美德都是艺术家艺术创作的素材”[②]，其唯美主义剧作《莎乐美》是继波德莱尔之后的又一朵“恶之花”。唯美主义传入中国后，不少文学家都接受了这一观点，并模仿《莎乐美》创作了一系列对“恶之花艺术”进行实践的作品，苏雪林的《鸠那罗的眼睛》就是这样一部作品。

该剧取材于印度佛经故事，写王后迷恋王子鸠那罗的眼睛，向王子求爱但遭拒绝；首相迷恋王后，向王后求爱也遭拒绝；首相掌握了王后与王子的秘密，企图要挟王后令其就范；王后因遭王子拒绝也要报复王子。王后和首相都是追求自己所爱，但这种爱一旦得到，一个是乱伦，一个是僭越，都是礼法所不容的。后来，国王患病，王后说一定把他医好，条件是要鸠那罗的眼睛。国王

---

① [法]波德莱尔. 恶之花·巴黎的忧郁·译本序[M]. 钱春绮，译. 北京：人民文学出版社，1991：8.

② Wilde，Oscar. The Preface of Picture of Dorian Gray，Complete Works of Oscar Wilde[M]. Glasgow：HarperCollins Publishers，1994：17.

不许，但允许她掌王权七天，这七天内王后下令让首相取来了鸠那罗的眼睛，但这个眼睛已失去了光彩，王后很悲伤。后来，瞎了眼的王子来到宫廷乞讨，唱着歌，被国王听出是王子，于是召来首相问清原委。首相一一招供，国王很生气，骂王后是毒蛇、妖妇，决定处死。此时，鸠那罗却求情，说王后"虽然害我，却由爱我而起"，并按佛教观念，讲述自己前身是猎人，曾获一母鹿挖了眼睛，而母鹿转生为王后，故要取他的眼睛，寻求国王原谅。国王认为，为了维持正义和人道，还是要处死王后。王后向王子表示歉意，并要求把眼睛带在身边作为殉葬之物，之后自刎而死。

这个剧本前面有一句题词，就是取自《莎乐美》："唉！你总不许我亲你的嘴，约翰，好！现在我可要亲它了。"不同的是，王后不是要王子的头而是眼睛。作者把《莎乐美》式的故事改成东方故事，加上了佛教的轮回观念，但并不能掩饰其唯美主义倾向，《鸠那罗的眼睛》可以说是东方的《莎乐美》。

该剧是中国现代剧作中最富有唯美主义色彩的作品，从情节、人物、语言风格，到"恶中见美"的主题，都与王尔德的《莎乐美》异曲同工。

首先，从情节上看，美艳绝伦的莎乐美爱上施洗者约翰，因求爱不成而由爱生恨，发誓一定要得到约翰的人头，后以跳舞诱使希律王杀死约翰，得到约翰人头后欣然与之亲吻；美若天仙的王后爱上太子鸠那罗，也因太子的断然拒绝而爱欲焚心，不能自持，发誓一定要得到鸠那罗的眼睛，后以医病诱使国王阿输迦让她为王七日，乘机假传圣旨取了王子双眼，得到眼睛后用药炮制成水晶丸，随时带在身边把玩。

其次，从人物设置上看，《鸠那罗的眼睛》和《莎乐美》有着大致的对应关系，国王阿输迦之于希律王，太子鸠那罗之于约翰，首相耶奢之于叙利亚少年，王后之于莎乐美。从人物特征上看，莎乐美和王后都有一颗病态的爱美之心，都是不达目的决不罢休的个性。莎乐美爱约翰漂亮的嘴唇，王后爱鸠那罗美丽的眼睛。为了一己之爱，两人都无视法律与道德，都丧失理智与天良，都无所不用其极，必欲得之而后快。

最后，从语言风格上看，《鸠那罗的眼睛》和《莎乐美》都有着诗一般的唯美语言，试比较莎乐美对约翰嘴唇的比喻和王后对鸠那罗眼睛的赞美。莎乐美："约翰，你的嘴就像象牙塔上的红带子，像用象牙小刀截成的两半石榴，比蔷薇花儿更红，好像那用朱红绘着、珊瑚饰着的波斯王的宝弓一样，让我亲亲吧！"① 王后："啊！这就是他的眼睛，我最亲爱人儿的眼睛，我费了无穷的心血，冒了生命的危险才取来的，为什么现在竟变成这样呢？啊！眼睛，记得你们从前何等的玲珑，何等的光亮，真像两颗无价的宝珠，你们是那样深，深得像不可测的海水。你们是那样青，青得像碧琉璃，像雨过后的蔚蓝天。你们深深地蕴藏着聪明，睿智，正直，勇敢，和青年人的天真纯洁和无邪。"②

---

① Wilde, Oscar. Salome, Complete Works of Oscar Wilde[M]. Glasgow: HarperCollins Publishers, 1994: 590.

② 苏雪林.苏雪林选集[M].合肥：安徽文艺出版社，1989：40.

第六章　中国象征主义文学思潮及其创作

象征，作为一种艺术表现方法，在中国可以说是古已有之。作为现代文学（主要是诗歌）创作中的一种流派，却是从西方输入的。象征主义文学思潮和流派最先产生于法国，是西方现代主义文学中出现最早、影响最大的文学思潮及流派。之后，陈独秀等人将其引入中国，中国的作家们在民族的土壤上结合各自语言的特点，对象征主义文学进行了创造性的发展。本章主要对象征主义思潮在中国的传播以及在象征主义思潮影响下的文学创作进行分析探讨。

第一节　象征主义在中国的初步传播及其对文学观念的影响

一、象征主义在中国的初步传播

象征主义的起源可以追溯到19世纪中叶，在20至40年代盛极一时，其影响一直延续到现在，并且渗透到各种文学体裁。无论在思想倾向还是在艺术方法上，象征主义都是西方古典文学与现代文学的分界线。

当浪漫主义的高潮已经过去，现实主义已经发展到批判现实主义的阶段，并产生自然主义的分支的时候，出现了象征主义。像浪漫主义那种幻想、夸大、奇突的纯粹的主观抒情，以及像写实主义—自然主义那样平实、呆板、琐碎的纯粹的客观描写，都令象征主义文学家不满。他们追求主观和客观的契合,感觉的交错,尊重刹那的不可捉摸的感受和情调,重暗示和朦胧、混沌,追求艺术的纯粹,把诗的音乐性放在诗义之上。尼采的哲学和柏格森的美学,正好成了象征主义的理论根据。宇宙就是我,对象即直觉,恰符合象征主义文学家的思想特征。

象征主义起源于1857年波德莱尔出版的诗集《恶之花》,活跃于19世纪八九十年代,正式命名于1886年莫雷亚斯发表的《象征主义宣言》。就法国而言,波德莱尔是它的先驱;魏尔伦、兰波、马拉梅等造成鼎盛时期;20世纪以后的瓦雷里等可以说是它的后期。《恶之花》突破后期浪漫主义的题材范围,把社会之恶与人性之恶作为艺术美的对象。在艺术方法上,以瑞典哲学家史威登堡的对应论为依据,强调外界事物与人的心灵息息相通,把自然景物看成向人发出信息的"象征的森林",诗人应该运用有声有色的物象来暗示内心的微妙世界。在诗中,嗅觉与触觉通感,与听觉通感,与视觉通感。声音可以使人看到颜色,颜色可以使人闻到香味,芳香可以使人听到声音;或者说,声音可以诉诸视觉,颜色可以诉诸嗅觉,芳香可以诉诸听觉。至于个人与外界、精神与物质的相通、相感、相融、相交错,更是常事。它是波德莱尔美学思想的表现,也表现了象征主义的真义。这种重暗示、对比、联想的表现方法,以后成为象征主义的基本倾向和艺术手法。莫雷亚斯发表《象征主义宣言》,正式提出象征主义这一概念,要求诗人努力探求内心的"最高真实",赋予抽象观念以具体可感的形式。此时,象征主义作为自觉的文学运动,与当时强调"灵的觉醒"以抗拒因科技发达引起的注重物质世界的社会思潮结合,波及了整个法国。

真正成为法国象征派支柱和核心的是斯特凡·马拉梅(1842—1898),他在诗歌语言及形式等方面奠定了象征主义诗歌完整而系统的理论,同时也发展了神秘主义和形而上学倾向。在他的影响下,通过于斯曼、维勒埃·格里丰、克洛岱尔、拉佛格和古尔蒙等人的诗歌创作,以及阿瑟·西蒙斯等人的传播,象征主义在19世纪末进入英、美、德、俄等国，到20世纪20年代终于发展成为影响深远的世界性的文艺运动。

在现代文学史上，中国人谈象征主义，总是和一大堆外国人的名字连在一起，主要是法国的波德莱尔、魏尔伦、兰波、马拉梅、莫雷亚斯、古尔蒙、瓦雷里，比利时的维尔哈伦、梅特林克，德国的霍普特曼。法国后期象征主义诗人保尔·福尔、耶麦、比也尔·核佛尔第、苏佩维艾尔（曾译作许拜维艾尔）等，也多次被介绍。俄国的安德列耶夫、梭罗古勃、勃留索夫和勃洛克等，也是中国文坛极为关注并产生过影响的。当然，中国人谈得最多的，还是波德莱尔及其诗集《恶之花》；梅特林克以其诗剧《青鸟》，获得1911年的诺贝尔文学奖，中国介绍他的文章也多。

象征主义在中国引起最初的反响，可以从陈独秀1915年发表的《欧洲文艺史谭》中看到，文中提及梅特林克、霍普特曼等象征主义作家，却又将其归入自然主义文学潮流。中国文坛最早把象征主义译为表象主义。最早的一篇从思潮角度介绍西方象征主义的文章是赵英若1919年发表在《新中国》上的文章《现代新浪漫派之戏曲》。但当时，中国文坛对象征主义文学的译介仍然只是零星的涉及。陶履恭《法比二大文豪之片影》论述了梅特林克的生死观；同时，鲍国宝《梅特林克之人生观》对梅特林克的哲学论文《死论》进行了阐释，但都与象征主义文学创作没有直接联系。其时，周作人译介了梭罗古勃的散文诗《童子Lin之奇迹》《铁圈》和安德列夫的小说《齿痛》。刘半农也译介了印度拉坦德维具有象征色彩的散文诗《我行雪中》。此外，宋春舫在《近世名戏百种目》和《世界名剧谈》中对象征主义作品也有所涉及。我国引进的第一部具有代表性的象征主义作品是沈雁冰翻译的梅特林克短剧《丁泰琪之死》，以后，沈雁冰又在《近代戏剧家传》《表象主义的戏曲》等文中对象征主义戏剧进行了更多的介绍。

1920年，随着《东方杂志》编辑方针的改革，这个杂志集中登载了一批从文艺思潮角度介绍象征主义的文章，如昔尘的《现代文学上底新浪漫主义》、冠生的《法国人之法国现代文学批评》《二十世纪法国文坛之新鬼》和《战后文学底新倾向——浪漫主义底复活》、陈嘏的《十九世纪末德国文坛代表者——滋德曼及郝卜特曼》、胡愈之的《近代法国文学概观》和《近代德国文学概观》，等等。

从1920年3月至1921年12月，《少年中国》就先后登载了吴弱男《近代法比六诗人》，易家钺《诗人梅德林》，田汉《新罗曼主义及其他》和《恶魔诗人波陀雷尔的百年祭》，周无《法兰西近世文学的趋势》和他所译德司巴克斯《幸福》，魏尔伦《秋歌》及《他哭泣在我心里》，李璜《法兰西诗之格律及其解放》，黄仲苏《一八二〇年以来法国抒情诗之一斑》等文，对于象征主义文艺思潮及创作、批评的认识深度和广度，均超过同时期其他刊物所发表的文章。这组相对集中的论文与译介，将法国象征派诗人波德莱尔、魏尔兰、儒尼埃尔、拉佛格、耶麦等介绍给中国新文学，并对其中代表诗人的创作特征及地位影响做出了明确评价。

《小说月报》及文学研究会编辑的《文学周报》，也是介绍象征主义的重要阵地，许多重要的象征主义作品及评论都是在此刊载的。尤其是前者的《俄国文学研究》和《法国文学研究》的号外，在对俄法文学的系统介绍研究时，都以翔实丰富的论文或译文，准确地体现了俄法文学中的象征主义趋势。例如，陈望道译日本升曙梦的《近代俄罗斯文学的主潮》，茅盾在《俄国文学家三十人合传》中对俄国作家的象征主义倾向给予了较高评价，谢六逸译《法兰西近代文学》和刘延陵《十九世纪法国文学概观》，对法国象征派的产生和发展均有深入的涉及。此外，同属文研会会刊之一的《诗》月刊以及《创造》《语丝》《莽原》《北新》等都为传播象征主义做出了极大的贡献。

1925年，客居法兰西的中国青年李金发将他的诗集《微雨》寄回国内出版，开启了中国象征诗派的源头，宣告象征主义艺术开始自觉地在中国这片古老的大地上生长。而后，随着王独清、冯乃超、穆木天、胡也频等人的推波助澜，诗坛喧腾异常，逐渐发展成中国第一股象征主义诗歌潮流——象征诗派。穆木天的《谭诗——寄沫若的一封信》、王独清的《再谭诗——寄给木天、伯奇》、梁宗岱的《论诗》《象征主义》、洁荪的《艺术上的象征主义》、穆木天的《什么是象征主义》、宋春舫的《象征主义》等文章或书籍，都或从感情上对象征主义有所描述，或从理论上对象征主义有所阐释，体现了中国文坛对象征主义的总体认识和艺术把握，是研究象征主义在中国传播的可贵的历史文献。

进入20世纪30年代以后，中国文坛对外国文学思潮流派的认识和理解比较理智了。没有拒绝，但在学习和借鉴上有了更多的选择。在三四十年代，对象征主义的引进依然没有停止，但知识的冷静介绍超过无批判的热情肯定。这一二十年，对波德莱尔、马拉梅、兰波、魏尔伦、维尔哈伦、梅特林克等都还有带学术性的论述，对《恶之花》也有了较多较准确的翻译。

二、象征主义对中国现代作家文学观念的影响

20世纪20年代，由于象征主义在很大程度上与新文学倡导者“为人生”的主张一致，象征主义文学运动对于艺术形式的革新也极大地吸引了中国现代作家，某些“被损害民族”借助象征主义运动振兴民族文学的事实也使一些译介者产生一种希望和憧憬，这使得象征主义得以进入中国，并被大量译介，同时又在中国变异，对中国现代作家的文学观念产生了极大的影响，在某种程度上构成中国新文学整体中的一部分特质。

首先，象征主义理论的某些成分与中国文学传统中某些观念的契合和相通，促成了一些倡导者以现代眼光重新审视中国文学的传统与现状。周作人认为中国古代诗歌创作中“兴”的手法与象征无异，并且把它作为以后诗歌创作的主要手法而加以大力提倡。闻一多在《冬夜评论》里也表达了类似看法。

其次，象征主义理论还促进了某些倡导者对文学本质的认识。鲁迅通过厨川白村接受过文学是“苦闷的象征”这一观点。郭沫若在《批评与梦》中也提出：“真正的文艺是极丰富的生活由

纯粹的精神作用所升华过的一个象征世界。"[①]虽然这里对象征主义的理解偏离了原有的文学思潮或流派的意义，而将其衍变成为一种艺术表现手法和一种广义的艺术精神，但这毕竟是象征主义理论传入中国后，对中国新文学观念产生的最初而切实的影响。

真正对象征主义的核心理论有所领悟和汲取的，是后期创造社的王独清和穆木天。他们围绕"纯诗"概念，各有侧重地提出了体现典型象征主义特色的诗歌主张。他们反复强调"诗要暗示""诗最忌说明"，强调"诗要兼造形与音乐之美。在人们神经上振动的可见而不可见、可感而不可感的旋律的波，浓雾中若听见若听不见的远远的声音，夕暮里若飘动若不动的淡淡的光线，若讲出若讲不出的情肠才是诗的世界"。穆木天在此表示了对象征主义的含蓄性和暗示性的欣赏。同时，他也十分注重诗歌内在的统一性和连续性，强调诗歌的本质是"内生活的真实的象征"[②]。

与穆木天相比，王独清更推崇象征主义诗歌在官能感觉方面的独特刺激。他认为："诗，作者不要为作而作，须为感觉而作，读者也不要为读而读，须为感觉而读。"在他看来，这种感觉首先是诉诸听觉的音乐感，他对魏尔兰的诗大加称赞："他的诗实在非一般人所能了解，但要是有人能用很强的 Sensibility(感觉)去诵读，我相信会得到异样的色彩，像这样的艺术，就是我所极端倾慕的艺术。"除音乐性，王独清还对象征主义的"色的听觉"理论表现出浓厚的兴趣，指出："还有一种'色''音'交错的感觉，在心理学上就叫'色的听觉'，在艺术方面即是所谓'音画'，我们应该努力要求这些最高的艺术。"[③]

穆木天与王独清都非常重视诗歌形式对传达"诗的内生命"的决定作用。在创作态度上，他们不屑于像浪漫主义者那样求助于激情与灵感，而强调对诗歌形式的精雕细琢。显然，这里有着马拉梅的影响。象征主义者无论是捕捉缥缈不定而富于暗示的

---

① 郭沫若. 批评与梦[J]. 创造(季刊)，1923(2).

② 穆木天. 谭诗[J]. 创造月刊，1926(1).

③ 王独清. 再谭诗[J]. 创造月刊，1926(1).

象征载体,还是通过诗歌语言取得完美的色彩和音乐效果,都必须依赖对诗歌形式的苦心琢磨。这种创作态度得到了穆木天的高度肯定,王独清更加明确地表示要以此指导自己的创作。王独清与穆木天提出的诗歌主张,在艺术传达方式、感官刺激的形成及诗歌形式方面,几乎与象征主义理论完全应和,但一旦涉及文学的社会作用,就立即游离不定起来。因为他们在提倡纯粹诗歌的同时,并不愿意放弃诗歌的社会性。可见,中国现代作家在接受象征主义文艺观时并非毫无保留。他们提倡的纯粹诗歌的内涵,从来没有达到瓦雷里的程度,而只止于魏尔兰和马拉梅。象征主义以对文学的社会性、功利性的整体否定为前提而形成的"纯诗"理想,即使是穆木天这样激进地提倡象征主义的理论家,也始终没有完全认同。这也是以后穆木天、王独清等人最终放弃自己的象征主义文艺观的根本原因。

第二节 象征主义诗歌的创作

象征主义对中国现代主义诗歌创作的影响,具有鲜明的阶段性特点。20 世纪 20 年代出现的李金发、王独清、穆木天等中国象征派诗人的创作,也主要受前期象征主义文学思潮的影响。进入 20 世纪三四十年代,前期象征主义文学思潮对中国诗歌创作的影响逐渐减弱,后期象征主义文学思潮对中国诗歌创作的影响则不断加强。后期象征主义反对肤浅的抒情和直露的说教,主张情与理的统一,通过象征、暗示、意象、隐喻和自由联想来表现理念世界的美与无限性,曲折地表达作者的思想、情绪和感受。此外,后期象征主义常以客观事物象征人的主观精神、情绪意念,"寻找主观精神的客观对应物",以求达到"思想的知觉化";往往具有神秘主义色彩和哲理性;注重表现"通感",诗歌的语言和节奏都具有音乐性。象征诗派的诗人中,李金发、穆木天、九叶诗派、卞之琳等人的诗歌创作尤为出色。本节主要对他们的象征主义诗歌的创作进行分析。

一、李金发的象征主义诗歌创作

李金发(1900—1976),原名李淑良,笔名金发,广东省梅县人,早年毕业于梅县高小,后来到香港罗马书院接受了英国式的文化教育。在法国留学期间,他广泛接触了法国象征派诗人及其诗作,并开始进行诗歌创作。1925年,他回到国内,任教于上海美术专科学校和杭州国立艺术学院。同时,他继续进行诗歌创作,先后发表了《微雨》《为幸福而歌》《食客与凶年》等深受象征主义文学思潮影响的诗作。七七事变后,他在韶关主编抗敌协会分会刊物《文坛》杂志,创作了大量歌颂抗战的散文和诗歌,后收入《异国情调》集中。从1944年开始,李金发出任中国驻伊朗大使馆二等秘书、驻伊拉克大使馆代办等职。后来,他游历世界各地,最后在美国纽约定居。1976年12月,因心脏病在纽约长岛寓所去世,终年76岁。

在中国现代文学史上,李金发是率先将法国象征诗派的手法介绍到中国诗坛的诗人,也是最早运用象征主义手法进行诗歌创作的诗人之一。他的象征主义诗作大都创作于留学法国期间,少部分创作于留学德国期间,而且,这些诗作大都色彩较为灰暗,并常常运用“死尸”“枯骨”“残阳”“残血”“落叶”“坟墓”“荒冢”“污泥”等凄冷意象对内心世界的矛盾进行展现,充满了对于世界、人生的悲观绝望情绪,如《弃妇》一诗:

长发披遍我两眼之前,
遂隔断了一切羞恶之疾视,
与鲜血之急流,枯骨之沉睡。
黑夜与蚊虫联步徐来,
越此短墙之角,
狂呼在我清白之耳后,
如荒野狂风怒号:

战栗了无数游牧。

靠一根草儿，与上帝之灵往返在空谷里。
我的哀戚惟游蜂之脑能深印着；
或与山泉长泻在悬崖，
然后随红叶而俱去。

弃妇之隐忧堆积在动作上，
夕阳之火不能把时间之烦闷
化成灰烬，从烟突里飞去，
长染在游鸦之羽，
将同栖止于海啸之石上，
静听舟子之歌。

衰老的裙裾发出哀吟，
徜徉在丘墓之侧，
永无热泪，
点滴在草地
为世界之装饰。

这首诗是李金发的处女作，也是他象征主义诗歌的代表作之一。诗中通过描写一个弃妇可悲的命运，表达了当时社会中人们生存状况的悲哀。而诗人在描写弃妇的可悲命运时，并没有直接描述她的悲哀愁苦和孤独无依，而是运用了很多意象，如“鲜血”“枯骨”“黑夜”“荒野”等来暗示、象征她绝望的精神状态。这不仅使弃妇的形象更加立体和丰满，也使得诗中的内涵更加深刻。

李金发的诗歌呈现出鲜明的“唯丑”的艺术理想与艺术风格。《微雨》是一株奇花异草，仿佛一个孤独感伤的抒情主人公自我形象活跃纸上。对生命价值的怀疑与揶揄，对生命存在的倦怠和绝望是李金发诗中较为突出的主题。在自藉自慰的咏叹里，典型地表现了诗人对生命的忧伤，对命运无可奈何、无以驾御的慨叹。

美好的东西消逝如梦，人生的空虚与悲哀才是永恒与必然。象征派诗中表现有关生命的主题最普遍，既有生的忧吟，又有死的咏调，如《生活》一诗充满了悲观死亡的气息，在诗中，作者告诉人们，生活的归宿就是死亡和坟墓。这死神，是他自己“唯一的崇拜者”。他有“锐敏的眼睛”，可以“环视一切”，统治一切。再高的坟冢，在蝼蚁的啮食下，沙石和人体一样被消磨掉了，给你留下的，也只能是一点过去生活可怜的记忆罢了。诗人看惯了死亡，看惯了无牙之颚，无色之颧，认为它们和“生命之流的威严”之间并没有永恒的界限。这是对生活的诅咒，也是对死亡的颂歌。他在死的歌颂里，寄托了对生活的失望和感伤。

李金发的象征主义诗作从艺术方面来说，取得了较高的成就，具体体现在以下几个方面：

第一，李金发的象征主义诗作常常巧妙地运用通感手法，从而极大地增强了诗歌的表现力。例如，《夜之歌》中的诗句“粉红之记忆，如道旁朽兽，发出奇臭”，《燕羽剪断春愁》中的诗句“山茶，野菊和罂粟，有意芬香我们之静寂”，《寒夜的幻觉》中的诗句“窗外之夜色，染蓝了孤客之心”等，都运用了通感手法，从而将读者引入一个奇异的艺术世界，使其观赏到许多难以言说的画面，也进一步感受到了生命本身的丰富性。

第二，李金发的象征主义诗作常常运用新颖的比喻，而且这些比喻的运用有着很大的主观随意性，还常常与直觉、幻觉联系在一起，从而使其功能得到大大的拓展。例如，《有感》一诗中，诗人用“死神唇边的笑”隐喻了生命的脆弱以及存在的荒诞；《时之表现》一诗中，诗人用“牲口践踏之稻田”隐喻了生命的可畏和绝望等。

第三，李金发的象征主义诗作常常进行词语的反常运用，即常常打破惯常的语法逻辑和句法规则，并采用省略、割裂、跳跃等方式，从而加强了诗歌的陌生化效果，如《题自画像》：

即月眠江底，
还能与紫色之林微笑。

耶稣教徒之灵，
吁，太多情了。

感谢这手与足，
虽然尚少，
但既觉够了。
昔日武士被着甲，
力能搏虎！
我么！害点羞。

热如皎日，
灰白如新月在云里。
我有草履，仅能走世界之一角，
生羽么，太多事了呵！

在这首诗中，词语间呈现出鲜明的省略、割裂和跳跃的关系，不仅模糊了意象与意义的关系，显得飘忽，而且生动地展现出个人远离崇高、日趋渺小无能的现代意识。

这种“以丑为美”的艺术理想与创作倾向在中国诗歌发展史上是有其独特意义的。以优雅、宁静、和谐为特征的中和之美成了中国古典诗歌一种较普遍的审美心理常态，即使在五四前后，中国新诗坛也很少有表现以孤独、绝望、恐惧、荒诞、卑下、丑陋为主要对象的属于丑怪范畴的诗歌。这种为现代主义所推崇的与传统的和谐美、崇高美相对立的美学观，被李金发引入中国现代诗坛，给中国诗坛提供了一个崭新的艺术世界感观。

当然，李金发的象征主义诗作也有着一定的局限，如诗中掺杂了过多的追求梦幻、逃避现实的颓废没落情绪；语言过于文白夹杂，句法过于欧化；一些意象过于艰涩含混等，但是，这些都不能抹杀李金发为中国新诗发展做出的重要贡献。

二、穆木天的象征主义诗歌创作

穆木天(1900—1971),原名穆敬熙,出身于吉林省伊通县的一个地主家庭。19 岁时考取官费留学日本。1920 年进入京都第三高等学校文科读书,1921 年发起成立创造社,并开始进行文学创作。1923 年考入东京帝国大学法国文学部,专攻法文,熟读法国象征派作品,并开始新诗创作,同年 6 月发表了处女诗作《旅心》,在诗坛引起一定的关注。1926 年,他从东京帝国大学毕业后回到了国内,先后在中山大学、吉林大学任教授。20 世纪 30 年代参加"左联",负责诗歌组工作,并与任钧、杨骚、蒲风等发起成立了中国诗歌会。加入"左联"以后,他的诗风也由象征主义转入革命现实主义。七七事变后,他去武汉参加了中华全国文艺界抗敌协会。中华人民共和国成立后,他先是任教于东北师范大学,后调往北京师范大学担任外国文学教研室主任及教授。1971 年去世。

穆木天给郭沫若的信写于 1926 年 1 月 4 日,当时他在日本中野。书信从他去看望冯乃超,两人就所见景色想做一首月光曲谈起。他说:

> 我忽的想作一个月光曲,用一种印象的写法,表现月光的运动与心的交响乐。我想表现漫漫射在空间的月光波的振动,与草原林木水沟农田房屋的浮动的称和,及水声风声的响动的振漾和在轻轻的纱云中的月的运动的律的幻影。我不禁向乃超说:"若是用
>
> 月光,月光,月光,月光,月光,
>
> 四叠五叠的月光的交振的缓调,表云面上月的运动,作一首月光的诗如何?我以为如能成功,这种写法或好。"

作者说,他的这种想法来自读拉佛格诗歌的暗示。书信说,

他们要求“纯粹的诗歌”。“我们的要求是诗与散文的纯粹的分界。我们的要求是‘诗的世界’。”他不仅提出了“纯粹诗歌”的概念，而且强调要对诗的象征性进行强化、运用诗的思维术进行有韵律的创造，进而暗示出内在生命的奥秘。诗集《旅心》是穆木天对自己的诗歌主张进行自觉实践的成果。《旅心》包括一首《献诗》和一首散文诗在内，共收录了32首诗，是穆木天象征派诗歌的代表作。《旅心》充满了一个漂泊异国的青年凄苦的心情和感伤忧郁的情调。一方面，他抒写人生漂泊的苦闷和内心朦胧的寂寞，如在《鸡鸣声》中喊道：

我不知，
哪里是家，
哪里是国，
哪里是爱人，
应向哪里归，
啊　残灯　败颓

也不知哪里是明，哪里是暗，哪里是朦胧，眼前所见的只是败颓和残灯。另一方面，不少诗作又充满对祖国故乡风物的清新细腻的描写，山村、田园、水边、渡头、村落、林梢、烟霭、雨丝、江雪、落日、月光、钟声、蛙鸣，一派恬淡、静穆，洋溢着一个爱国青年深切动人的情思。

穆木天爱用暗淡的灰色。他的诗中随处可见这样的色调：灰白的路头，灰黄的薄暮，灰色的桧梢，灰沙似的浮云，灰紫的小花，灰淡的水乡，灰暮的川上，黄褐的枯色，白茸茸的云纱，油灰的天空，……低沉、凝重、晦暗、感伤。《苍白的钟声》将象征的意蕴推向极致：

苍白的　钟声　衰腐的　朦胧
疏散　玲珑　荒凉的　濛濛的　谷中
——衰草　千重　万重——

听　永远的　荒唐的　古钟
听　千声　万声
古钟　飘散　在水波之皎皎
古钟　飘散　在灰绿的　白杨之梢
古钟　飘散　在风声之萧萧
——月影　逍遥　逍遥——
古钟　飘散　在白云之飘飘
……
听　残朽的　古钟　在灰黄的　谷中
入　无限之　茫茫　散淡　玲珑
枯叶　衰草　随　呆呆之　北风
听　千声　万声——朦胧朦胧——
荒唐　茫茫　败废的　永远的　故乡　之　钟声
听　黄昏之深谷中

整首诗几乎没有标点，同时运用了大量的叠词、叠句，形成了极富律动的语言，从而“将对外部世界的印象与内心情绪的波动结合起来，以意象与心境相契合，以词句排列上的视觉与想象中的听觉相沟通，即运用通感的手法，创造一种似断似连、若隐若现的动人的旋律，营造一种迷离朦胧、飘忽游动、情景交融、音色俱美的诗意境界”①。

穆木天追求诗歌的音乐美，他更多地注意诗歌语言音乐性能的开掘。他十分称颂法国象征诗人拉佛格用叠字叠句造成音乐感的方法。他的象征主义诗歌常常通过废除诗的标点来增加诗作的朦胧性和暗示性，也常常运用排比或是叠字、叠句式回环复沓的办法来强化诗的律动，造成了一种奇特的音乐效果，如《雨丝》：

① 刘世杰.现代主义诗歌在中国的命运[M].北京：社会科学文献出版社，2009：35.

一缕一缕的心思
织进了纤纤的条条的雨丝
织进了渐渐的朦胧
织进了微动微动微动线线的烟丝

织进了远远的林梢
织进了漠漠冥冥点点零零参差的屋梢
织进了一条一条的电弦
织进了缕缕的吹来不知哪里渺渺的音乐

织进了烟雾笼着的池塘
织进了睡莲丝上一凝一凝的飘零的烟网
织进了无限的呆梦水里的空想
织进了先年故事不知哪里渺渺茫茫

……

无限的雨丝
无限的心丝
朦胧朦胧朦胧朦胧朦胧
纤纤的织进在无限朦胧之间

一缕一缕的心丝
纤纤的
织入
一条一条的
雨丝
之中间

这样运用叠字叠句来造成诗的音乐美，固然不失为新诗艺术的一种新的探索。诗人是在寻找新诗艺术化的道路。他看到新诗创作粗糙的倾向而努力用实践去克服它，这种尝试和探索是有意义的。诗这种艺术最忌的是凝固的形式与千人一面的状态，它要求时时唱出新的声音。

郁达夫称赞穆木天的《旅心》最初发表的11首诗是“颇具一种特别的风韵”之作，是有见识的评语。但是，对叠字叠句的过分追求，也给穆木天的诗带来了过分雕琢的弱点。由于排比句式中相同的字句不断复见，许多双声叠韵的叠句的过多堆砌，减少了诗歌抒情的容量。

三、王独清的象征主义诗歌创作

王独清(1898—1940)，原名王诚，陕西长安(祖籍陕西蒲城)人。自小受家庭非常浓厚的“古色古香的文学空气”的熏陶，9岁时便能作诗。16岁时便开始写笔记式杂文和政论文章，并不断向《泰镜日报》投稿，后被《泰镜日报》聘为了总编辑。因言论过激，该报纸被当局查封。之后，他先是离家到了上海，后留学日本，结识郑伯奇，真正接触外国文学作品。1920年到欧洲(主要是在法国)留学。他一方面受着国内狂飙突进的浪漫主义文学运动的影响，一方面又吮吸着欧洲世纪末思潮感伤主义的乳汁。五卅运动激发了他的爱国热情，毅然回国，参加创造社，成为创造社的主力之一。1929年2月，创造社被查封后，他到上海艺术大学任教务长一职，之后又主编了《开展月刊》。七七事变后，他回到了故乡，1940年时因病不幸去世，享年42岁。

王独清先是写拜伦式、雨果式的诗，然后学法国象征派诗，写出浪漫情调与象征色彩相结合的诗篇，如《圣母像前》《死前》《威尼市》《埃及人》《零乱草》等诗集。从思想感情上看，王独清是以感伤的情调唱出了一个没落阶级飘零子弟内心的挽歌和追求。他的诗歌唱出两种动机：第一是对没落贵族世界的凭吊；第二是对现在都市生活之颓废的享乐的陶醉与悲哀。没落阶级悲哀的叹息和都市生活沉湎的颓废，感伤的情调和圆润的形式结合在一起，构成了他诗歌的主要思想和艺术特色。王独清是一个追求纯诗的象征主义诗人。

王独清在进行诗歌创作时，不仅醉心于象征主义的表现手法，而且对法国象征主义的诗风进行刻意模仿，因而号称自己是象征主义诗人。实际上，他又是一个“骨子里却还是个具有没落贵族气质的浪漫主义诗人，其诗的思想内容更接近于贵族的浪漫主义；而其诗的艺术形式又更多地具有象征主义的特征”①。由于没落贵族的思想情感总是与悲伤、绝望、颓废等消极情绪相联系，因而王独清的诗作中充满了死亡、漂泊和凄美，如《死前》之四的末节：

> 哦，我只愿你底唇儿落在我底唇上，
> 年青的夫人，请你恕我这样的荒唐！
> 我不知道是今晚或明天就要死去，
> 因为我是这样的苍白，这样的清癯……
> 我只求你底唇儿我底唇儿边来一沾，
> 哦，好使我到我底墓中，去安静地长眠！

在这首诗中，诗人不仅描写了死亡的意象，而且将死亡与美丽的情人、凄美的爱情联系在了一起，充满了感伤的情调，也表明了诗人情绪的消沉和意志的颓丧。

《威尼市》所收的十首短歌，都是爱情诗，表现了诗人“伤感的享乐主义者”的生活倾向，“真算达到发狂的状态了”，更是典型的象征主义作品。

王独清的象征主义诗歌创作，也非常注重诗的色彩、声音、情调和韵律的和谐，这与他高蹈现实的处世态度有着极大的关系，这一点在《我从 café 中出来……》体现得尤为明显。这首诗有着整齐的句式、鲜明的韵律感和节奏感，还运用了重复对称的排列，

① 刘世杰．现代主义诗歌在中国的命运[M]．北京：社会科学文献出版社，2009：25．

写得十分精致，类似于中国古典的词和小令。这首诗优美精致的形式，表现出了富有感染力的、足以让人回肠荡气的情感意蕴。在诗中，人物酒醉后的具体意象，冷静的街衢、黄昏细雨的环境点染，参差长短的诗行，复沓的音乐美，凸显象征派诗的特征。凄凉冷清的外在氛围，又与诗人内心的苦闷，甚至是诗人带有几分病态的情绪状态融合在一起，从而使全诗充满了低回不绝的抑郁情调。

四、卞之琳的象征主义诗歌创作

在早期，卞之琳对新诗技巧与形式试验方面很专注，既受新月派的影响，同时也受戴望舒为代表的现代派的影响，同时也迷恋法国象征主义诗歌。在诗歌创作中，他善于吸收中国古典诗词的营养，又借鉴象征主义诗歌的表现手法，由此形成自己独特的个性和风格。

20世纪30年代，卞之琳的诗晦涩，有着强烈的“陌生化”效果，因为他的诗超越了以往的接受视野。从主题看，象征主义诗歌中常见的主题，诸如“爱情”“青春”“思念”“感伤”“忧郁”“孤独”“烦厌”“苦闷”等，在卞之琳的诗里消失了，取而代之的是一些新的内容，诸如“空间感”“时间感”“瞬间与永恒”“相对论”，等等。另外，这个时期，卞之琳诗里的抒情主体也消失了，转而追求诗的“非个人化”。“非个人化”主张认为，诗不再作为个人情感的表达和个人经验的描写。诗中的形象也不再是个人情感的载体，它们应是客观的存在物，这样，就可以实现诗意的客观性和普遍性。例如，《断章》：

你站在桥上看风景，
看风景人在楼上看你。

明月装饰了你的窗子，
你装饰了别人的梦。

据诗人自己说，这首诗原本是一首长诗中的四行，但他觉得这四行最满意，而且有独立存在的价值，因而就将其独立成章，并取名为《断章》。这首诗从主旨方面来说，有着丰富而朦胧的意蕴，文学评论家李健吾认为诗中暗示了人生就是相互装饰，并体现出人生的悲哀；诗人并不认同李健吾的解释，而认为诗中的创意着重在“相对”上，进而揭示了相互联系而又相互制约的一种人际关系，表明了一种相对的观念。这首诗从艺术方面来说，主要通过客观形象和意象的呈现，将复杂而抽象的观念与意绪形象地表现了出来，意境深邃而悠远。该诗第一节分为两个画面和变化的主客体：“你站在桥上看风景”的画面中，“你”是看风景的主体；“看风景人在楼上看你”的画面中，“你”却成了被别人看的客体了。第二节的两行中，“明月装饰了你的窗子”是一个具象的画面，“明月”这个客体在装饰“你”这个主体，“你装饰了别人的梦”是可以想象的意境，“你”这个主体又成为装饰别人梦中的客体。这种主体和客体不着痕迹的置换，暗示了宇宙中事物普遍存在的一种相对性的哲理。这首诗言简意赅，句式匀齐对称，既有美感又耐人寻味。可见，卞之琳在这首诗中，将西方的现代主义与中国的古典诗词很好地结合起来，使之既有中国传统诗词的韵味，又具有西方现代主义的风格，使古老的意象显出了新意。

卞之琳的诗构思精巧，具有丰富瑰丽的想象力，注意在意象之间做大幅度的跳跃。在诗歌形式上，他不仅勇于实践和创新，还提出颇有见地的诗歌理论，如他一直主张新诗的格律化。

第一，卞之琳的诗常常运用自由联想的手法，从而淋漓尽致地表达自己的思想和心态，这在《距离的组织》一诗中有着鲜明的体现。在这首诗中，诗人充分地运用了自由联想，“罗马灭亡星”的出现激起了诗人心灵的颤动，也引起了诗人强烈的共鸣，于是，他进入了“灰色的天、灰色的海和灰色的路”的梦境之中，并因不知道自己在哪儿而感到迷惘，后被“友人带来了雪意和五点钟”拽回了现实世界。整首诗通过奇特的联想，深刻表现了有着诚实的个性、敏锐的感觉、复杂的思想和耽于白日梦的青年知识分子因黑暗的社会而生发出的失落感。

第二，卞之琳的诗善于在日常生活中进行诗意和哲理的发掘，并运用朴素浅白的语言将哲理叙述出来，从而使诗呈现出鲜明的理智化和哲理化。例如，《寂寞》一诗中，诗人运用强烈的对照手法，将人们的命运变迁和沧桑感形象而深刻地表现了出来。在诗的第一节，前两行生动地表现了“乡下孩子”在小时候充满了稚嫩的天真和田野情趣；后两行则生动地表现了“乡下孩子”在长大后由于“在城里操劳”，受尽了压榨和剥削，因而美好的人性和纯真的童心都被扭曲、异化了。在诗的第二节，前两行生动地表现了“乡下孩子”在小时候充满了天真烂漫的童趣，既不理解死亡的可怕，也不懂得人生的短暂；后两行生动地表现了“乡下孩子”在长大后已经走向了死亡，而夜明表的“不曾休止”又表现出物是人非的悲凉。全诗没有一个字在诉说悲伤，但通篇笼罩着悲剧的气氛。

第三，卞之琳的诗常常熔铸文言语句，还常常通过倒装、插入、跨行等手段创造各种欧化长句。另外，他诗中的语句往往将具象的词汇与抽象的词汇融合到一起，如《距离的组织》的诗句“友人带来了雪意和五点钟”、《归》中的诗句“伸向黄昏的去的路像一段灰心”等，从而产生了智性抒情的特质。

第三节　象征主义小说的创作

象征主义在小说界产生影响的途径主要是与现实主义相结合。以文学研究会为中心的“为人生的文学”作家群，其创作主流无疑是现实主义的，但其中也不乏浪漫主义和象征主义成分。这种博采众收、为我所用的现象，反映了中国新文学现实主义创作潮流的开放性与丰富性。文研会里很多“问题小说”作家在创作中试图表达自己对当时社会现实所感受到的哲理内涵时，都不免在尚未成熟的现实主义方法中驳杂进象征主义因素，如俞平伯的《花匠》以花枝被摧残扭曲象征当时个性遭受到的压抑，瞿世英的《荷瓣》通过转瞬干枯的荷花象征妇女屈辱的地位等，但这些尝试过于浅露单调。冰心的《世界上有的是快乐……光明》中，在海滩与主人公凌瑜交谈的两个小孩显然是梅特林克《青鸟》中米蒂尔和蒂蒂尔的再现，在《超人》《疯人日记》《最后的使者》中的象征色彩还有进一步的增加。稍后一点在写实手法中揉进象征因素的还有孙俍工、王任叔、鲁彦等人。孙俍工的《前途》借火车开车前旅客的焦灼、忙乱、拥挤，以及开车后的种种期待，如“到了么?”“几时才到?”“能不能平安无事的到”等询问，来象征人生旅途上那渺茫不可知的前途。《海的渴慕者》的主人公不堪忍受来自社会各方面的压力，于是，大海便成了他寄托自己渴望自由的象征。王任叔在写出反映乡民悲惨命运的《破屋》集的同时，还将笔触伸进知识分子的精神空间，写出了带有强烈主观抒情色彩的《监狱》集。其中，《美的消灭》写一位美丽的少女，有着明丽自然的风韵，一如一首李白的诗，但不幸成了一个商人的外室，于是，这尊“美的神像被金斧剥琢得体无完肤”;《监狱》写一个流浪者，在为富家修筑宅院的过程中，因与这家小姐偷情而触犯封建道德规范，被囚禁在自己亲手建造的牢房中，作者也梦见自己变为修监狱的人，小说较为纯熟地运用象征主义方法表达了社会批判主题，即“人类是谁都在建筑自己的监狱给自己住的”。此后，王任叔并未停止对象征主义手法的尝试，在 20 世纪 30 年代的创作中还有更大的发展。就文学研究会作家创作中的象征主义因素而言，王统照的早期创作是一个突出的代表。本节主要对王统照的象征主义小说创作进行具体分析。

一、王统照的生平

王统照(1897—1957)，字剑三，笔名息庐。1918 年，王统照创办了《曙光》杂志；1921 年与沈雁冰、郑振铎等人发起成立文学研究会。后任山东大学文史系教授,1957年在济南病逝。王统照的主要作品有《山雨》《王统照短篇小说选》《鹊华小集》等。

二、王统照的象征主义小说创作

王统照的象征主义艺术渊源显然来自叶芝。1921年对叶芝小说集《凯尔特微光》的翻译,是王统照小说创作的重要艺术准备。王统照接受了叶芝用富于质感的形象反映抽象哲理的艺术手法,来表达现实生活给予自己的深刻感触,同时注意避免叶芝小说中的神秘怪诞色彩。此种方式造就了《春雨之夜》集中许多短篇小说现实主义与象征主义融合的主要特征,并且在《霜痕》集和新文学最早的长篇小说之一《一叶》中也有体现。1925年,王统照创作《湖畔儿语》后,现实主义倾向不断加强,到长篇小说《山雨》出版时,象征主义色彩已经完全褪尽,但1935年后,王统照在《春花》《双清》和《华亭鹤》中又揉进了新的象征因素。

在小说创作中,王统照善于用象征的手法表达对"爱"与"美"的歌颂,试图从美育出发,用"爱"和"美"的意识来解决世间的"烦闷、困扰",与故事的真实性相掺杂并存,形成了自己的艺术特点。王统照具有象征主义因素的早期创作可以分为两类:

第一类是注重作者主观理念的演绎,以《沉思》为代表。《沉思》是以女模特儿琼逸对刚发生的一场纠纷的思索来阐明主题的。小说中的记者象征"爱",画家象征"美",琼逸则是联结了"美"与"爱"的化身,而官吏无论于"美"于"爱"都处于对立的地位,是功利和权势的代表。琼逸之所以沉思,是由于这几个人都想干涉甚至剥夺她的自由。记者只知"爱"而不知"美",画家只知"美"而不懂"爱",其结局肯定是双方都失去琼逸。这里作者并非有意揭露社会黑暗,而是借此阐示自己独特的美育思想,即爱而无美,爱情之花将要枯槁、败落;美而无爱,艺术之果必然萎顿。只有爱与美"交相融而交相成",才能开出"灿烂美妙之爱的花,以达于超越现实世界真美之境地”①。《微笑》也是一篇以人物形象来寄托作者美育救国宗旨的象征性小说，为生活所迫沦为窃贼的阿根，在监狱里心如槁木，然而偶尔看到一位年轻女囚的微笑，就此心灵复苏，出现了奇迹。一个女犯人的“慈祥的微笑”发出奇效，竟然使小偷都得到感化和超度，从此变成“有些知识的工人”，但她自己身陷囹圄，终身监禁。作者在这里是把这个女性的微笑作为人类之爱的象征的，这种人类之爱足以消融那些凝冻如冰的心灵。

第二类是生活哲理的暗示，以《雪后》为代表。《雪后》中的儿童，看到他们在河边堆砌的寄寓着梦想和欢乐的雪楼，在一夜枪声过后，被军人的马蹄皮鞭践踏得粉碎，他们伤心地望着河岸上污黑的残雪，不由发出愤怒的抗议。此处，小说并未正面描写军阀混战给人民带来的灾难，而用雪楼的被毁，暗示战争毁灭了人间的美和爱。《鞭痕》写一年轻军人在秋日余晖笼罩的村头，与一少女萍水相逢又遽然离去，只留下一道刻在一株向日葵上的鞭痕。痴情的少女与这株葵花默默相伴，盼望着他的归来。一年以后，美丽的向日葵已被埋葬，而他们也“都掉在一个沉闷的渊里”，被战争吞噬了生命。晶莹的雪楼、梦幻般的向日葵、被无意折杀的白菊等，在王统照早期小说中具有相当重要的地位。这些被毁灭的爱与美的象征的存在，对作品蕴含别样的认识价值和审美方式起到了决定性的作用。

但是，文研会作家在很大程度上代表着五四文学的人道主义和启蒙主义特征，这种状况造成了他们对象征主义的严格的选择性。因此，他们对象征主义的接受，有些只停留在隐寓、暗示等修辞层面上。即使是对象征主义艺术体会较深的王统照也未曾触及象征主义的精髓之处。对人道主义、理性主义信念的过分执着，多少遮蔽了他们对作为上述信念反思的现代主义的感受力。

① 王统照．美与两性[J]．曙光，1920(1)．

第四节　象征主义戏剧的创作

五四新文化运动后，象征主义戏剧思潮涌入中国，并在20世纪20年代掀起一个模仿、创作象征剧的小高潮，中国剧作家们创作了一批具有象征主义元素的话剧。但是象征主义在中国20世纪20年代话剧创作中只是昙花一现，并没有出现诸如现实主义和浪漫主义思潮对中国话剧创作所产生的巨大影响。在20年代的话剧创作中，田汉《梵峨璘与蔷薇》《湖上的悲剧》，白薇《琳丽》，郭沫若《月光》，陈楚淮《骷髅的迷恋者》，向培良《生的留恋与死的诱惑》，陶晶孙《黑衣人》等，均带有浓厚的象征主义色彩，他们认为人生的主要内容，不是用普通的姿态传达出来，而是必须使用象征才可以把人生的意义暗示出来，所以，在其话剧创作中，他们追求现实世界背后的那种非现实的理想世界。本节主要对向培良、陶晶孙的象征主义戏剧创作进行分析。

一、向培良的象征主义戏剧创作

向培良(1905—1959)，笔名培、漱美、漱年、姜良，黔阳(今洪江)人。1923年考入北京私立中国大学。1926年与吕蕴儒、高歌赴郑州创办《豫报》副刊。后任武汉政府机关报《革命军日报》副刊编辑、《衡阳日报》编辑。1929年应聘到上海南华书店任总编辑，与人创办《青春月刊》，组织青春文艺社，提倡新文化，主张抗日救亡，赞成文艺反映生活，反对读经复古。1936年赴上海主办上海大戏院，兼任上海美术专科学校教授。他是狂飚社的主要成员，后又参加鲁迅主办的“莽原社”。抗战时期，曾任国立戏剧学校研究实验部主任、国民政府第一戏院巡回教育队队长，率队在湖南、广西等地巡回演出。1947年任中国万岁剧团团长。中华人民共和国成立后，在洪江、沅陵、黔阳等地中学任教。1959年去世。

向培良是一位对戏剧研究十分广泛且深入的戏剧家，他的研究范围涉及戏剧理论、戏剧创作、戏剧表演、戏剧舞台、戏剧批评等。向培良有着以天下为己任的胸怀与担当，他自少年出乡关一生都在路上奔忙，从未懈怠，无论是在变动不居的思想追求上，还是在丰富多彩的戏剧活动上，甚至连他戏剧理念的核心观念，都体现出了“行动”精神。向培良五十余年的生命历程，创作丰实，剧本及文集有《不忠实的爱情》《黑暗的红光》《继母》《光明的戏剧》《沉闷的戏剧》等，戏剧理论著作有《中国戏剧概评》《导演概论》《舞台色彩学》《舞台服装学》等，还编辑出版了《紫歌剧集》和《戏剧长征集》，小说有《英雄与美人》《浣衣母》《寂寞》，还有翻译作品《逃亡》《死城》等。

向培良的独幕剧《生的留恋与死的诱惑》中，主人公对生无比留恋，却无法逃避死亡的命运。剧作写一曾经战功显赫的英雄，躺在病榻上希望有人来看望他，但除了一位女看护并没有一个人来过。他无比失望，并不停地抱怨天气不晴朗，埋怨终日见不到太阳。他感到悲哀和孤独，最后在休息时等待女看护，却等来了死神。这部剧没有什么情节，也无冲突，只有病人和女看护的对话，充满神秘色彩。在主人公最后的日子里，只有一个忠心耿耿的女看护相陪，与他往日的辉煌形成强烈的对比，在这对比中，病人越发留恋生命，但又怀疑生命并厌倦没有力的空虚的生命，最后迎来了死神。全剧被浓浓的悲哀、神秘的氛围所笼罩，通过写临终与死亡，来表达对生之留恋及生命之可贵。

二、陶晶孙的象征主义戏剧创作

陶晶孙(1897—1952)，原名炽、炽孙，笔名晶明馆主、晶孙等，江苏无锡人。1906 年随父母东渡日本，1919 年在九州帝大习医时与郭沫若相识，创办同人杂志《Green》。1921 年 7 月，与郭沫若、郁达夫、成仿吾等人发起成立创造社，从事文学创作和翻译活动。1929 年加入上海艺术剧社，创作《摇篮歌》，参加新兴剧社演出活动。1930 年参加“左联”，编辑《大众文艺》《学艺》杂志。对医学、音乐、绘画、木刻均有研究。曾任上海东南医学院教授、上海自然科学研究所研究员、《现代医学》总编辑等。1950 年从台湾去日本，任教于东京大学，并从事中日友好活动。1952 年病逝于东京。

陶晶孙的剧作具有明显的象征主义成分。《黑衣人》是一部全篇笼罩着死亡气息的剧作。该剧写黑衣人和弟弟在太湖湖畔的一间别墅里夜谈，回忆故人，又懊恼自己即将订婚；忽而狂风大作、雷声滚滚，黑衣人因怀疑有湖贼，为保护弟弟而开枪狂射，却意外杀死弟弟，最后他举枪自杀。作者把主人公对过去美好的回忆和对未来的忧郁融合在一起。全剧充满死亡气息，表现出人类在命运面前的无能为力，任何挣扎都是徒劳无益的。全剧充满象征，黑衣人是死亡命运的象征；弟弟是青春、生命和希望的象征，弟弟被误杀，说明生与死总是相伴随的；而那盏微明的灯，则象征着生命的意义。黑衣人的年龄，从开始比其弟弟大二十倍，逐渐变为大三倍、一倍，说明青年逐渐向老年——死亡走近。一种死亡的命运难以逃避的无可奈何的情绪笼罩着全剧。

总之，现代中国剧坛没有出现影响巨大的象征主义戏剧流派，但融入了象征主义元素的戏剧不时出现在读者眼前，它作为现代戏剧的开端，极大地推动了中国现代戏剧的发展，也丰富了戏剧的创作类型。

第七章　中国左翼文学思潮及其创作

20 世纪 20 年代中后期，随着中国无产阶级革命运动的迅猛发展，中国现代文学史上出现并最终凝聚成一股强大的文学思潮——左翼文学思潮。它是五四运动以后，在中国现代文学史上最具影响力的文学思潮。左翼文学思潮在疾风暴雨的革命战争年代经过早期共产党人的热情主张、后期创造社和太阳社的积极倡导，至 1928 年形成一场初具规模的无产阶级革命文学运动。1930 年春成立的中国左翼作家联盟（简称“左联”）则以 6 年的光辉历程将它推至高潮，并在 30 年代中国文坛占据主流地位。[①] 在“左翼十年”里，中国现代文学发展的指导思想发生了重大的变动，由此引起了文学的重新定义、文艺创作方向的重新确认以及文学叙事方式的变更，并在相当程度上影响和制约了 20 世纪后半叶中国文学发展的路径与内容。与左翼文学思潮相适应，左翼作家在诗歌、小说、戏剧领域都创作了很多优秀作品。

第一节　中国左翼文学思潮的发展历程

左翼文学思潮诞生于 20 世纪二三十年代，这一时期，从京汉铁路工人“二七”大罢工，到震惊中外的五卅运动，再到大革命失败，大多数先进知识分子在心怀历史挫败感的同时，先后走向了无产阶级领导的人民革命斗争。这一时期，经翻译而来的马克思列宁主义的文艺理论以及苏联的文艺方针，常常被作为指导思想

① 有关左翼文学的时限问题目前在学术界尚存有相当的“含混性”。本书所探讨的“左翼文学”概念指从 1928 年“革命文学”论争起至 1937 年的“左翼十年”时期。

直接指导着左翼文艺运动。以1928年革命文学论争为标志，左翼文学力量凭借新的理论和方法以颇具新锐的姿态登上文坛，很快展开了一系列与五四成名作家和其他文艺社团的论争，并于1930年在中国共产党的指示下联合鲁迅和茅盾等人成立了左翼文艺团体——中国左翼作家联盟。随着形势的发展，1936年，“左联”宣布解散，同时成立新的抗日救国统一战线。

一、左翼文学思潮的产生

作为一种激进的、裹挟着浓郁意识形态的文艺思潮，中国左翼文学思潮是由内外诸多因素共同促成的产物，是中国特定时期历史和文艺发展的必然需要。它的产生，首先源于早期共产党人对革命文艺的倡导；其次，国际无产阶级运动，尤其是苏联、日本等左翼文艺思潮的影响是促其形成的重要因素；当然，中国左翼文学思潮的产生更是由于当时国内革命斗争形势的骤变而致。

（一）早期革命文艺的倡导

左翼文学思潮的萌生可以追溯至20世纪20年代前期共产党人对革命文艺的积极倡导。早在1921年、1922年，共产党人李大钊、邓中夏等就在少年中国学会的提案中，提出文学需要走向革命的观点。1922年，社会主义青年团的机关刊物《先驱》特意开辟了《革命文艺》一栏，为革命文学的诞生铺设了一块园地。而1923年6月，瞿秋白主编的《新青年》季刊创刊号上，更是慨然宣称中国的革命与文学运动“非劳动阶级为之指导，不能成就”。与此同时，恽代英、沈泽民、蒋光慈等共产党人以及部分进步人士先后在《先驱》《新青年》《觉悟》（《民国日报》的副刊）等报刊上发表文章，呼吁无产阶级文学的出现以振兴中华。在他们看来，“艺术，和政治、法律、宗教、道德、风俗一样，同是一种人类社会底文化，同是建筑在社会经济组织之上的表层建筑物，同是随着人类的生活方式的变迁而变迁的东西"[①]。因此，艺术是生活的反映，文学应当顺应时代的召唤以及革命形势的需要，作家也不应再寓居书斋而应投身于轰轰烈烈的革命洪流之中。在《贡献于新诗人之前》一文中，邓中夏提出当下的文学不能"只研究学问和描写社会问题之外的事情"，一个有价值的中国诗人应当以"革命"为己任，"警醒人们使他们有革命的自觉，和鼓吹人们使他们有革命的勇气"。郭沫若在《革命与文学》一文中更是以诗人的热情标举文学走向革命以及这一时代来临的必然性："文学是永远革命的，真正的文学是只有革命文学一种。所以真正的文学永远是革命的前驱，而革命时期中总会有一个文学的黄金时代出现。"这些观点虽因过分强调文学的政治功能而忽略文学自身的艺术性，但在当时的历史语境下确有其存在的合理性，同时，为中国左翼文学思潮的兴起营造了良好的时代氛围。

伴随着文艺界的积极倡导，1924 年前后还出现了一些已具有明显的无产阶级革命倾向的文学团体，如上海的"春雷社"、杭州的"悟悟社"等。文学团体是集合人员共同筹划未来发展的有机组织，在实践中具有扩大影响的社会效应。由蒋光慈、沈泽民等人组织的"春雷社"通过《觉悟》（上海《民国日报》副刊）编辑出版周刊性的"文学专号"，发表了多篇有关革命文学的论文以及《哀中国》等进步诗歌。由杭州之江大学学生发起的"悟悟社"出版的进步刊物《悟》，也积极宣扬无产阶级革命的相关主张。这些社团的兴起充分反映了文艺青年渴望革命的积极性与迫切性，在积极推动无产阶级革命文学发展的同时，也昭示着中国左翼文学思潮发生的历史必然性。

（二）国际左翼运动的推动

20 世纪二三十年代，国际无产阶级文学运动的空前高涨，这对中国左翼文学思潮的产生具有重大作用。俄国十月革命以及

---

① 楚女（肖楚女）. 艺术与生活[J]. 中国青年，1924(38).

东欧诸国的社会主义革命接连成功,迅速推动了国际无产阶级革命力量的发展,进而形成波及全球、声势浩大的"红色"革命浪潮。中国左翼文学思潮是这个运动的重要组成部分,主要受苏联和日本的无产阶级文学运动影响。

俄国十月革命以后,中国文艺界就掀起译介俄国文学的高潮,五四新文化先驱以及部分共产党人,如李大钊、鲁迅、周作人、瞿秋白、郑振铎等都曾积极参与译介活动。在文艺上,最先输入的是列宁的思想。1925 年 2 月 12 日,《民国日报·觉悟》首次刊载列宁的论文《托尔斯泰与当代工人运动》(郑超麟译);1926 年 12 月 6 日,《中国青年》第 144 期首次刊载列宁的论文《党的组织和党的文学》(一声译)。其中,有关创作者阶级意识、革命信念以及共产党对文学的领导权等观点对于日后中国左翼文艺理论的构建具有重大的借鉴意义。此外,苏联文艺动向也为中国进步人士所关注。1925 年,北新书局出版任国桢译的《苏俄文艺论战》一书,该书介绍了 1923—1925 年苏俄文艺论战各派代表人物的观点。同时,部分早期共产党人赴俄学习、考察回来后,为国内无产阶级文艺运动提供了直接的思想资源与实践经验。1920 年 10 月至 1923 年初,瞿秋白作为北京《晨报》和上海《时事新报》的特约通讯员赴俄采访,后根据旅俄感受写成《俄乡纪程》和《赤都心史》等,以此反映和介绍俄国无产阶级革命及文艺发展的最新形势。1921 年至 1924 年在苏联留学的蒋光慈也深受当时无产阶级革命运动的影响。1924 年 8 月,归国不久的蒋光慈在《新青年》(季刊)上发表《无产阶级革命与文化》一文,阐明苏联无产阶级革命与文化之间具有密切的联系,初步显示了有目的地引进与宣传苏联无产阶级文艺思想的意图。

日本的无产阶级文学运动既是中国文学与苏联文学的桥梁,又有着全新的无产阶级文化内容。后期创造社骨干郭沫若、冯乃超、李初梨等人留学日本,深刻地受到了日本无产阶级革命运动的影响。青野季吉和藏原惟人是太阳社和后期创造社成员所尊奉的理论家,其中,藏原惟人的文艺思想在中国影响甚广。针对当时日本无产阶级文学运动中出现的政治主义倾向，藏原惟人写了《到新写实主义之路》一文。该文发表于 1928 年 5 月号《战旗》（日本），旋即由林伯修译成中文，7 月发表在《太阳月刊》停刊号上。随后，藏原惟人的《再论新写实主义》《作为生活组织的艺术和无产阶级》《普罗列塔利亚艺术的内容与形式》等著作，以及小林多喜二直接在其理论指导下创作的《一九二八年三月十五日》《蟹工船》等作品相继被介绍到中国。由此，中国一些左翼批评家开始有意识地运用藏原惟人的写实主义理论来批评和指导文学创作。另外，冯乃超、李初梨、彭康、朱镜我等人回国前夕，正是日共福本和夫"左"倾路线的高峰时期，其强烈的政治斗争意识对这些中国留学生产生了重大影响。

（三）国内革命形势的骤变

1927 年，国内革命斗争形势的骤变是中国左翼文学思潮产生的历史契机。1927 年春夏，国民党蒋介石、汪精卫集团等相继叛变革命。他们在政治上彻底投靠帝国主义，残酷压迫人民，同时，执行残酷的"清党"政策，大肆杀戮共产党人和革命群众。严峻的阶级斗争和革命形势对文学艺术提出了迫切的要求。这时，一部分参加过第一次国内革命、重新回到文学岗位上的作家，如郭沫若、成仿吾等人，刚从日本回国参加文学活动的青年作家，如冯乃超、李初梨、彭康、朱镜我等人，以及一些原先从事实际政治工作的革命知识分子，如钱杏邨、洪灵菲、李一氓、阳翰笙诸人，相继集中于上海。从 1928 年 1 月起，经过整顿的创造社和由蒋光慈、钱杏邨等人重新组建的太阳社，在《创造月刊》《文化批判》《太阳月刊》等刊物上，开始了无产阶级革命文学运动的倡导，正式提出"革命文学"的口号，从而拉开了中国左翼文学思潮的序幕。郭沫若首先在 1928 年 1 月的《创造月刊》第 1 卷第 8 期上发表了《英雄树》（署名麦克昂）一文，宣告无产阶级人民大众的文学艺术将要取代资产阶级个人主义的文学艺术，文学将要实现历史性的转折而突飞猛进的发展。随之，成仿吾的《从文学革命到革命文学》、蒋光慈的《关于革命文学》、李初梨的《怎样地建设革命文学》等相继在《创造月刊》《太阳月刊》以及《文化批判》上发表，多方阐述有关无产阶级革命文学的基本主张。冯乃超、钱杏邨、华汉（阳翰笙）等人也分别撰文做了相关说明。倡导者还就革命作家的改造问题提出了意见，认为创造无产阶级革命文学的首要前提，在于革命作家确立无产阶级立场和世界观，即摒弃一切旧有的或非无产阶级的思想观念和价值体系。

倡导者对文艺创作技巧也给予了高度重视。关于作品所用的文字，多数倡导者主张作家应实行一定程度的转化，即通俗化。总之，为建设全新的革命文学和显示决绝的革命意向，倡导者认定作家应当具有与无产阶级革命意识相匹配的创作理念，“真正站在客观的具体的美学上”，唯其如此，“才能真正同旧文学根本对立，才能真正化为无产阶级文学”[①]。

二、左翼文学思潮在论争中的涌进

1928年“革命文学”口号的提出，标志着中国左翼文学思潮的正式开始。在“左翼十年”的发展阶段，左翼文学思潮大体可以划分为两个时期，即“革命文学”论争时期（1928—1929）和“左联”时期（1930—1936）。在此期间，推动左翼文学思潮不断向前发展的主要是文艺论争，即左翼内部的两次论争——“革命文学”论争、“两个口号”论争，和来自外部的异己文艺思想的论争——与“新月派”“民族主义文学”以及“自由人”“第三种人”的论争。

（一）“革命文学”论争

“革命文学”论争源于倡导者为标举“革命文学”的历史合法性地位而狂扫一切的决绝态度。倡导者主要为后期创造社、太阳社的若干成员。他们一致赋予文学崇高的社会使命与强大的政

① 克兴.小资产阶级文艺理论之谬误：评茅盾君底《从牯岭到东京》[J].创造月刊，1928(5).

治功能，认定文学是革命的武器，是政治宣传的工具。同时，由于受日共福本和夫“分离结合”的“左”倾路线的影响，后期创造社、太阳社成员在倡导无产阶级文学运动时，决意“挑起革命的‘印贴利更追亚’（知识分子）的责任”①，使“既成作家”“转换方向”②而力求中国文坛的面貌为之焕然一新。他们全盘否定五四新文学的传统，并将批判矛头直指鲁迅、茅盾、叶圣陶等五四时期业已成名的作家，从而遭到鲁迅、茅盾等人的驳斥与反击。由于双方观点的不同以及一定程度上的误解，引发了中国左翼文学阵营内部第一次大规模的、历时一年有余的文艺论争。论争于 1928 年全面展开，1929 年下半年基本结束，1930 年 3 月，中国左翼作家联盟成立，标志着双方在新的基础上的和解。

论争的焦点在于确定文学在当下的性质、任务以及艺术形式等问题。倡导者宣扬唯有表现鼓舞和推动革命斗争形势发展的“革命文学”才是真正的文学。在《文化批判》创刊号上发表的《艺术与社会生活》一文中，冯乃超对“中国混沌的艺术界的现象作了全面的批判”，鲁迅、叶圣陶、郁达夫等五四新文学代表作家均被施以全面的清算和挞伐。成仿吾在《从文学革命到革命文学》一文中，还将批判的矛头指向以周作人为代表的“语丝派”，指责“他们的标语是‘趣味’”，并将作家的写作风范与阶级立场相联系。李初梨的《怎样地建设革命文学》一文也猛力抨击如鲁迅那种“坐在华盖之下”抄“小说旧闻”“闲暇，闲暇，第三个闲暇”“以趣味为中心”有闲阶级的文艺作风。同样，杜荃（郭沫若）在《文艺战线上的封建余孽》一文中，攻击鲁迅连资产阶级的意识形态都未曾确实地把握，更不消说是根本不了解如辩证法、唯物论之类的无产阶级革命理论。

太阳社骨干钱杏邨在《死去了的阿 Q 时代》一文中全面抨击了鲁迅的文学创作（仅仅肯定其翻译的成就）。

面对后期创造社、太阳社成员们有关文艺观、思想观等的诸

① 成仿吾.从文学革命到革命文学[J].创造月刊，1928(9).

② 冯乃超.革命文学论争·鲁迅·左翼作家联盟[J].新文学史料，1986(3).

多挞伐，鲁迅展开了缜密而有序的回击。鲁迅当时发表的对于创造社“论而且战”的文章主要有五篇，即《“醉眼”中的朦胧》《我的态度气量和年纪》《文艺与革命（并冬芬来信）》、《路》及《文坛的掌故（和徐匀的通信）》。其后，有关“革命文学”的论断还散见于鲁迅的《上海文艺之一瞥》《文学的阶级性》等文章中。鲁迅驳斥对方观点主要从两个方面展开：其一，是就“革命文学”的社会基础、时代意义及其革命对象而论。鲁迅认为倡导者对于“革命文学”本身缺乏充分的认知。在《文艺与革命》一文中，鲁迅指出倡导者所谓的“革命文学”的“超时代”性在中国缺乏现实基础，在他看来，“超时代其实就是逃避”。继之，在《上海文艺之一瞥》一文中，鲁迅尖锐地指出“革命文学”倡导者未曾分析就轻易搬用别国做法的机械主义行为。其二，鲁迅结合文艺本身的特点阐述有关“革命文学”的建设问题。其实，鲁迅对于“革命文学”持基本肯定的态度。不过，在关涉“革命文学”的创作时，鲁迅在《文艺与革命（并冬芬来信）》一文中提出文艺应当恪守自身的艺术规律，即“革命之所以于口号，标语，布告，电报，教科书……之外，要用文艺者，就因为它是文艺”。换言之，建设“革命文学”不是盲目地应一时宣传之需，而是“当先求内容的充实和技巧的上达”。

如果说鲁迅主要从“革命文学”的社会基础、时代意义等方面驳斥对手，茅盾则着力于“革命文学”的艺术形式问题而予以回击。在《从牯岭到东京》一文中，茅盾论及国内文坛的情形时，首先指出“革命文艺”缺乏艺术性，以致于创作上陷入“标语口号文学”的困顿情景。其次，他认为“新文艺”若想拥有广泛的影响力，需将读者群从青年学生拓展至小资产阶级的市民，而语言形式方面也须予以改进，“不要太欧化，不要多用新术语，不要太多了象征色彩，不要从正面说教似的宣传新思想”。

时隔两个月，《创造月刊》上发表了克兴的《小资产阶级文艺理论之谬误：评茅盾君底〈从牯岭到东京〉》一文，直接与茅盾展开论战，在肯定其提出“许多现实的问题”的同时，认为其阶级意识存在“与普罗列塔利亚文学尖锐地对立”的严重思想倾向。

应该说，由于双方观点相左以及特定时期对“革命文学”理论认识上的不足，后期创造社、太阳社诸将和鲁迅、茅盾双方在论争中都曾出现一些偏颇行为。但是，这场论争在中国现代文学史上仍具有不可磨灭的历史功绩。在大革命失败而新的革命高潮尚未到来的历史转折时期，不少知识分子对革命前途产生了悲观失望的情绪，“革命文学”的倡导与论争及时地为人们指引了前进的方向，后来成为左翼文学重要作者的殷夫、叶紫等人，都曾从中得到教育和启示。

另外，由于“革命文学”的大力倡导与双方论争，马克思主义文艺思想以前所未有的规模在中国展开了宣扬与传播。从 1928 年开始，中国逐渐掀起译介马克思主义文艺理论的热潮。在左翼理论界的重视和努力下，1928 年底至 1929 年，陆续出版了《文艺理论小丛书》《科学的艺术论丛书》等书籍。1929 年前后，伴随着“革命文学”论争影响的扩大与深入，翻译与出版经典马克思主义理论书籍的热潮遍及全国。经典马克思主义的诸多重要著作，如马克思的《资本论》(第一卷)、恩格斯的《反杜林论》、《费尔巴哈与德国古典哲学的终结》(时译为《费尔巴哈论》)和《家族私有财产及国家之起源》(今译为《家庭、私有制和国家的起源》)，以及列宁的《国家与革命》、《帝国主义是资本主义的最高阶段》(时译为《资本主义最后阶段帝国主义论》)、《唯物论与经验批判论》等，都有了中译本。经过这场论争以及左翼理论界的积极推动，马克思主义文艺思想在中国得到了前所未有的翻译与介绍，在文艺界中获得了广泛的传播与认可，从而大大促进了中国马克思主义的发展，而这反过来又为左翼文学思潮提供了坚实的理论依据与科学指导。

(二)“左联”的成立

有关“革命文学”展开的激烈争论引起了国共双方的关注。1929 年 9 月，国民党召开“全国宣传会议”，提出以“三民主义的文艺政策”来消灭“革命文学”和“无产阶级文学”，达到一统文坛的目的。1929 年秋，中国共产党派人指示后期创造社、太阳社成员和鲁迅及其影响下的作家们联合起来，并以此为基础成立革命作家的统一组织。具体由创造社的冯乃超，与太阳社关系较好的沈端先(夏衍)，以及和鲁迅合编过马克思主义文艺理论丛书、较早与鲁迅有交往的冯雪峰等人筹备这一工作。经过充分酝酿，1930年2月16日，鲁迅、郑伯奇、蒋光慈、冯乃超、彭康、冯雪峰、沈端先、钱杏邨、柔石、洪灵菲、阳翰笙、戴平万等12人召开了“左联”筹备会，以“清算过去”和“确定目前运动底任务”为题进行讨论。1930年3月2日，中国左翼作家联盟(简称“左联”)在上海成立。由此，后期创造社、太阳社和鲁迅等人达成和解，在“同路人”角色认同的意识下联合起来，成员有鲁迅、冯雪峰、沈端先、冯乃超、柔石、李初梨、蒋光慈、田汉、郭沫若、郁达夫、钱杏邨、阳翰笙等五十余人。“左联”成立大会通过了“左联”的“理论纲领”和“行动纲领”。其中，“理论纲领”宣布：我们的艺术不能不呈献给“胜利不然就死”的血腥斗争。艺术如果以人类之悲喜哀乐为内容，我们的艺术不能不以无产阶级在这黑暗的阶级社会之“中世纪”里面所感觉的感情为内容。因此，我们的艺术是反封建阶级的，反资产阶级的，又反对“失掉社会地位”的小资产阶级的倾向。我们不能不援助而且从事无产阶级艺术的产生。大会决定同国际无产阶级文艺运动以及国内革命团体建立密切关系，成立马克思主义文艺理论研究会、国际文化研究会、文艺大众化研究会等机构。同年11月，第二次国际革命作家代表会议在乌克兰哈尔科夫召开，决定将革命文学国际局改名为“国际革命作家联盟”，“左联”被吸纳为“国际革命作家联盟”的成员，从此，“左联”直接与国际无产阶级文学运动建立了组织上的联系。大会还讨论了帮助新作家、培养工农作者、出版机关刊物等事项，为发展无产阶级革命文学运动做出了具体规划。沈端先、冯乃超、钱杏邨、鲁迅、田汉、郑伯奇、洪灵菲七人被推举为常务委员。稍后，茅盾、周起应(周扬)相继自日本回到国内，参加了“左联”的组织工作。鲁迅在“左联”成立会上发表了《对于左翼作家联盟的意见》的著名讲演。

为了扩大影响，“左联”成立后，陆续出版了《拓荒者》《萌芽月刊》《巴尔底山》《世界文化》《十字街头》《北斗》《文学月报》等刊物，还秘密发行《文学导报》(创刊号名《前哨》)、《文学》(半月刊)等杂志，改组或接办了《大众文艺》《现代小说》《文艺新闻》等期刊。至于由“左联”成员出面主持编辑、出版的刊物，为数更多。同时，在北平和日本东京两地设有分盟，在广州、天津、武汉、南京等地成立小组，广泛吸纳有志青年，革命队伍得以迅速壮大。

最为重要的是，“左联”成立之后大大密切了文艺与革命的关系。作为无产阶级领导的革命事业的一翼，它明确地宣布要同国民党反动派和帝国主义展开激烈而持久的斗争，使五四新文学的战斗传统得到了继承与发扬。

由于这一时期国内革命斗争形势的严峻性以及文艺工作发挥的巨大影响力，“左联”成立后，国民党反动派对左翼文艺运动展开了残酷的压制。但是，“左联”依然高举无产阶级革命文学的旗帜，顽强地开展各项活动并取得了卓越的成就。在中国共产党的领导下，“左联”不仅有效地抵制了国内外反动势力的进攻，还争取到了报馆、书店等机构中的大批进步人士，壮大了队伍并进一步扩大了左翼文化阵地。

1936 年春，为适应国内阶级关系和民族矛盾变化的新形势，遵从共产国际的指示，“左联”自动解散，另外成立抗日民族统一战线的文艺组织。“左联”的解散，从文学思潮的流变来说，从时代主潮来说，左翼文学思潮已被抗日的战争文学所代替。

(三)异己之战

中国左翼文学思潮的进行不仅需要口号的倡导、组织的建构，与各种各样的异己思想的论争也是其重要的组成部分。“革命文学”倡导之初，除了与鲁迅、茅盾等五四作家展开论争，还与来自外部的文艺思想，即“新月派”“民族主义文艺派”以及“自由人”“第三种人”展开针锋相对的论战。

首先与无产阶级革命文学运动展开论战的是“新月派”。作为文学社团，新月社 1923 年初创于北京，其主要成员有梁实秋、陈源、徐志摩等人。1928 年 3 月，正当“革命文学”倡导之际，胡适任董事长的新月社创办了《新月》月刊杂志，标志着“新月派”的正式形成。在由徐志摩执笔的发刊词《〈新月〉的态度》上，新月社以其标举的两大文学原则——“健康”和“尊严”，提出了对“革命文学”的批评。在他们看来，这是一个“荒歉的年头，收成的希望是枉然的。这又是个混乱的年头，一切价值的标准，是颠倒的”；文化园地里多的是“盘错的旁枝”“恣蔓的藤萝”，却不见“刚直的本干”“普盖的青荫”；文坛上全是一些“功利派”“攻击派”“偏激派”“主义派”等“不良分子”。如果说《〈新月〉的态度》仅仅是从文艺倡导的角度对无产阶级革命文学“混淆”思想的“危害性”提出批评，那么梁实秋的《文学与革命》《文学是有阶级性的吗？》《论鲁迅先生的硬译》等文章则从学理和意识形态方面抨击了无产阶级革命文学的历史合法性。

面对“新月派”对无产阶级革命文学的批评，革命文学的倡导者纷纷撰文予以严厉的驳斥。在《什么是“健康”与“尊严”：“新月的态度”底批评》一文中，彭康从社会学的角度对“新月派”的两大文艺原则“健康”与“尊严”提出质疑。他认为，“思想和文艺的发生，必须有一定的社会的根据，因为思想和文艺是客观的反映”，因此，如果没有“从社会的根据和阶级的意义去检讨”，那么，“所谓的健康与尊严这两个原则并不能为它的标准”。继之，冯乃超写了《冷静的头脑：评驳梁实秋的〈文学与革命〉》一文，依据马克思主义的阶级论驳斥了梁实秋的人性论以及文学没有阶级性的观点。不过，由于当时革命作家忙于内部的论争，这场论战没有进一步深入展开。1929 年秋，革命文学论争已经结束，革命作家日趋团结，转而意识到原先“过于不注意真正的敌人”的弱点，因此对“新月派”再度展开有力的回击。同年 9 月，梁实秋相继发表《文学是有阶级性的吗？》《论鲁迅先生的硬译》等文章，继续宣扬人性论的自由主义文艺观。这时，除了冯乃超等人全面反击梁实秋的人性论，指责梁实秋为“资本家的走狗”，鲁迅也与之展开正面论战，先后撰写了《新月社批评家的任务》《“硬译”与“文学的阶级性"》等文章。鲁迅娴熟地运用逻辑推理的方法，对梁实秋的文学无阶级性的观点逐一驳斥，有力地抨击了当时反动文人的丑恶行径，还有效地扩大了革命文艺的文化阵营，从而促进了中国左翼文学思潮的发展与深化。

继"新月派"之后，向无产阶级革命文学运动挑衅的是"民族主义文艺运动"。"民族主义文艺派"的主要成员有傅彦长、朱应鹏、黄震遐、范争波等人。1930 年 10 月 10 日，经重赏请人起草的《民族主义文艺运动宣言》(以下简称《宣言》)一文在《前锋月刊》上发表。《宣言》一开篇就惊呼中国文艺面临的深重危机，而要挽救这一局面的唯一出路"是在努力于新文艺演进进程中底中心意识底形成"，"发挥它所属的民族精神和意识"，以促进"新的文艺"和新的"民族国家"的发展。为了捍卫所谓"文艺的最高意义，就是民族主义"的观点，《宣言》以古埃及的金字塔人面兽到现代欧洲的表现主义等艺术流派为例，论证任何艺术都是所属民族意识的必然产物。继之，傅彦长在《以民族意识为中心的文艺运动》一文中，继续鼓吹确立"民族意识"对于文艺建设的重要性。为了揭露"民族主义文艺派"的反动面目，瞿秋白、茅盾、鲁迅等人先后撰文参加斗争。继瞿秋白在《屠夫文学》一文中揭露"民族主义文艺"的政治立场后，茅盾在《"民族主义文艺"的现形》一文中，从文艺理论的角度逐一剖析《宣言》中所列举的中外艺术流派的阶级性，指出"民族主义文艺派"所宣扬的"民族的意识"其实就是统治阶级的意识，其实质是"官办的，是国民党的白色文艺政策"①。针对"民族主义文艺派"对无产阶级革命文学的嘲讽，鲁迅着重以黄震遐"参加讨伐阎冯军事的实际描写"的小说《陇海线上》中的描写为例，生动地阐述了"中国的'民族主义文学家'根本上只同外国主子休戚相关"的走狗奴性。随着无产阶级革命形势的日益高涨，作为国民党反动派为配合其政治上的法西斯行为而指令文艺走卒剿灭无产阶级革命文学运动的文艺手段，1931 年底，"民族主

① 石萌."民族主义文艺"的现形[J].前哨(《文学导报》),1931(4).

义文艺运动”在众人的声讨中偃旗息鼓。

与自由主义文艺观的论争是中国左翼文学思潮的重要组成部分。“新月派”与“自由人”“第三种人”均宣扬自由主义文艺思想，无产阶级革命文学与之的两场论争有些不同。与“新月派”的论争主要是文学的阶级论与人性论的分歧，与“自由人”“第三种人”的论争则围绕文艺的创作自由而展开。这场论争始于 1931 年末，终于 1932 年底，历时一年，是整个“左联”时期规模最大、历时最久的一次文艺论战。胡秋原以“马克思主义文艺理论之拥护”和“钱杏邨理论之清算”为名义挑起这场论辩。1931 年底，胡秋原参与编辑的刊物《文化评论》创刊号的社评《真理之檄》宣称：“文化界之混沌与乌烟瘴气，再也没有如今日之甚了。”同时，胡秋原以“自由人”为名，发表《阿狗文艺论》一文，在挞伐“民族主义文艺”是“法西斯的文艺”的同时，指责无产阶级革命文学“将艺术堕落到一种政治的留声机，那是艺术的叛徒，艺术家虽然不是神圣，然而以不三不四的理论，来强奸文学，是对于艺术尊严不可恕的冒渎”。接着，他又写了《勿侵略文艺》一文，主张艺术只能表现生活，不能对生活发生任何作用，矛头直指无产阶级革命文学。不久，苏汶有感于胡秋原与左翼人士各执“马克思主义文艺理论”一端的论辩，发表《“第三种人”的出路》《论文学上的干涉主义》等文章加入论争。苏汶以作者身份的“第三种人”自居，认为文学应当脱离政治而自由。对此，“左联”作家纷纷撰文反击对方的观点。1932 年，瞿秋白陆续发表了《“自由人”的文化运动》《文艺的自由和文学家的不自由》等文章，驳斥胡秋原和苏汶的自由主义文艺观。有关“钱杏邨理论之清算”问题，瞿秋白认为其中确实存在着唯心论等错误，但同时指出胡秋原文艺批评之谬误。他认为胡秋原的理论是一种“虚伪的客观主义”，因为依据马克思主义阶级论原理，“在阶级社会中不可能有独立于阶级利害之外的‘文艺自由’”。同样，针对苏汶，瞿秋白也指出只有无产阶级才能建立“真正科学的文艺理论”，无产阶级在革命斗争中，需要用文艺帮助革命，“不但要普通的煽动，而且要文艺的煽动”。与此同时，周扬也发表《到底是谁不要真理，不要文艺?》一文，痛斥苏汶所谓马克思列宁主义者是对马克思主义的“极其恶毒的歪曲”。鲁迅的笔锋主要指向苏汶，在《论“第三种人”》一文中，他剖析“第三种人”所谓慑于“未来的恐怖”而搁笔的原因在于“心造的幻影”。在《又论“第三种人”》一文中，鲁迅以人体有胖有瘦为喻，形象地描述在现实的革命斗争情景下，文艺界也绝不会有“不胖不瘦”的“第三种人”的存在。随着双方对相关问题阐释的深化，左翼人士与苏汶等“第三种人”的论争逐渐缓和。在《“第三种人”的出路》一文中，苏汶在确认文学阶级性的基本立场的基础上，对左翼“认友为敌”“拒人于千里之外的态度”深表不满。同时，左翼文坛开始认真总结自己的文艺路线及其实施方针，对苏汶及其所持的“第三种人”文艺观的态度也渐有改变，从而提升了自身有关无产阶级革命文学的理论认识。

除了与“新月派”、“民族主义文艺运动”的斗争以及与“自由人”“第三种人”的论争，左翼文坛还与“论语派”的帮闲文学等展开了论辩。文艺是否应当为革命、为政治服务始终是这些论争的焦点所在。从这个意义上看，这些论争的实质是无产阶级和资产阶级争夺文艺运动领导权的斗争，而这关乎中国文艺运动发展的方向问题。毋庸置疑，经过多次文艺论争的辨析与阐述，左翼文坛有力地回击了各方文艺人士的异己之见；同时，在相当程度上提高和加强了自身的革命理论素养，为以后中国左翼文学思潮的发展奠定了坚实的思想基础。

另外，左翼文学阵营内部还展开过关于文艺大众化等问题的讨论，限于篇幅，这里不再展开。

第二节　左翼诗歌的创作

在“左联”的领导下，左翼诗歌运动有了很大发展。许多革命诗人如殷夫、柔石、胡也频、冯铿、应修人等人在白色恐怖中用鲜血写下了大量优秀作品。蒋光慈的诗和小说最集中地体现了早期革命文学创作的基本特征。左翼诗歌社团不断涌现:普罗诗社成立于1930年4月,中国诗歌会成立于1932年9月。其中,中国诗歌会是在“左联”领导下的一个群众性诗歌团体,成立于上海,发起人有穆木天、蒲风、杨骚、任钧等人。该社团主张诗歌创作要抓住现实、歌唱反帝抗日的民众的高涨情绪;提出“诗歌大众化”的口号,并在《新诗歌》上刊出“歌谣专号”倡导诗歌大众化。中国诗歌会的创作直接承继了蒋光慈和殷夫等前驱无产阶级诗歌的传统,创作最活跃、最有影响力和代表性的是蒲风。以下就蒋光慈、殷夫、蒲风的左翼诗歌创作进行分析。

一、蒋光慈的左翼诗歌创作

蒋光慈(1901—1931),原名蒋如恒,自号侠生(或侠僧),出身于安徽霍邱县一个小商人家庭。1920年加入上海社会主义青年团。1921年进入莫斯科东方共产主义劳动大学中国班学习。1922年转为中国共产党党员。1924年回国后,他一面积极从事实际革命工作,一面热情倡导无产阶级革命文学。随后,他又发起组织了革命文学社团太阳社,先后主编了《太阳月刊》《新流月刊》《拓荒者》等主张左翼革命文学的刊物,积极推进无产阶级革命文学运动的发展。1930年被选为“左联”常务委员会候补委员。1931年病逝于上海。

五四时期,蒋光慈是芜湖学生运动的风云人物,开始以“蒋光赤”的笔名发表作品。蒋光慈以诗歌为文学创作起步,1925年出版了第一部诗集《新梦》,他以“东亚革命的歌者”自命,是我国早期革命文学的“开山祖”。《新梦》是中国现代文学史上最早歌颂苏联十月革命和社会主义新生活的诗集。该诗集收新诗42首,分为《红笑》(包括《红笑》《十月革命纪念》《梦中的疑境》《太平洋中的恶象》等9首)、《新梦》(包括《新梦》《西来意》等6首)、《我的心灵》(包括《自题小照》《钢刀与肉头》《一个从红军退伍归农的士兵》等 7 首)、《昨夜梦里入天国》(包括《中国劳动歌》《昨夜梦里入天国》《莫斯科吟》《哭列宁》等 8 首)、《劳动的武士》(包括《临列宁墓》《十月革命的婴儿》《怀拜伦》等 12 首)五部分。诗人歌颂列宁,称列宁送给人类不可忘的礼物,列宁的遗产将与日月同明;列宁葬在全世界资产阶级的欢笑里,更葬在全世界无产阶级的哀悼里:“死的是列宁的肉体,/活的是列宁的主义!”(《哭列宁》)对十月革命,对新生的苏维埃国家,对苏联儿童和普通的劳动者,诗人也由衷地唱出赞歌:“莫斯科的雪花白,/莫斯科的旗帜红;/旗帜如鲜艳浓醉的朝霞,/雪花把莫斯科装成为水晶宫”;由此证明,“人类已经探得了光明的路口”,正穿上鲜艳的红色衣襟,“后面燃烧着过去的残物,/前面照耀着将来的新途径”(《莫斯科吟》)。诗人驰骋想象,看到光明,也看到黑暗。他没有忘记祖国正受到帝国主义的欺凌和宰割,人民正在受难;他号召民众站起来,拿起武器,自己解放自己。“十九世纪的你,/二十世纪的我”(《怀拜伦》),诗人以拜伦自况,诗篇洋溢着浪漫主义的激情。

蒋光慈另有诗集《哀中国》《哭诉》《战鼓》等。其中,收入《哀中国》中的《哀中国》一诗写于 1924 年至 1926 年,是作者从苏联回国后,目击中国黑暗的现实发出的悲愤呼喊。激越的愤慨、庄严的召唤和深沉的悲叹三者交织在一起,其悲怆的音调和批判的力度显示了诗人风格的成熟:

> 我的悲哀的中国!
> 我的悲哀的中国!
> 你怀拥着无限美丽的天然,
> 你的形象如何浩大而磅礴!
> 你身上排列着许多蜿蜒的江河,
> 你身上耸峙着许多郁秀的山岳。
> 但是现在啊,
> 江河只流着很呜咽的悲音,
> 山岳的颜色更惨淡而寥落!

……

寒风凛冽啊，吹我衣；
黄花低头啊，暗无语；
我今枉为一诗人，
不能保国当愧死！
拜伦曾为希腊羞，
我今更为中国泣。
哎哟！我的悲哀的中国啊！
我不相信你永沉沦于浩劫，
我不相信你无重兴之一日。

全诗六节，灵活自如地运用了大量的叠句、对句和排比句，加上每节句数相等的排列格式，一节一韵的声响，这就使得全诗格外具备了一种澎湃激荡的声势，较好地表现了诗人痛苦忧愤的情感。一条主体抒情的线索贯穿全诗各节。在诗的各节都有诗人站出来直接抒情的句子：第一节，诗人用了"我的悲哀……"这样的叠句直呼心中的哀叹。第二、三节，诗人在两节的后三句抒发了他对中国人"颓唐"的不满和对现状的"心头寒"。第四节，在揭示亡国之忧后，表明自己要"唤醒同胞的迷梦"，洗他们的"懒骨"的愿望。第五、六节，诗人发出了"为中华民族三叹息"。《哀中国》既有对"你"——祖国的描述，又有"我"——诗人的直接抒发。

诗集《哀中国》相比《新梦》来说，在革命浪漫主义气息中融入了更为鲜明的革命现实主义因素，也更具有现实的反抗精神。总的来说，蒋光慈的诗激越昂扬，体现着中国现代抒情诗从思想内容到表现形式的新突破。

二、殷夫的左翼诗歌创作

殷夫(1909—1931)，原名徐柏庭，笔名白莽、徐白、洛夫等，浙江象山人。他11岁在象山小学读书时就开始写诗。1927年到1929年间因参加革命活动三次被捕。1929年以后专门从事共青团的工作，在革命斗争中坚持文学创作和翻译工作，编辑了《列宁青年》和《摩登青年》等刊物。他的许多政治抒情诗发表在《奔流》杂志上，政治鼓动诗则发表在《列宁青年》上。他1930年春加入“左联”，在“左联”刊物上发表诗歌、小说和随笔。1931年2月7日被国民党上海警备司令部秘密枪杀。他的著作有诗集《孩儿塔》《我们的诗》《伏尔加的黑浪》《一百零七个》和戏剧集《小母亲》等。

殷夫早期的诗大都收在《孩儿塔》里。《放脚时代的足印》以清新的笔调表现了对人生道路的最初探索和对真挚爱情的由衷赞美。他在狱中完成的叙事长诗《在死神未到之前》表现了诗人在敌人残酷迫害下无畏的革命气概和献身精神。1927年秋，诗人进入上海同济大学预科德文补习科学习，他在这期间的诗作大都是歌颂爱情和故乡的，情调比较感伤，其中也有对丑恶现实不满和对革命向往的诗篇。后来，诗人又几经入狱、出狱的折磨，诗作大部分是低沉彷徨的。《孩儿塔》诗集里有众多的艺术形象，如“孤立摇曳放着清香”的野花、泥泞道路上“低头一步一步走去”的困骡都给人留下了深刻的印象。

殷夫后期的诗多是政治鼓动诗。这些诗直接歌唱革命，充满了革命斗争激情和无畏的献身精神，《血字》是诗人纪念“五卅”惨案四周年写的第一组政治抒情诗，包括《血字》《意识的旋律》《别了，哥哥》等。这些诗歌颂了中国共产党领导下的革命斗争，鞭挞黑暗，礼赞光明，充满了革命必胜的信心。《血字》是一首政治抒情诗。诗人通过对“五卅”这个具有伟大历史意义的节日的歌颂，鼓动起人们复仇的火焰和摧毁旧世界的决心。作为政治抒情诗，殷夫一改以往诗人标语口号式的空洞叫喊，而用形象化的诗句鼓动人民奋起抗争。诗的前三节都是以“血液写成的大字”领起，提请人民的注意：这血字中有千万声高呼和心灵的暴怒，还有叛徒的狞笑，人民的血是不该白流的。诗人首先站出来要做“历史的长子""海燕"和"时代的尖刺",以自身的转变,显示了无产阶级在斗争中不断发展壮大的历史趋势,鼓动人们投入到这一伟大行列中去摧毁旧世界。整个诗篇气势汹涌、壮怀激烈,充分显示了殷夫政治鼓动诗的主要特点。

殷夫在其鼓动诗里大量运用排比,如"我们的意志如烟囱般高挺,我们的团结如皮带般坚韧"(《我们》),"我们是时代的儿子,我们是斗争的兄弟"(《我们是青年的布尔塞维克》),排比的运用使诗歌节奏铿锵,气氛热烈,增强了鼓舞的力量。

殷夫的政治鼓动诗在思想内容上显然是受益于郭沫若和普罗诗派的影响,但他在艺术上的成就是开拓性的,使现代革命诗歌创作有了新的发展。殷夫后期的诗情绪乐观豪迈,描写、排比、比喻等表现手法以及形象化语言显示出他鲜明的艺术个性和艺术创造精神,较前期影响更大。

三、蒲风的左翼诗歌创作

蒲风(1911—1942),原名黄日华,广东梅县人。1926 年进入梅县学艺中学读书,开始参加革命活动,1928 年秋去印尼从事革命宣传活动。1930 年考入中国公学大学部文史系。1932 年加入中国左翼作家联盟,同年秋发起组建中国诗歌会。1934 年赴日本参加"左联"东京分盟的活动,1936 年回国后积极参加全国各地的诗歌运动,编辑出版了《厦门诗歌》《广州诗歌》等刊物。1938 年加入中国共产党。1940 年 8 月,蒲风与爱人谢培贞前往抗日民主根据地战地文化部,随新四军转战华东各地,积劳成疾而去世。

蒲风毕生都在都在从事新诗运动,提倡诗歌大众化和诗歌朗诵,号召诗人捉住现实,反帝抗日。他的著作有诗集《茫茫夜》《生活》《钢铁的歌唱》《摇篮歌》《抗战三部曲》《黑陋的角落里》,叙事长诗《六月流火》等。另外,还有诗论集《抗战诗歌讲话》《现代中国诗坛》等。

《茫茫夜》是蒲风的代表诗集,收入 25 首诗,大部分取材于农村的生活和斗争。其中,《茫茫夜》一诗以母子对话的形式揭示了农村苦难的根源,塑造了为人民解放而斗争的战士形象。《农夫阿三》写了阿三在逃命路上的心理活动,反映了黑暗压迫下农民的觉醒和反抗。《六月流火》也是蒲风最有影响的诗歌之一,长诗由 24 节组成,是中国长篇叙事诗的首创之作。它有"前奏""尾声",还有对唱和合唱。这首诗展示了国民党在"攘外必先安内,安内首在剿匪"的反动方针的叫嚣下毁田筑路和农民觉醒反抗的历史画卷。该诗着重塑造了青年农民王挺三的英雄形象,通过他表现了农民奋不顾身与敌人开展武装斗争的革命精神,字里行间燃烧着愤怒的火焰,有强烈的抒情色彩。

蒲风的诗多半及时反映重大的事件,描写大规模的群众斗争场面和斗争情绪,情调高昂,气势盛大。由于蒲风终生倡导诗歌大众化,所以,他在诗歌创作中也自觉实践自己的诗歌理论,其诗大多具有语言质朴、格调清新的特点。

第三节 左翼小说的创作

左翼小说是在大革命失败后至七七事变前夕适应无产阶级领导的历史需要而发展起来的一种新兴小说,它以马克思主义的文学理论为指针,站在反映无产阶级的阶级利益和情感立场上,既承嗣了五四文学反帝反封建的传统,又以极大的热情关注着世界范围的"红色的 30 年代",肩负起再塑民族灵魂的使命,把"人的解放"的历史要求提升到"阶级解放"的高度。以"左联"为核心,左翼小说不仅拥有茅盾、丁玲、蒋光慈、柔石等较早开始创作的重要作家,而且经鲁迅、茅盾等文学巨匠的热情扶植,培养了张天翼、沙汀、艾芜、叶紫、吴组缃、魏金枝、蒋牧良、周文、罗淑、萧红、萧军等一批生机勃勃的左翼文学新人。下面重点介绍的是蒋光慈、丁玲、张天翼的左翼小说创作。

一、蒋光慈的左翼小说创作

蒋光慈在早期倡导和实践无产阶级革命文学，写作最早、用力最勤、影响较大，并能体现早期革命文学创作的基本特征，所以，他又是左翼小说准备期间的主要创作代表。

1925年以后，蒋光慈开始小说创作，在20年代里主要著有小说《少年飘泊者》《鸭绿江上》《短裤党》《野祭》《菊芬》《最后的微笑》《丽莎的哀怨》，其中，中篇《少年漂泊者》《短裤党》和短篇《鸭绿江上》构成了蒋光慈小说创作的“光赤时代”。大革命失败后，创作的中篇《野祭》《菊芬》和长篇《最后的微笑》标志着蒋光慈由“粗暴的叫喊”转向“革命＋恋爱”的题材和主题的开掘，创作方向发生了转换。30年代著有中篇小说《冲出云围的月亮》和长篇小说《田野的风》。蒋光慈开创了“中国革命小说派”，倡导无产阶级文学，并为革命派小说的深入发展做出了多方面的探索。

应该说，1930年11月发表描述贫苦农民开展斗争的《田野的风》是蒋光慈小说创作中最成熟的一部优秀之作。这部小说从广阔的大革命背景上，较为完整地再现了广大农村剧烈的阶级矛盾和斗争，反映了中国共产党领导下早期农民武装运动的风暴。故事中的革命工人张进德和革命知识分子李杰回到家乡，散播了反抗的火种，受苦人的心里开始明白，土地咆哮了。他们组织农会，动摇了地主豪绅的权威。不久，“马日事变”的消息从省城传来，逃出村庄的地主跟随反动武装回乡，企图解除农会，使旧的枷锁重新架在农民的脖子上，但觉醒的农民在张进德等人的领导下，进行了武装反抗，最后冲出包围，奔向革命力量比较强大的金刚山。小说的成功之处首先体现在对工人张进德和革命知识分子李杰形象的刻画上。青年矿工张进德既能坚定地领导农民与土豪劣绅做斗争，又冷静稳健地照顾到农民长期形成的风俗习惯和文化心理；当农民武装突遭包围时，又能适时地率领他们奔向金刚山，表现了他当机立断的果敢性格及把握全局的宽阔视野。李杰是地主阶级的叛逆者，由于跟农民姑娘兰姑恋爱受家庭阻挠，愤而出走，参加革命。他眼光敏锐，有着较高的理论修养，看到改造农村的“问题不在于将作恶的父亲杀死，而是在于促起农民自身的觉悟”。李杰出身于剥削阶级家庭，这成为他沉重的负累，作者把这样一个人物置于时代的大潮下，让他开展同地主包括自己父亲的斗争，处理与张进德的关系及复杂的爱情纠葛，描绘他思想内部展开的家庭伦理、血亲观念与革命意识的冲突，在斗争和各种错综的关系中揭示他的复杂情感及思想矛盾。最后，李杰在现实的革命斗争中不断完善自身，终于成长为一个坚强的革命者。

《田野的风》达到了思想与艺术较好的统一，既是作者创作中的一个小突破，又是整个革命现实主义小说发展的一个重要契机。蒋光慈以高昂的革命激情与不断探索的艺术精神，创造出“力”与“美”结合得较圆熟的作品，鼓动了民众，顺应了时代潮流，是激情叙述下的革命言说。

二、丁玲的左翼小说创作

丁玲(1904—1986)，原名蒋伟，字冰之，笔名彬之、蒋玮、彬芷等，湖南临澧人。1921 年到上海，入陈独秀、李达等人创办的平民女校，后又转入上海大学中国文学系。1927 年开始创作小说。1930 年加入“左联”，主编机关刊物《北斗》。1932 年入党，1933 年被捕，在南京幽囚三年。1936 年经营救出狱赴陕北。20 世纪 50 年代初曾任作家协会副主席等职，主编《人民文学》《文艺报》。1979 年复出文坛，热情培养青年作家，直到逝世。

1927 年，丁玲开始创作小说，在《小说月报》上陆续发表了《梦珂》《莎菲女士的日记》《阿毛姑娘》等作品，引起文坛注目，此后，创作便一发不可收。她的早期的小说主要收入《在黑暗中》《自杀日记》《一个女人》等三个集子中。30 年代前期的作品有短篇小说集《一个人的诞生》《水》和《夜会》，中篇《一九三〇年春上海》，及长篇《韦护》和《母亲》等。

“左联”时期，丁玲发表的长篇小说《韦护》标志其思想的转变——从个性主义向社会革命的转变。小说写革命者韦护与小资产阶级女性丽嘉的恋爱与冲突，韦护沉溺于温柔的爱情而荒疏了工作，后在革命者的“帮助”下，他意识到再也不能“永远睡在爱情的怀中讴歌一世”，遂离开丽嘉，到革命中心广州去了。韦护走后，丽嘉虽感到幻灭的痛苦，但在时代浪潮冲击下，也幡然醒悟，决心“好好做点事业”。《韦护》描绘了革命者韦护的性格和心态，生活气息比较浓郁，表现了丁玲独特的观察与发现：出身于中国士大夫家庭的觉醒了的新知识分子，一面为时代潮流所推动，成为新兴无产阶级运动的先驱，一面却在灵魂深处保留着充满浓重士大夫气息的“旧我”的一角。作品通过作者独特观察，捕捉出过渡性历史人物的特殊矛盾，作品深刻的认识价值就在于此。

随着左翼文学运动的深入，丁玲创作题材逐步扩大，小说的主人公也开始从知识分子转移到贫苦农民身上。《水》的出现，在选材和主题的开拓上具有“转向”的意义。小说以 1931 年震动全国的十六省大水灾为背景，反映了湖南地区农民在空前的天灾面前，更加认清阶级矛盾、思想迅速变化的现实，暗示残酷的阶级剥削和阶级压迫实际上乃是比汹涌的洪水更大的祸患。这篇小说以主题的战斗性和题材的现实性，受到读者的好评，产生过较大的社会影响。可以说，《水》突破了作者过去惯写的表现知识分子个人反抗和苦闷的题材，也终结了流行文坛的“革命＋恋爱”模式，直接表现广大农民的苦难和觉醒，描写苦难者被迫而起的集体行动，以进步的阶级意识书写重大现实题材，给左翼文坛吹来了新风。《母亲》则体现了封建大家庭的崩溃没落以及第一代新女性的坎坷路程，标志着丁玲创作向着描写革命、塑造革命者形象跨出了重要的一步。沿着《水》开创的道路，丁玲写了《消息》《法网》《奔》等，反映了 30 年代初的社会面貌。其中，《消息》刻画了一群工人家属盼望革命队伍胜利的迫切心情：“要他们早些来！”《奔》通过几个农民在农村无以为生、到城市又找不到工作的遭遇，从侧面反映出城乡经济面临崩溃的严重局面，烘托出革命形势的高涨。艺术上也有新的进步。此外，写于1931年的《田家冲》，虽然在主题安排上还存在一些缺点，但通过复杂的生活，塑造了几个富有性格的人物，像幺妹、大哥和三小姐都写得生动活跃，有血有肉，连着墨不多的姐姐和小哥也各有特点。小说对当时那种一个阶级一个典型的作风，实际上是有力的否定与冲击。

三、张天翼的左翼小说创作

张天翼（1906—1985），学名张元定，字汉弟，号一之，笔名张无净、铁池翰等。出生于南京，祖籍湖南省湘乡县东山乡双泉村，在杭州读完小学和初中，1925年秋到北京，次年考入北京大学。1927年加入中国共产党，1929年正式开始职业写作生涯，1931年加入"左联"。七七事变后，一直在长沙等地从事抗日救亡工作和文艺活动。20世纪50年代历任中央文学讲习所副主任、中国文联委员、中国作协书记处书记、《人民文学》主编等职。1985年病逝。

1929年，张天翼在鲁迅、郁达夫主编的《奔流》第1卷第10号上发表短篇《三天半的梦》，由此步入文坛。1931年，张天翼加入"左联"，以大量的创作显示了左翼文学的实绩。从1929年到1938年的十年间，创作了近百篇短篇小说，其中，30年代发表的短篇小说集有《从空虚到充实》《小彼得》《蜜蜂》《反攻》《移行》《团圆》《万仞约》《追》《春风》《同乡们》，还发表了著名短篇小说《脊背与奶子》《华威先生》，长篇小说有《鬼土日记》《齿轮》《一年》《洋奇侠》《在城市里》，中篇小说有《清明时节》《奇怪的地方》。

在张天翼笔下，阶级压迫和阶级斗争得到了正面的反映，向读者展现出一幅幅封建地主阶级残害农民的血淋淋的图画。例如，中篇小说《清明时节》通过对两个地主内部斗争而最后以手下人（三个士兵）为牺牲品，复又言归于好这一事件的描写，进一步揭示了封建势力凶残毒辣的本相。故事波澜起伏，不枝不蔓。地主谢老师受辱后愤不欲生，继而出于利用的目的向三个士兵卑躬屈节、竭力讨好，终于出卖他们。这种种卑鄙无耻的行径在作品中得到了淋漓尽致的描画。写另一个地主罗二爷的笔墨虽然不多，但也突出地展示了他阴险专横的恶霸面貌。而对于来自农村、误入地主圈套的三个士兵，作者则又满含同情地渲染了他们忠厚憨直的性格。

发表于1938年的《华威先生》是一篇讽刺佳作，小说集道德喜剧、性格喜剧、风俗喜剧、意识喜剧于一身，通过对华威先生这个混迹于抗战文化阵营中的国民党小官僚形象的刻画，揭露了民族矛盾掩盖下的阶级矛盾，敏锐而及时地曝光了统一战线内部争夺领导权的严重斗争。华威先生为抗战工作“忙”个不停，他总是以热心抗战的面目出现在各种会议和组织中，每天坐着黄包车穿梭于城市，忙于开会，凡会必到，到会必讲，每次讲话总是强调一点，抗战“要认定一个领导中心”，常以谦逊的口气蛮横地打断别人的发言，开会总是迟到早退，来去匆匆。在对华威先生的细节描写上，多次出现了具有标志性的修饰词语：“挟着公文包”“划洋火”“抽雪茄”“翘兰花指”等。华威先生对他周围不同的人使用不同的称呼，对文中的“我”，华威先生很谦恭，不让叫先生，让称“威弟”或“阿威”。通过这些典型细节的描写，活脱脱地勾画出一个颐指气使、虚伪透顶、权力欲极强的文化官僚形象。

华威先生可以说是作家对那个时代的新官僚进行高度概括性的人物，对于这样一个虚伪做作、自命不凡、夸夸其谈、软弱无能、骄横跋扈、庸俗卑劣的国民党官僚，作者剥去了他身上“抗日”的外衣，露出了内在的本质。通过对现实的敏锐观察和冷静分析，有力地抨击了国民党反动派破坏抗日民族统一战线，限制、防范、敌视人民群众抗日活动的罪行。小说以漫画式的夸张手法和轻快、谐谑的讽刺笔调去揭示华美外衣下的愚蠢和可笑，用笑声揭穿社会的虚伪和丑恶，在笑声中让人警醒，让人深思。

张天翼小说的讽刺艺术，于嘲讽中露出锋芒，挞伐中透射沉思，体现了独特的简捷明快、冷峭夸张、幽默泼辣的讽刺风格。首先，通过速写性很强的富有戏剧张力的片断构思讽刺典型，淡化故事情节，突出对人物喜剧性格的集中刻画。《华威先生》截取主人公在亲戚面前以诉苦方式炫耀权力、坐在黄包车上耀武扬威地飞奔、三次赴会和为两次会议居然没请他而发火等戏剧性生活片断，使华威先生虚伪骄妄、浅薄庸俗又色厉内荏的性格得以集中呈现，情节单纯明快。

第四节　左翼戏剧的创作

从革命文学论争开始到“左联”解散为止的几年里，左翼戏剧创作成绩相当突出，形成了一支相当强大的左翼戏剧家队伍，其中不仅包括田汉、洪深等话剧界的先驱，也包括新出现的左翼戏剧的新秀，如夏衍、于伶、宋之的、陈白尘、白薇、左明、楼适夷、冯乃超等人。他们自觉地以戏剧为武器从事革命活动，写下了大量戏剧作品，其中的一些作品曾广为演出，产生了很大影响。整个20世纪30年代，从演出的活跃程度来看，左翼戏剧占领了当时的剧坛，几乎成了唯一的戏剧运动。左翼剧运时期出现的社会写实剧同五四时期的社会问题剧有了明显的区别，这主要表现在处理题材的方法和对社会问题的态度上。五四时期的问题剧是“只问病源，不开药方”，此时的左翼社会写实剧，不仅写出病象，而且开出“药方”，鲜明地提出了反抗斗争的革命出路。许多剧本还写出了革命发展的方向，预示未来的胜利。以下重点介绍一下洪深、夏衍、陈白尘的左翼戏剧创作。

一、洪深的左翼戏剧创作

洪深（1894—1955），学名洪达，号浅哉，江苏武进人。曾先后就读于美国俄亥俄州立大学和哈佛大学，获戏剧学硕士学位，是从中国到国外专攻戏剧的“破天荒第一人”。1922年回国后，他即投身戏剧活动，是我国现代戏剧事业的拓荒者之一。洪深一生共创作、改编、翻译了三十多部话剧剧本。早在20世纪20年代初，就以九幕剧《赵阎王》驰名剧坛。30年代初，洪深开始倾向革命，积极投身左翼戏剧运动，他在原来撰写社会问题剧的基础上，自觉地加进了政治宣传的内容。当左翼戏剧提倡表现工农民众生活、强调揭示尖锐的阶级矛盾时，洪深的审美视野扩大了，他把艺术笔触伸向了具有重大社会意义的题材。“农村三部曲”就是他20世纪30年代最负盛名的剧作，同时也是他一生中最重要的代表作。

“农村三部曲”包括独幕剧《五奎桥》、三幕剧《香稻米》和四幕剧《青龙潭》三部剧作。这三部剧作以作者熟悉的江南农村为背景，展示了20世纪二三十年代中国农村社会经济凋敝的现实和农民的苦难遭遇，以及他们从苦难中逐步觉醒，向封建势力、帝国主义势力进行自发斗争的历史画卷。这些剧作是五四运动以来现代话剧中第一次较全面地反映农民的苦难和斗争的作品，是左翼戏剧的重要收获，因而在中国现代戏剧史上占有一定的位置。

“农村三部曲”以《五奎桥》最为成功。它写的是一场农民同地主的斗争，也是一场科学与迷信的斗争。五奎桥本是地主周乡绅家的先人“状元公”所造的一座私桥，他家曾有“三代五进士”的“盛事”，因而桥名“五奎”。对周乡绅来说，此桥“一以纪念盛事，二以保全风水”，是其全家命脉之所系，也是其地主阶级的特殊利益和威权的象征。而对于广大农民来说，它是周家世世代代欺压农民的象征，是迷信、愚昧和封建势力的象征。故当江南久旱，农民抗旱保苗要拆除这座桥时，一场围绕拆桥和保桥的激烈斗争就不可避免。农民们不畏强暴，冲破官吏“六法”的威压，终于拆毁了五奎桥，取得了反封建斗争的胜利。该剧不仅写出了农民的痛苦生活和乡绅的狡诈阴险，揭示了当时农村中严重存在的阶级压迫和封建旧习等社会问题，而且通过这场拆桥和保桥的斗争，反映了地主与农民之间的尖锐对立和冲突，揭露了封建势力与反动政权勾结为一体的反动实质，歌颂了农民的正义反抗，表现出觉醒了的农民的不可抗拒的力量。

《香稻米》描写自耕农黄二官一家"丰收成灾"的意外遭遇，通过对其破产经过的揭示，正确指出了当时"丰收成灾"的社会原因：帝国主义的经济侵略，洋米洋货对市场的冲击，反动政权的苛捐杂税，资产阶级和帝国主义走狗的欺压剥削。剧中还穿插了其他佃农的生活片断：有的被关押毒打，有的被迫投水丧命，由之从更广、更深的层面上揭示了旧社会农民的命运。

《青龙潭》描写以庄炳元一家为代表的庄家村农民，在严重天灾的困扰下，思想混乱，各行其是。为了求生，他们骚动、挣扎，寻找出路，但最后跪倒在青龙潭龙王菩萨座下求雨。作者真实地表现了农民愚昧、迷信的精神状态与骚乱动荡的思想情绪，并借剧中人李全生之口否定了农民的种种愚昧、迷信行为，指出只要"有决心，有信心，总会寻出道路的！"同前期作品相比，洪深不再停留在一般的同情人民的苦难上，而是在真实地再现农村经济破产的历史风貌的同时，表现了农民自发的反抗和斗争，并以艺术形象暗示出一条光明之路。

二、夏衍的左翼戏剧创作

夏衍的戏剧创作开始于1935年，主要集中在抗日战争时期。七七事变以前，夏衍创作的多幕剧有《赛金花》《自由魂》(即《秋瑾传》)、《上海屋檐下》等。1937年七七事变后，夏衍忙于抗敌宣传工作的同时，也积极投入创作，其间创作的多幕剧有《一年间》《水乡吟》《法西斯细菌》《芳草天涯》等。这里重点介绍一下左翼话剧创作中的杰作《上海屋檐下》。该剧描写1937年梅雨季节，上海一座普通的石库门房屋内的客堂、灶披间、亭子间、后间、前楼住着的五家人。灶披间里的小学教师赵振宇，是个乐天派，但他内心还时时关心着时局；他的颇有点市民俗气的妻子，对艰辛的日子则牢骚满腹。亭子间里失业的洋行职员黄家楣，这个当年的高才生正挣扎在疾病和饥饿线上；从农村来的父亲原以为儿子在外发了财，但发现儿子在典当衣物，老人家不愿连累他，便提前回乡去。前楼的施小宝被流氓强迫卖身，还要她交回扣。阁楼上的老报贩李陵碑，儿子在“一·二八”抗战中牺牲了，留下孤老头无依无靠，晚境凄惨。日子稍微过得去的是客堂里的二房东林志成，这个家中发生的事情是全剧波澜的中心。八年前，林志成的好友、革命者匡复被捕，出狱后发现自己的妻子杨彩玉和林志成竟然同居了，深受打击。林志成、匡复和杨彩玉之间的纠葛，是全剧的中心情节。这五家人是在舞台上做同步表演的，犹如小说的多线索并进的结构方法。有时突出林志成这一家的戏，有时主要让黄家楣、施小宝等表演。剧情安排得宾主分明，有条不紊。因其布景又是典型的上海民房，是一座房屋横切的剖面，具有浓郁的地方色彩和市民生活的气氛，表现的又都是市民的普通日常生活，所以剧风平易淡泊，有着浓烈的生活气息，艺术上有鲜明的特色。剧中人物不是直接控诉社会的黑暗，也不说慷慨激昂的话，而是在日常生活的演示过程中，促使观众发现问题、自己思考。司空见惯的五家人的平常生活，共同组合成了令人气闷至极、阴沉压抑的气氛，与剧中梅雨季节相谐的是忧郁的情调。即使是革命者匡复，出狱后也有感伤颓丧的情绪，甚至对生活失去了自信，最后他走了，作家并未交代他走向何方。黄梅天气其实是表现一种令人无法喘息的政治气候，也暗示“雷雨”的季节快要到来了。

《上海屋檐下》显示了夏衍戏剧创作艺术上的成熟，其鲜明的艺术特色表现在以下几方面：第一，善于表现普通人的命运，展示形形色色的社会世相，反映作者对社会、对生活的思考。第二，善于组织简约严谨的戏剧结构，把戏剧冲突生活化。作者利用上海弄堂屋子的特殊结构，将五户人家用一个场景画面，在同一舞台空间同时展开。这一独特的设计，丰富了剧作的情节，扩大了反映生活的视角，减少了场次，突出了主题。第三，善于把自然环境与社会环境结合在一起。作者把剧情发生的时间精心安排在一个郁闷得使人透不过气来的黄梅时节，象征着抗战前夕如黄梅天一样晴雨不定、阴晦异常的政治气候，反映出小人物的苦闷、悲哀和失望，更暗示了革命风暴的即将到来。第四，夏衍戏剧的语言质朴自然，深沉含蓄，耐人寻味。在《上海屋檐下》里，人们从五家人平静的生活表演和人物命运质朴的叙述中，很自然地能领略到抗战时期现实生活的黑暗，阶级压迫的残酷。

三、陈白尘的左翼戏剧创作

陈白尘（1908—1994），原名陈增鸿、陈征鸿，江苏淮阴人。1926年，初中毕业考入上海文科专科学校，同年参加国民党。1927年"四一二"政变后，退出国民党。1928年转入南国艺术学院，成为南国社重要成员。1929—1932年间，转徙各地，一度赴日，旋即回国，并与友人共同组织"民众剧社""摩登社""南风社"等进步戏剧团体，推进戏剧运动。1932年加入反帝大同盟，并加入中国共产主义青年团，从事抗日救国宣传工作，后因叛徒出卖而被捕。在狱中创作了一些短篇小说和独幕剧。1935年出狱后在上海从事文学创作。抗战胜利后，在各地坚持参加进步的戏剧活动，创作了大量剧本。20世纪50年代任《人民文学》副主编，1978年后受聘为南京大学中文系教授、系主任，主持建立了戏剧影视研究所。1994年，因病在南京逝世。

陈白尘擅长写讽刺喜剧，他创作的《汉奸》《魔窟》《乱世男女》《秋收》《结婚进行曲》《升官图》等多幕剧作和大量的独幕剧作，多以讽刺喜剧方式反映广阔的抗战现实生活。《汉奸》《魔窟》为陈白尘在抗战戏剧运动初期的代表剧作。这时，一方面，人民群众的抗日救亡热情空前迸发；另一方面，沦陷区"汉奸之群，滔滔皆是"，大后方"准汉奸和预备汉奸"滋生繁殖。这两部剧作辛辣地嘲讽和无情地抨击了汉奸丑类的凶残与无耻，表达了人民大众对于汉奸和日寇的憎恶。其中，《魔窟》还以其布局完整、结构灵活、人物形象鲜明而获得好评。《乱世男女》《结婚进行曲》为陈白尘在抗战戏剧运动中期的代表剧作。这一阶段，以陪都重庆为中心的大后方，社会沉渣泛起，社会黑暗，政治腐败，人民大众啼饥号寒。这两部剧作反映了这些社会矛盾冲突。《乱世男女》以南京撤退为题材，写一群沉滓在国难之际的泛起，在抗日名目下投机钻营，沽名钓誉，腐败堕落。这不仅暴露了大后方的黑暗，嘲讽了这群丑类，而且暗示出正是这样的环境才产生这群乱世男女。《结婚进行曲》写一位普通女大学生寻找工作的遭遇。剧本以喜剧形式写主人公黄瑛不识世故，把社会当作一个花园似的，企图从中获得独立的社会地位和人格。她四处寻找工作，但处处碰壁，想象中的“花园”原来是个大“泥坑”。该剧结局时，她抱着三个孩子，喘息于生活重压下，“我要一个职业”竟成了呓语。这种喜剧、悲剧形式的变换使用手法，微微嘲讽了不识世故的青年人的天真、幼稚，表达了作者寄予的莫大同情，也重重鞭挞了现实社会和国民党反动当局的统治。《升官图》写成于抗战胜利之初，展现了国民党当局大小官儿们乘复原之机争夺权力的行径和群丑面目。该部剧作写两个强盗的升官发财美梦：这两个强盗乘农民暴动、知县受伤、秘书长丧命的一片混乱之际，抢得知县和秘书长的宝座。由此，展开了一系列的戏剧冲突——大小官儿们狼狈为奸、争夺财产、贪得无厌、无恶不作。就在大小群丑升官发财、皆大欢喜时，愤怒的人们冲进县衙门向他们宣布：“我们，要审判你们！”剧本写的升官发财是梦境，但又确实是现实；剧情近乎荒诞，但反映的又确实是现实真实。梦境与现实，荒诞与真实，和谐统一，构成一幅绝妙的讽刺图画，深刻地表明在国民党统治下，官即匪，匪即官，都是一群侵吞人民财产和抗战胜利果实的蛀虫。剧情以民众暴动始，以民众暴动终，暗示出这种现状必然会结束，而且为期不远。

从《汉奸》《魔窟》到《乱世男女》《结婚进行曲》，再到《升官图》，反映出剧作家陈白尘在讽刺喜剧创作方面的不断探索和大胆尝试以及取得的可喜成就，推动着中国现代讽刺喜剧向着新的阶段发展。尤其是《升官图》，把滑稽、幽默、智慧三种不同层次的喜剧元素融为一体，成为五四以来中国话剧史上的一座高峰。

第八章　中国自由主义文学思潮及其创作

中国自由主义文学思潮兴起于20世纪20年代，是与左翼文学、民主主义文学、大众通俗文学等并列的一种文学现象。自由主义文学既反对当时国民政府倡导的“民族主义文学”，也不支持中国共产党领导的左翼文学。与左翼文学不同，倡导自由主义文学的作家们并没有一个统一的文学组织，他们只是在对待文学本体的理论观点上取得了某种契合。总的来说，中国自由主义文学思潮主张文学的独立与自由，强调文学的个体意识，反对文学的功利倾向，主张文学同政治保持距离，否认文学与阶级和政治的联系。中国自由主义文学拥有现代作家中的庞大阵营，至少下列著名人物都属于此列：胡适、周作人、林语堂、梁实秋、闻一多、徐志摩、李金发、戴望舒、胡秋原、苏汶、施蛰存、穆时英、刘呐鸥、朱光潜、萧乾、师陀、宗白华、卞之琳、何其芳、梁宗岱、李健吾、沈从文、钱钟书、张爱玲、穆旦等人。具有较明显的自由主义意味的群落，如现代评论派、语丝派、新月派、“第三种人”、“自由人”、京派、新感觉派、九叶诗派等。本章就中国自由主义文学思潮的发展及其创作成就展开阐述。

第一节　中国自由主义文学思潮的发展历程

自由主义作为一种意识形态，最早可以追溯至欧洲文艺复兴时期。它是欧洲中世纪末期以来，人们批判封建主义宗教文化的彼岸神性观念、突现人性及人自身价值的一种思想武器。后来，经过欧洲的宗教改革和启蒙运动，自由主义逐渐演变成为一种影响广泛的社会文化思潮。对于中国来说，自由主义完全是一个舶来品，它的传入源自于清末民初知识分子借用西方思想和价值观念对抗旧文化和旧传统，以达到社会变革、民族独立的目的。自五四新文化运动以来，发端于北京的自由主义运动就在全国范围狂飙突起，引领潮流。经过不断酝酿发展，到了 20 世纪 20 年代末 30 年代初，自由主义文学思潮的中心转移到上海，成为引领中国自由主义文学、影响 20 世纪中国文学格局的一股重要力量。从时间上来看，中国自由主义文学思潮的发展经历了 20 世纪 20 年代、30 年代、40 年代这三个阶段。

一、20 世纪 20 年代的自由主义文学思潮

早在五四运动之前，北京大学、清华大学等高校会集了全国大多数的新文化运动精英，其中就包括最早引进西方自由主义思想的严复、梁启超、王国维等文化先驱者。严复和梁启超主要从近代启蒙主义的角度出发，前者指出中西思想最大的区别就在于“自由不自由异耳”，并提出了“自由为体，民主为用”的自由本体论思想；后者宣扬自由是人最基本的权利，认为“自由者，天下之公理，人生之要具，无往而不适用者也”。他们不但翻译了不少西方自由主义著作，而且在自由主义中国化的构建方面做出了巨大贡献。不过，单纯从文学方面来讲，这一时期以梁启超为代表的功利主义文学观占据着时代的主流，追求艺术性的自由主义文学的声音还很微弱。

如果说新文化运动初年，启蒙思想家以自由主义为武器的反封建文化呈现出较多的共性的话，那么到了十月革命和 1919 年五四运动后，情况有了变化。“问题与主义”之争是自由主义与早期共产主义者的一场认真的较量，当时的争论以李大钊等人代表的一方稍占上风，作为另一方的胡适与《新青年》同仁们的区别也渐渐明显了。《新青年》的改组和“统一战线”的分化在很大程度上是自由主义、民主主义、社会主义思想冲突裂变的结果。相较

而言，陈独秀、李大钊与胡适、周作人在某些观念上是有所区别的：前者重民族主义，后者重世界主义；前者重民主的工具价值，后者重自由的终极价值；前者重国民利益，后者重个人利益；前者重人道主义的平民主义，后者重人道主义的个人本位主义；前者重政治、经济、文化三位一体，后者文化至上；前者重改造社会的革命方式，后者重改造社会的渐进方式。胡适、周作人的这些不同之处，反映了他们自由主义的文化、文学价值观，他们对文学界的影响也更具体、更深远。他们把自由主义的价值观引向了文学，既不失启蒙色彩，又在一定程度上逐渐超越了功利目的较明确的启蒙思潮。因此，胡适、周作人是中国现代自由主义文学的最初发言人和理论奠基者。胡适是中国现代自由主义文学的始作俑者。他认为文学既应该通俗易懂、明白晓畅，又要有一定的美的感染力，这种充满平民意识和人文情怀的文学观，不同于强调文学宣传功能的功利主义文学，具有鲜明的自由主义色彩。尽管在五四时期，胡适的着眼点是相对于旧文学的新文学而不是自由主义文学，但他的文学主张的确为中国自由主义文学发展起了重要的奠基作用。例如，他提倡实写社会情状的现实主义文学，与五四启蒙者一道把作家的视野由政治、道统拉向人间社会，在增强了新文学的现实性的同时，也增强了作为新文学一翼的自由主义文学的平民性；他极力提倡“活的文学”，致力于语言文体的改革，为新文学包括自由主义文学提供了新的载体、新的表达方式；他对“人的文学”的提倡，对健全的个人主义的肯定，对自由的诠释，更是丰富了新文学的表现内容，并成为后继者发扬深化的思想材料。此外，他勇敢尝试的精神、对文学创作中宽容原则的鼓吹，也与后起的自由主义作家一脉相连，成为自由主义文学的一条重要创作原则和创作态度。所以，尽管后起的自由主义文学对胡适的自由主义文学观念有所发展和变异，但胡适的努力和影响是不容忽视的。

1918 年底至 1919 年初，周作人发表了《人的文学》《思想革命》《新文学的要求》《平民文学》等文章，把文学革命理论建设大大推进了一步。此前的启蒙者关于文学的理论破多立少。《人的文学》是中国文学史上第一篇从人的本体角度看待文学本体的出色文献。尽管“人的文学”理论不仅仅属于周作人,但它是周作人对时代感召的回应,是对五四文坛人学思潮的呼之欲出的理论概括。周作人在《人的文学》中认为,文学革命上,文字改革是第一步,思想改革是第二步,却比第一步更为重要。如果说“人的文学”理论为中国自由主义文学奠定了一块坚实、宽泛的基石的话,那么,周作人从 1922 年起经营“自己的园地”则是自由主义文学的一次富有成效的个人化实践。后者是前者的必然过渡,但又是一次明显的转换。其主要区别在于,“人的文学”作为启蒙思想的一部分,仍有着明确的功利性,而“自己的园地”只属于周作人自己。1922 年 1 月,周作人在《晨报副刊》上开辟了一个专栏,叫《自己的园地》。在专栏的同名发刊词中,他正式主张“独立的艺术美与无形的功利”。他心目中的艺术,即以个人为主人,以表现情感为主旨的个人活动,强调个性,强调艺术的独创性、表达的私人性;提倡无形的功利,反对有形的功利。不论为政治目的还是为启蒙目的,一沾功利就损害“独立的艺术美”。周作人所指的功利并非泛泛而言,其中包含着对当时刚刚兴起的阶级斗争术语侵入文坛的反感。他在《文学的未来》中明确并坚决反对工具论的文学观:“文学既不被人利用去做工具,也不再被干涉,有了这种自由他的生命就该稳固一点了。”在《自己的园地・旧序》中又说,“文艺只是自己的表现”,“我想在文艺里理解别人的心情,在文艺里找出自己的心情,得到被理解的愉快”。周作人在此期文章中反复谈的是文艺中的个人,无论创作之因还是创作之果,都立意于个体,“始终承认文学是个人的”。周作人在文艺的领域内强调独创性、强调个体化,甚至不恤与“多数决”对立,以保护创作自由,在他那个年代是相当“前卫”的。周作人自己从五四高潮期启蒙主义文学观念的代言人变成了五四后期自由主义文学的鼓吹者,强调趣味,反对功利;强调个性,反对统一;强调宽容,反对压制;强调自由,反对平等是他这些文艺论文的主调。也正是在这个时期，周作人写出了最具个性风格的散文，其简约亲切、冲淡平和，在现代散文史上独树一帜，别有风韵。周作人在五四初期提出的“人的文学”理论，虽有为启蒙主义所利用的功利因素，但也为中国自由主义文学提供了一种潜在的可能性和理论基石。

在胡适、周作人等人的影响和带领下，北京文坛出现了一批自由主义色彩浓厚的刊物和社团，如《语丝》、新月派、现代评论派等，废名、李金发、沈从文等一批年轻的自由主义作家也逐步走上了文坛。这些作家和团体在政治上大多向往英美现代民主制度，艺术上主张文学的相对独立性，坚持内心精神的独立性，具有明显的个人主义和个性化倾向。

1927 年前后，由于北洋军阀政府处于崩溃的前夕，加紧了对知识阶层的镇压，政治环境急剧恶化，大批知识分子被迫离京南下。而上海由于拥有租界相对宽松的政治环境、比较成熟的文化消费市场以及海纳百川的城市文化特征，很快吸引了大批知识分子。徐志摩于 1926 年移居上海，任教于上海光华大学、大夏大学和南京中央大学，胡适也于 1927 年 5 月底到达上海，与徐志摩、邵洵美等人创办了新月书店。另外，还有闻一多、饶孟侃、叶公超等人相继离京南下，加上从南京来的余上沅、梁实秋，他们于次年创办了《新月》月刊，“新月派”的主要活动阵地由此转移到了上海。《现代评论》也于 1927 年 3 月从 138 期开始转移至上海出版，由丁西林主编。林语堂 1927 年 3 月受邀任武汉外交部秘书，不久飞抵上海专心写作。沈从文则在 1928 年从北京到上海，先是与胡也频、丁玲筹办《红黑》杂志，接着于 1929 年去吴淞中国公学任教，直到 1930 年秋接受武汉大学聘请离沪，后来还于 1931 年初在上海短暂生活过一段时间。这些自由主义作家齐聚上海，再加上此时在文坛崭露头角的施蛰存、刘呐鸥、穆时英、戴望舒等现代派作家，很快形成了自由主义文学思潮。

由于租界相对宽松的言论空间，上海的报刊出版业竞争激烈，营造出自由、开放、多元的文化氛围。新月社是自由主义知识分子的大本营，而新月书店的创办是他们在上海的重新崛起，成为影响深远的文学社团的重要标志。在短短几年之中，新月书店出版各类书籍近百种，其中，大多数为自由主义文学的作品或理论著作，如闻一多的《死水》，徐志摩的《翡冷翠的一夜》《猛虎集》《云游》《巴黎的鳞爪》《自剖》《卞昆岗》，梁实秋的《浪漫的与古典的》《文学的纪律》《阿伯拉与哀绿绮思的情书》，沈从文的小说集《蜜柑》《好管闲事的人》《阿丽思中国游记》《沈从文子集》，陈西滢的《西滢闲话》，凌叔华的《花之寺》，陈衡哲的《小雨点》，余上沅的《国剧运动》，陈梦家编的《新月诗选》和《梦家诗集》，丁西林的《西林独幕剧》，陈楚淮的《金丝笼》等。围绕着新月书店，《新月》月刊于 1928 年 3 月 10 日创刊，主要撰稿人有徐志摩、闻一多、饶孟侃、梁实秋、潘光旦、叶公超等人。此外，上海的文学刊物和报纸副刊，如《小说月报》《时事新报·青光》《文化评论》《现代》《论语》《人间世》《宇宙风》等都先后刊载过自由主义作家的创作或评论。许多作家虽然不在上海生活，但大部分创作是通过上海报刊出版业这个窗口在全国产生广泛影响的，如周作人的散文随笔《泽泻集》《谈龙集》《永日集》《夜读抄》《苦茶随笔》《风雨谈》都在上海的北新书局出版。另外，沈从文、梁实秋等人虽然待在上海时间不长，但也大多借着上海报刊出版业这个舞台为自由主义文学思潮的兴起呐喊助威。

二、20 世纪 30 年代的自由主义文学思潮

20 世纪 30 年代的中国文坛，可以明显地划分为五大阵营：左翼无产阶级文学、民主主义文学、自由主义文学、国民党御用的民族主义右翼文学和以鸳鸯蝴蝶派为主体的大众通俗文学。这是中国社会阶级大分化、政治尖锐对立、文化形态复杂化的必然结果。民主主义作家与自由主义作家通常被并称，这既是对延续多年的中国现代文学史研究的这两个提法的沿袭，亦是对文学史事实的尊重。在自由主义者看来，民主事关政体，自由属价值范畴；民主事关人人，自由更重个人；民主是用，自由为体。人们通常说

的民主主义作家，基本是指承袭五四文学革命传统，以民主主义、人道主义为创作指导思想，坚持文学为人生为平民的观念，注重文学的启蒙效用并与反帝反封建的中国现代民主革命性质相吻合的作家队伍。而自由主义作家，大致是指那些政治上主张改良、反对激进的革命，文化上主张多元和宽容，文学上坚持反映人性，疏离政治，甚至反对文学直接为思想启蒙的工具而坚持文学本体价值观的作家。在20世纪30年代，前者以巴金、老舍、曹禺为代表；后者以新月派、论语派、新感觉派、现代诗派、京派等社团流派的作家为主。五四时期，自由主义与民主主义文学的区别并不明显，而到了30年代，二者虽然仍有一些相同之处，但已有了明显的不同。与左翼文学有较严密的组织、纲领和行动秩序相较，这两类作家队伍要松散、随意得多。民主主义作家当时几乎没有什么社团组织，自由主义作家出于对左翼激进文学的刺激的反应，反倒有一些较明确的社团和阵地。这两类作家在许多方面也有着明显的差异。比如对待五四文学，民主主义作家是直接的受益者、继承者且对五四文学有所推进，自由主义作家在继承中有所修正；支配前者的社会人生观念主要是人道主义和民族、民主意识，支配后者的则主要是个体意识和个人主义；与之相关联，表现在文学形态上，前者是向外的或内外结合的，后者基本上是向内的；就文学影响而言，前者的影响略大于后者。民主主义文学与自由主义文学的主题和处理题材的方式也有一定程度的区别。前者具有鲜明的人道主义思想和民族意识，后者更注重个性主义思想和个体意识。

五四时期至20世纪20年代，自由主义文学、民主主义文学和有初步社会主义倾向的文学处于一种杂陈状态，共同的对立面是封建旧文学，共同的目标是建立新文学。从20年代末的梁实秋与“新月派”，到30年代初的“自由人”“第三种人”，以及30年代中期的“论语派”“人间世派”，左翼文学的影响到哪里，自由主义文学的“反影响”也到哪里。这种“反影响”的力量，不仅包括参与论争或挑起论争的上述自由主义派别，也包括基本上置身于论争之外的京派、现代诗派和新感觉派小说家，他们的创作本身就是一种自由主义姿态。就论争的参与者来说，表面上看是尖锐对立的，但从实际效果而言有互补效应。30年代文坛的热闹与繁荣，与此紧密相关。这一时期，自由主义与左翼文学思潮的各种论争在本书其他章节已经进行了阐述，这里不再展开。总之，借"人性"的旗帜把文学从政治的漩涡中"解救"出来，是这一时期自由主义文人共同努力的目标。

1937年后的全民抗日，使中国现代五大阵营的文学家空前地团结在一起。1938年3月，在武汉成立的中华全国文艺界抗敌协会(以下简称"文协")，是左翼革命作家、民主主义作家、自由主义作家、国民党右翼作家、大众通俗派作家的一次大聚会。在民族生死存亡的关头，具有宗派意味的中国各文学团体自然地收起了自己的旗帜，淡化了派别色彩。

三、20世纪40年代的自由主义文学思潮

1940年前后，抗日战争进入了相持阶段，文学的空间也扩大了。沈从文、施蛰存等人按捺不住他们对当下文坛的不满，发表文章批评文坛的堕落和贫困。沈从文有一篇题为《一般或特殊》的文章，谈的是文学的一般和特殊问题。他说："文学作品简单说来不过是用文字拼拼凑凑产生的一种东西罢了。古怪是他的存在，好像很有用，又好像无用。即如说有用，他的用处又随人解释，各有不同。"沈从文认为："一个作家对于文字的性能了解得越多，使用它做工具时也就越加见得'恰当'。我不说'美丽'，说的是'恰当'，正因为一切所谓伟大作品，处置文字的惊人处，就正是异常'恰当'处。"沈从文实际上是针对当时文坛过分强调文学的宣传作用的观点而言的。在他看来，文学史专家的工作是特殊的工作，而宣传只需要一般化的知识。这篇文章发表于1939年1月，还处在"与抗战无关"问题的争论时期，他虽然没有直接涉及"有关""无关"的问题，但从文学的特殊价值、从文学对于未来特

别的价值出发，认同了“无关”的文学存在的必要性，这与梁实秋的观点基本是一致的。施蛰存在《文学的贫困》一文中指出：“我们的文学界，即使在这个贫困的纯文学圈子里，也还显现着一种贫困之贫困的现象。抗战以来，我们到底有了多少纯文学作品？”沈从文、施蛰存所阐述的观点，不过是重复他们30年代初的看法而已，并没有什么新鲜的东西。但在这个时候再一次提出，显然也是有他们的现实感触和针对性，也表明了自由主义作家对自己的文学观念的一种坚守。对于这些观点，陈白尘和杨华等人写文章提出过批评。1943年3月27日，郭沫若发表了《新文艺的使命》，高度评价抗战文学运动，把“与抗战无关论”“反对作家从政论”和“文艺的贫困、堕落论”称为抗战文学运动“洪涛激浪的澎湃中”的一些“并不微弱的逆流的声息”。

比起现代文坛那些著名的论争，抗战初期的这些争论并不算大。这些分歧是文坛内部不同文学价值观念的斗争，其焦点是民族的生存与文学的生存的问题。在主流派作家看来，民族的生存高于一切，而在自由主义作家看来，民族的生存当然是一个绝对的大前提，在这个大前提下，文学的生存也是应该顾及的。前者更注重时代，后者则要求兼顾艺术；前者更注重现实，后者将目光伸向了将来；前者高度重视文学的宣传教育作用，后者则坚守文学的艺术审美作用。

1942年，对于中国新文学来说，是一个大转折。主流话语得到了极大的强化，自由主义文学和民主主义文学受到了很大的削弱，大众通俗文学也改变了它的方向，走上了以民间的方式表达主流话语的道路。

抗战胜利以后，中国自由主义者迎来了20世纪空前绝后的高潮。在这一时期，“自由主义”一词的使用频率极高，先前零星发表过一些自由主义文艺观点的作家也兴奋起来，纷纷出任文学刊物的主编和综合性报刊的文艺副刊的主编，发出了集体的声音。1946年3月，萧乾到上海任《大公报》的文艺副刊主编。同年8月，沈从文回到北京，10月到天津任《益世报》文学周刊的主编。

1947年6月，大型文学刊物《文学杂志》复刊，朱光潜出任主编。他们负责的只是文艺刊物，但也写过一些关于时局的文字。这些文艺家把希望寄托在自由主义者身上，相信"中间路线"，坚信"自由主义者的信念"。在为《大公报》所写的社评中，萧乾多次谈到了他对自由主义的理解及对自由主义文艺的理解。他认为自由主义是一种理想、一种抱负，代表的是一种根本的人生态度。沈从文认为，在目前的情况下，要使国家进步人民富强，必须让人民从"争夺"以外接收一种教育，那就是文学的教育，要用"爱与合作"来重新解释"政治"的含义。在《一种新的文学观》一文中，他坚持文学独立于政治的观点。朱光潜回国后，写的大多是一些比较纯粹的学术论文。他认为，文艺与文化思想有密切关系，但并不一定要走到"文以载道"的老路上去。

然而，1948年，国共两党的对峙已开始出现严重倾斜，无论在政治舞台还是在战场上，无论在文化宣传还是在民心上，中国共产党明显占了上风。这时的自由主义者，虽然仍在努力地阐述他们的基本理念和治国方略，但已开始向文化领域退守。而中国共产党的文化干部队伍已十分壮大，并逐渐扩大影响。党的文艺事业开始以政策和纪律的方式要求和实施，越来越意识形态化是其显著的特点。这年初的《人民日报》发表的出版条例中，明文规定出版界要反对自由主义，党的领导人讲话中也指出党报不能办成自由主义报纸。1948年3月，中共领导下的香港《华声报》开辟了一个专栏："追击中间路线"。这一年，中共领导和影响的其他刊物如《小说》《文艺生活》等，对国统区有影响的自由主义作家作品进行了批评和批判。可见，中国自由主义文学潮流在1949年之后发出的声音越来越微弱了。

第二节　中国自由主义文学的艰难发展及其"现代性"

由于政治斗争的日趋尖锐，主张文艺独立性的自由主义文学与要求文学做政治“留声机”的左翼文学之间的论争频繁展开。另外，宣扬西方民主自由观念的自由主义文学思潮又要面对国民党的文化专制的压迫，于是，他们往往两面受夹击，在论争与夹缝中艰难前行。从中国文学现代化的道路来看，左翼文学为现代文学注入了革命的内容和壮美激昂的风格；民主主义作家始终坚持反封建专制、外敌侵略，同情人民苦难的人道主义立场；自由主义文学对文学本体观念的探索、对艺术独立性的坚持，实际上构成了一种“合力”，共同推进了中国文学的现代化。

一、中国自由主义文学的艰难发展

20 世纪 20—40 年代，中国资本主义得到一定程度的发展，出版业发达，职业作家越来越多，西方自由民主思想和文学观念随着启蒙运动的兴起被引进，中国的自由主义社会政治和文化运动也兴起。这些条件催生了中国自由主义文学，并促使其发展。然而，这些条件都没有得到充分的发展，从而使得中国自由主义文学的发展道路曲折、艰难。

五四时期，自由主义作为启蒙意识的一个重要方面被介绍进来，并开始形成较为独立的文学创作力量；20 年代中后期和 30 年代，它在与阶级意识的对立和互补中扩大，涌现了众多的作家群落，但仍处于边缘状态；抗战爆发后，民族救亡主题吸引了包括自由主义作家在内的绝大多数爱国知识分子，自由主义文学只有零星的闪现，一些自由主义作家投奔延安，另一部分自由主义作家或流向海外，或封笔不作。中国自由主义文学一开始就是少数派，且始终处于边缘地位。胡适的文化自由主义长期被认为是新文化运动的分裂力量；周作人退回“自己的园地”，被认为是落后的举动；新月社对人性本体的申辩，遭到左翼文学的围攻；京派、论语派、新感觉派远政治近艺术的态度，也受到多次批判；40 年代自由主义文学的微弱声音很快消失。在后来文学史的研究中，对自由主义文学也是贬多于褒。

中国自由主义文学命运多舛、坎坷崎岖，既由于时世艰难和传统文学观的重压，也因为它自身有一定的局限。第一，它缺乏自由主义社会政治的强大背景支援。中国自由主义运动一直处于弱势地位，而且中国自由主义者借西方自由主义思想，并不是把它当作人类文化本来的最高价值，而是当作富强立国的工具和手段，也就是说，自由主义思潮在中国主要是工具理性而不是价值理性的产物。在农耕文明传统和内忧外患的现实中，自由主义没有大力张扬的舞台，缺乏广泛应和的社会基础，所以，自由主义文学观念不能普遍确立。第二，自由主义强调理性，呼吁秩序，但中国现代没有提供它们需要的秩序，自由主义者更无力建立这样的秩序。因此，自由主义文学缺乏它繁荣所必需的法律保障下的创作自由。第三，中国自由主义文学缺乏广泛的中产阶级和知识分子读者群。自由主义主要代表知识分子和中产阶级利益，但中国的资本主义很不发达，知识分子分化明显，因此，自由主义缺乏足够的读者支持。第四，从中国自由主义作家的构成来看，他们与现实中国有一种明显的疏离感。他们大都是留学欧美的知识分子或深受欧美自由主义思想影响的作家，其民主理想、自由个性、理性原则、绅士风度，对于风雨飘摇的国度和灾难深重的人民无疑是奢侈品，他们的精英意识在来不及追求较高文化的国人面前很容易演变为令人讨厌的贵族意识。由于自由主义者坚持远离功利、远离政治、忠实于艺术的观点，由于他们“近艺术、远时代”的思想倾向，而现实政治又如此地逼视着他们，他们一方面不得不关心政治，但另一方面在艺术的范围内，他们有时也为难地用艺术逃避政治，或堕入古代山水田园，或沉湎于西洋文艺中。

二、中国自由主义文学的“现代性”

中国自由主义文学的“现代性”，主要表现在以下几点：

（一）坚持文学本体观

中国自由主义文学的“现代性”表现在它对文学本体观的固

执的坚持上。周作人的“人的文学”观和对“独立的艺术美”的强调，闻一多对“文艺的目的就在文艺”的肯定，施蛰存关于以“文学作品本身方面”为标准的《现代》编辑方针，沈从文对写作时的“独断”精神的尊崇，朱光潜关于“作家们多效忠于艺术本身”的呼吁，九叶诗人对“诗艺的特质”的追求，都表明在中国现代文学史上自由主义作家最注重文学自身的特质，以文学本体的属性确立文学的价值观。

文学具有一定的意识形态性，也被普遍视为文化的一个部门，还具有对社会政治、历史文化、民俗心理的广泛包容性，这也就决定了文学具有多层面的价值。承认文学的多重价值，但更应确立文学之为文学的自身价值。在今天，我们仍然需要重申文学本体价值。

（二）以人为创作的中心

自由主义文学的“现代性”也表现在它把人作为创作的中心。当周作人提倡“人的文学”的时候，五四新文化运动才真正进入了文学革命的关键层次。其他人，如徐志摩、闻一多讴歌人的情感世界，梁实秋一再重复文学表现人性，沈从文甚至供奉人性为神，钱钟书将人性描绘为“无毛两足动物”。自由主义作家从不把自己当作人类灵魂的工程师，只承认自己是探索者。他们永不倦怠地关注人的世界的复杂与生动，矢志不移地挖掘人性的光芒，在创作中探寻人性的乐趣，真正尊重艺术的自由和人创造艺术的自由。

（三）关注文学与自由的关系

自由主义文学的“现代性”还在于，它始终关注文学与自由的关系，这既包括文学的自由品格，也包含创作的自由问题。胡适的“政府不应干涉文学”论，周作人的文学不能用“多数决”论，胡秋原“文艺至死也是民主的、自由的”的申辩，朱光潜 40 年代的“有自由乃有真文艺”观……可以说，对文学自由的论辩与呼吁贯穿了中国自由主义文学发展的全过程。文学“自由地”表现人的“自由”，是一个常识性的“真理”，然而中国自由主义文学家的“自由文学”之路十分艰难。对此，学者王富仁曾指出，中国人已经在没有“自我”的情形下生活了几千年，人们已经习惯了这样的生活和文学，“广大的社会群众并不承认某个异己的纯粹个体性的东西有什么存在的价值，甚至连绝大多数的新文学作家也不觉得真正属于自我、不与任何已有价值相重复的东西有什么存在的意义”①。王富仁从中国人的文化心理与文学创作主体的关系的角度做了简洁而有说服力的概括。

自由主义的核心是人的自由快乐与幸福，而文学以人为中心，因而文学与自由有天然的亲和关系。甚至可以说，文学为人的自由而存在。这是因为，从文学的本性来看，文学和其他艺术一样，是人创造的美的存在形式，它体现了人的自由品质。席勒认为，美和自由是统一的。人在美的创造和欣赏过程中，自由自在地展示自己的天性，并与普遍的理性形式和谐统一，所以，审美的活动是最自由的活动。马克思更深刻地揭示了自由的可贵性和美的本性及二者的关系，他指出，“自由的领域，是在必要的和外在目的规定要做的劳动终止的地方开始的”，是在“狭隘的动物生产领域的彼岸”②。这“领域”“彼岸”是美的世界，自由的世界。从这里也可以看出，马克思主义是肯定美和自由的超功利性的。人的自由，是创造的自由，它创造了美，创造了人对美的感觉和审美情感，丰富了人性，发展了人本身。而艺术美是体现了人的自由创造的一种特殊形式，它反映了艺术家如何按照美的规律去塑造形象。在中国现代文学史上，强调文学的意识形态性，强调文学认识生活、指导现实的功利的观点，往往压倒强调文学作为艺术门类都属于审美形式的观点，因而妨害了对文学与自由关系的认识。

---

① 王富仁. 灵魂的挣扎[M]. 长春：时代文艺出版社，1993：83.

② [德]马克思. 资本论(第3卷)[M]. 中共中央马克思恩格斯列宁斯大林著作编译局，译. 北京：人民出版社，1976：926.

从心理动机而言，文学源于人的审美需求，源于人自由创造美的形式的冲动，它是人逐渐摆脱动物性而更加“人化”（自由化）的方式。作家的创作，是非外力强制的自由选择的劳动，是作家发自内心的自觉的审美创造的冲动。从接受者的角度而言，人们之所以爱好和欣赏文学艺术，出自没有直接物质功利目的的精神需要，出自对美和自由的向往与追求。然而，在中国现代文学史上，往往存在着重文学组织而轻作家个体、重理论指导及创作是否符合理论而轻创作的特异性、私人化的偏向，体现的是对文学创作的个体化、自由化特征的忽视。

文艺描绘现实的生活和理想的生活，展现人类对真正的生活的渴望。真实生活的限制，使得创作的繁荣与否与当时社会文化环境的自由度相关；真正的生活（自由的生活）的诱惑，以及作家自由的创造，又使得文艺可以在一定程度上超越其限制而表现出相对多一些的自由。优秀文艺作品的超越时空的永恒性，既因为它是自由创造的，亦因为它表现了人性的自由品格，还因为它本身就创造了人自由的方式，使人在未必自由的现实中表达和体悟自由之美。然而，在中国现代文学史上，往往存在着强调文艺对现实的服从关系而反对文艺对现实的“超越”和从“美”的角度进行改造的倾向。

如果以一种世界性的文学眼光来看，中国现代文学的总体成就并不很高，中国自由主义文学的总体成就也不高。因为中国现代环境过分强调文学对现实的粘附性而忽视了文学的超越性，过分强调文学的阶级性而忽视了文学的人性，过分强调文学的政治性而忽略了文学的独立性，过分强调文学的认识教育功能而忽略了文学的审美娱乐功能。在艰难的岁月里，在实用理性占支配地位的环境中，左翼文学不得不大量“超载”，而自由主义文学在文学的贫困中“透支”了，“透支”了在法制和理性秩序下才可能有的真正的自由。

第三节　中国自由主义文学的创作成就

中国自由主义文学思潮拥有庞大的作家队伍，他们大多有着较高的文学修养和艺术才华，对文学独立性的坚守和对人性的探索更使得他们的文学创作具有较高的审美价值和长久的艺术生命力。因此，他们在文学创作的各个领域都有着异常丰硕的成果，徐志摩的诗歌、沈从文的小说、林语堂的散文、余上沅的戏剧等，都可称得上是当时文坛的翘楚。

一、诗歌

诗歌也许是自由主义文学中成就最大的，从后期新月派到象征诗派、再到现代派，形成了自由主义诗歌的浪潮。这些受西方自由主义思想和诗歌观念影响的作家们，高举创作自由的旗帜，专注于人性美的挖掘和艺术美的创造，创作出不少新诗的精品。

后期新月派力图改变早期格律过严的束缚，对诗歌形式的要求有所松动，陈梦家在《新月诗选·序言》中就宣称"我们绝不坚持非格律不可的论调，因为情绪的空气不容许格律来应用时，还是得听诗的意义不受拘束的自由发展"，出现了向自由诗发展的趋势。这种"纯诗"的立场和对诗歌艺术性的注重与前期新月派是一致的。徐志摩是贯穿新月派始终的灵魂人物，他的诗歌结构严谨整饬、形式灵活多变、意境明丽柔美，在艺术追求方面颇具代表性。不过，徐志摩后期诗歌中现代主义色彩渐浓，开始由"单纯的信仰"流入"怀疑的颓废"，体现了诗歌创作由浪漫主义向现代主义过渡的特征。而陈梦家、孙大雨、朱湘等人也同样开始在不放弃形式美追求的前提下，寻找一条重视内心情绪的捕捉与暗示的道路，形成了一种独特的审美追求。

象征诗派代表李金发从20世纪20年代中期开始步入诗坛，到了1927年，他的个人第三本诗集《食客与凶年》出版，其诗歌理念和创作特色趋于成熟。他认为诗歌是诗人主观情感的表露，“我的诗是个人灵感的记录表，是个人陶醉后引吭的高歌，我不能希望人人能了解”[①]。李金发执着于追求诗歌艺术的自我世界，沉浸于对内心体验的捕捉，拒绝让诗歌负担任何现实的使命和责任，使诗歌真正从形式上和灵魂上回归到了自己的原始本质。

现代派诗歌承继了后期新月派与李金发象征诗派的流风遗韵，在自由主义文学思潮激荡下，一方面自觉追求“纯诗”的艺术观，坚持表现自我的情感和生命体悟，另一方面多用象征和暗示等手法，寻求隐显适度的朦胧美。施蛰存在《现代》杂志发表了现代诗派的宣言书：“《现代》中的诗是诗，而且是纯然的现代诗。它们是现代人在现代社会中所感受的现代的情绪，用现代的辞藻排列成的现代的诗形。”[②]这里的“纯然的现代诗”指的就是对诗歌纯粹性的坚持，强调诗歌为一种心灵化的艺术，“现代的情绪”则表明对人的瞬间情感和隐秘灵魂的敏锐捕捉。现代诗派并不主张对人的心灵的直接展示，而是刻意追求一种朦胧蕴藉的美学境界。杜衡在《〈望舒草〉序》中就曾说“诗是一种吞吞吐吐的东西，术语地来说，它底动机是在于表现自己与隐藏自己之间”。卞之琳、何其芳等人的诗歌就以自由的形式、朦胧的象征、多义的主题表现出现代派诗歌独特的审美特征。现代诗派兼收并蓄，将西方象征主义、意象派诗歌的手法与古典诗歌中典雅、精致的意象融合在一起，创造出既有中国古代诗歌的温和与含蓄，又有西方现代派的朦胧与忧郁的诗作，代表着自由主义诗歌的巨大收获。

① 李金发.是个人灵感的记录表[J].文艺大路，1935(1).

② 施蛰存.又关于本刊的诗[J].现代，1933(1).

二、小说

自由主义文学在小说创作领域也取得了不凡的成绩，形成了京派、新感觉派等具有自由主义观念的文学流派。以沈从文、废名、施蛰存、刘呐鸥、穆时英等人为代表的自由主义作家，在文学观念上突破了政治、伦理、道德等方面的束缚，关注文学在审美意义上的创造性。

沈从文非常重视文学的独立性，他认为"文学方向的自由，正如职业的选择自由一样，在任何拘束里我都觉得无从忍受"，"我主要就是在任何困难下，需要有充分自由，来使用我手中这支笔"①。这种对自由精神的自觉体认，表明了沈从文自由主义文学观的成熟。早在 1924 年末，他就受徐志摩邀请参加过新月社的读诗会，并深受胡适、徐志摩等欧美自由派文人强调"人性"、追求艺术自身"健康"和"尊严"的文学观的影响。沈从文的《柏子》《阿金》《龙朱》等作品构筑了一个作者理想中的湘西世界，这里有"粗卤的如同一只小公牛一样"散发着生命热力的水手柏子，有"美丽强壮像狮子，温和谦驯如小羊"的苗人王子龙朱，也有听地保蛊惑输尽钱财、失却美妇的鸦拉营管事阿金，一系列个性鲜明的湘西人物形象充满了对人性的理想化赞美。沈从文的作品通过对湘西世界雄性、粗犷，充满自然原始气息的健康人性的讴歌，反衬出现代都市文明的糜烂与腐朽，就城市文明对乡村世界的浸染和对健康人性的玷污感到忧虑。沈从文的小说在艺术上独具韵味，充满灵动的气息，他追求小说文体结构的千变万化，创造性地运用和发展了诗化小说的文章体式，将诗和散文引入到小说中，打破了各种文体间的界限，结构自然流畅、千姿百态，极大地扩充了小说的表现领域和审美功能。

新感觉派小说在展示出现代都市的喧嚣繁华和都市人生五

① 沈从文.沈从文文集(第 9 卷)[M].广州：花城出版社，1984：92－93.

光十色状态的同时，也执着于探索人类的精神世界，发掘人性隐秘的层面。施蛰存、刘呐鸥、穆时英等人大都受过弗洛伊德精神分析学说的影响，将细腻的笔触深入到人物的内心深处，描写人物的潜意识和被压抑的变态心理，带有鲜明的现代派色彩。以施蛰存为例，其短篇小说集《善女人行品》收录了作于 1930 年 1 月至 1933 年 11 月的 11 篇小说。单从小说集的题目来看，显然是针对传统妇女贞节观的讽刺，但在艺术手法上"用显尼志勒的方式来揭示她们那在受人尊敬的虚饰下所压抑的力比多和神经质"[①]。新感觉派作家对文学本体性的重视是有目共睹的，他们在艺术技巧等方面引进多种现代派手法，或是把主体感觉投诸客体，使感觉外化；或是借鉴电影的表现手段，随心所欲地切割、拼接生活画面；或是吸取西方意识流手法，用内心独白展现人物复杂的意识。新感觉派用自己的创作为自由主义小说增添了浓重的现代色彩。

三、散文

散文作为最具个人化色彩的文学体裁，无疑是自由主义作家心灵的家园。而在中国自由主义文学思潮中，最具代表性的散文作家非林语堂莫属。在 20 世纪 30 年代初期和中期，林语堂先后创办了《论语》《人间世》《宇宙风》等刊物，提倡幽默闲适的小品文，形成了一种不同于当时左翼作家批判现实文风和独具自由主义色彩的散文热潮。早在 20 世纪 20 年代，林语堂在《晨报副刊》《语丝》等刊物发表的某些杂文，在具有战斗性的同时就带有浓厚的幽默味。到了 30 年代，他更潜心创作轻松消闲的幽默小品，并把"幽默"从一种美学风格提升为人生态度。例如，《粘指民族》一文，开篇引用貌似正经、实则荒谬的科学研究成果"粘液性质"，即当人看到金银铜时，会引起自然反应，手上分泌出粘液，"因此银

① 李欧梵. 上海摩登——一种新都市文化在中国 1930—1945[M]. 北京：北京大学出版社，2001：182.

钱到手，必有一部分胶泥手上，十元过手，必泥一元，乃无可如何之事"，紧接着就摆出国民政府侵吞水灾款和东北捐款的事实，故意为他们开脱，说是受了粘指性连累的冤魂，在不经意间嘲讽了国民政府的腐败风气。幽默被林语堂视为悲苦生活的一种调剂，这种"反抗绝望，善处人生"的人生态度是作家面对无奈的社会现实所采取的一种独善其身式的退守，饱含着悲天悯人的情怀，可以说是自由主义知识分子对远离当时的政治生活、对现实人生消极抵抗的生活方式的一种写照。

林语堂主张小品文应"以自我为中心，以闲适为格调"，因此，他散文中的幽默又带有一种怡然自得的闲适格调。他往往在日常生活中发现乐趣，作品中谈艺术、谈生活、谈饮食男女、衣食住行、世故人情，笔墨随意挥洒，"宇宙之大，苍蝇之微，皆可取材"。这种闲适的格调既是一种文体风格，也是一种思想情致。林语堂散文中体现出的士大夫式的闲情逸趣，与明末性灵小品文的影响不无关系，而作家专注于体验自我小天地的生活乐趣和对现实政治斗争环境的某些疏离，也体现了其自由主义的创作态度。

除了林语堂，中国自由主义文学思潮中从事散文创作的还有徐志摩、邵洵美等人。徐志摩的散文集除了《落叶集》，《巴黎的鳞爪》《自剖》都由上海新月书店出版。他的散文从不同侧面袒露了其灵魂、个性和思想，抒发了诗人真挚而浓烈的个人情怀，和他的诗歌一样热情奔放，充满感性色彩，具有徐志摩所特有的飘逸美。邵洵美曾主编过《狮吼》《十日谈》《万象》《论语》《声色画报》等刊物，其间发表了大量散文随笔，后结集为《不能说谎的职业》。文章取材广泛，《从时代到服饰》《从部长到小姐》……仅从题目就可以看出涵盖面之宽泛；语言幽默风趣，亦庄亦谐，颇有几分林语堂的色彩。

四、话剧

上海作为当时全国文化的中心，戏剧艺术极为繁荣，因此，上海自由主义话剧在整个自由主义文学创作中也占据着重要的地位，不但有余上沅、丁西林、李健吾等优秀的话剧作家，就连徐志摩也和陆小曼一起客串创作了戏剧《卞昆岗》。

余上沅是后期新月派的重要人物，他的出现弥补了新月派文学活动中戏剧创作殊无佳绩的遗憾。早在20世纪20年代，他就积极参加爱美剧活动，在《清华周刊》的《文艺增刊》发表了独幕剧《世界的将来》，并在《晨报》副刊等发表了很多有关戏剧的文章。他1923年留美，1925年回国后在高校首次开办了戏剧系，后又组织成了“中国戏剧社”，提倡“国剧运动”。1926年秋，余上沅与徐志摩等人共同筹办新月书店，继续在戏剧创作领域耕耘。他不仅出版了《上沅剧本甲集》《戏剧论集》等，而且翻译了《长生诀》《可钦佩的克莱敦》等外国名剧。

丁西林受五四的影响登上剧坛，于1923年发表了独幕剧《一只马蜂》，接着一发而不可收，接连创作了《亲爱的丈夫》《酒后》《压迫》等独幕剧，成为中国现代喜剧的开创者之一。丁西林的喜剧并没有激烈的戏剧冲突，只是从近乎无事的生活中撷取一点浪花，戏剧的结局也往往是皆大欢喜，即使有讽刺和批判，也是温和而含蓄的，反映了作家追求和谐超脱的自由主义审美理想。

李健吾的话剧创作从1923年发表剧本《出走之前》开始。在《梁允达》《这不过是春天》《以身作则》等剧作中，他一方面吸收传统地方戏剧的艺术养分，另一方面着重展示人物内心灵魂的煎熬，从人物的内心冲突中挖掘人性。他在《以身作则·跋》中曾说，“作品应该建在一个深广的人性上面，富有地方色彩，然后传达人类普遍情绪”。因此，面对严峻的政治现实的冲击，李健吾始终保持着作为一个艺术家的独立性，为20世纪30年代自由主义戏剧的成熟做出了重要贡献。

参考文献

[1]林朝霞.现代性与中国启蒙主义文学思潮[M].厦门:厦门大学出版社,2015.

[2]刘中树,许祖华.中国现代文学思潮史[M].武汉:华中师范大学出版社,2009.

[3]杨春时.现代性与中国文学思潮[M].北京:生活·读书·新知三联书店,2009.

[4]薛家宝.唯美主义与中国现代文学[M].北京:中国社会科学出版社,2015.

[5]刘增杰,关爱和.中国近现代文学思潮史(上卷)[M].上海:上海文艺出版社,2008.

[6]唐正序,陈厚诚.20世纪中国文学与西方现代主义思潮[M].成都:四川人民出版社,1992.

[7]张大明.西方文学思潮与现代中国的传播史[M].成都:四川教育出版社,1999.

[8]陈国恩.浪漫主义与20世纪中国文学[M].合肥:安徽教育出版社,2000.

[9]张大明,陈学超,李葆琰.中国现代文学思潮史[M].北京:北京十月文艺出版社,1995.

[10]刘忠.20世纪中国文学主题研究[M].北京:社会科学文献出版社,2006.

[11]方铭.中国现代文学经典评析:现代诗歌[M].合肥:合肥工业大学出版社,2015.

[12]姚国军.中国经典诗词品鉴[M].北京:中国文史出版社,2016.

[13]李朝全.诗歌百年经典:1917—2015[M].北京:中央编译出版社,2016.

[14]石兴泽,隋清娥.中国现代文学[M].北京:中国社会科学出版社,2012.

[15]朱栋霖,丁帆,朱晓进.中国现代文学史(上册)[M].北京:高等教育出版社,1999.

[16]唐旭君.中国现代女性作家创作论[M].长沙:湖南人民出版社,2007.

[17]朱栋霖,朱晓进,龙泉明.中国现代文学史 1917—2000(上)[M].北京:北京大学出版社,2007.

[18]李林展.中国现代主义文学史论[M].北京:中国书籍出版社,2003.

[19]陈白尘,董健.中国现代戏剧史稿[M].北京:戏剧出版社,1989.

[20]朱寿桐.新月派的绅士风情[M].南京:江苏文艺出版社,1995.

[21]解志熙.美的偏至[M].上海:上海文艺出版社,1997.

[22]鲁迅.中国新文学大系·小说二集·导言[M].上海:良友图书印刷公司,1935.

[23]胡适.尝试集·自序[M].北京:人民文学出版社,1998.

[24]叶灵凤.白叶杂记[M].上海:上海光华书局,1929.

[25]苏雪林.苏雪林选集[M].合肥:安徽文艺出版社,1989.

[26]林伟民.中国左翼文学思潮[M].上海:华东师范大学出版社,2005.

[27]张器友.20 世纪中国文学思潮[M].合肥:安徽大学出版社,2011.

[28]刘勇.中国现代文学专题[M].北京:高等教育出版社,2001.

[29]张大明.中国左翼文学编年史[M].北京:社会科学文献出版社,2013.

[30]公木.新诗鉴赏辞典[M].上海:上海辞书出版社,2004.

[31]孙庆升.孙庆升文集(全2册)[M].北京:人民日报出版社,2014.

[32]黄修己.中国现代文学发展史(第3版)[M].北京:中国青年出版社,2008.

[33]王嘉良,颜敏.中国现当代文学史(修订本,上册)[M].上海:上海教育出版社,2009.

[34]苏光文.大轰炸中的重庆陪都文化[M].北京:中国文联出版社,2015.

[35]李晓.上海话剧志[M].上海:百家出版社,2002.

[36]杨剑龙,等.上海文学与二十世纪中国文学[M].上海:上海文化出版社,2012.

[37]黄曼君,朱桐.中国现代文学史[M].武汉:武汉大学出版社,2012.

[38]王富仁.灵魂的挣扎[M].长春:时代文艺出版社,1993.

[39]沈从文.沈从文文集(第9卷)[M].广州:花城出版社,1984.

[40][美]李欧梵.上海摩登:一种新都市文化在中国(1930—1945)[M].毛尖,译.北京:北京大学出版社,2001.

[41]鲁迅.鲁迅全集(第6卷)[M].北京:人民文学出版社,2005.

[42]钱理群,温儒敏,吴福辉.中国现代文学三十年(修订本)[M].北京:北京大学出版社,1998.

[43]雷达,赵学勇,程金城.中国现当代文学通史[M].兰州:甘肃人民出版社,2006.

[44]陈国恩.中国现代文学[M].北京:北京大学出版社,2010.

[45]刘世杰.现代主义诗歌在中国的命运[M].北京:社会科学文献出版社,2009.

[46]丁明拥.周贻白与20世纪中国戏剧史学[M].北京:中

国文联出版社,2016.

[47]王晓天,王国宇.湖南古今人物辞典[M].长沙:湖南人民出版社,2013.

[48]熊月之.上海名人名事名物大观[M].上海:上海人民出版社,2005.

[49]刘勇.中国现当代文学[M].北京:中国人民大学出版社,2006.

[50]郭沫若.学生时代[M].北京:人民文学出版社,1979.

[51]梁启超.饮冰室合集·文集[M].北京:中华书局,1989.

[52]鲁迅.鲁迅全集(第1卷)[M].北京:人民文学出版社,1981.

[53][德]马克思.资本论(第3卷)[M].中共中央马克思恩格斯列宁斯大林著作编译局,译.北京:人民出版社,1976.

[54][法]波德莱尔.恶之花·巴黎的忧郁·译本序[M].钱春绮,译.北京:人民文学出版社,1991.

[55]郁达夫.The Yellow Book及其他[A].郁达夫文集[C].广州:花城出版社,1982.

[56]田汉.我怎样走上党的文学道路[A].田汉论文集[C].北京:中国戏剧出版社,1983.

[57]吴诠元.得益于唯美主义的闻一多[A].闻一多研究四十年[C].北京:清华大学出版社,1988.

[58]闻一多.建设的美术[A].闻一多全集(第2卷)[C].武汉:湖北人民出版社,1993.

[59]徐志摩.艺术与人生[A].徐志摩研究资料[C].西安:陕西人民出版社,1988.

[60]滕固.新漆的偶像[A].滕固小说全编[C].上海:学林出版社,1997.

[61]田汉.致郭沫若的信[A].田汉全集(第14卷)[C].石家庄:花山文艺出版社,1997.

[62]田汉.古潭的声音[A].田汉文集(第2卷)[C].北京:中

国戏剧出版社,1983.

[63]徐小宁.论中国20世纪20年代话剧创作中的象征主义元素[D].安徽师范大学硕士论文,2014.

[64]林亦修.张爱玲小说结构艺术[J].中国现代文学研究丛刊,1996(1).

[65]章克标.来吧,让我们沉睡在喷火口上的梦[J].余屋月刊,1929(2).

[66]沈从文.论闻一多的《死水》[J].新月,1930(2).

[67]苏雪林.论朱湘的诗[J].青年界,1934(2).

[68]孟翰.叶灵凤性爱小说的意义[J].临沂师范学院学报,1999(4).

[69]楚女(肖楚女).艺术与生活[J].中国青年,1924(38).

[70]克兴.小资产阶级文艺理论之谬误:评茅盾君底《从牯岭到东京》[J].创造月刊,1928(5).

[71]成仿吾.从文学革命到革命文学[J].创造月刊,1928(9).

[72]冯乃超.革命文学论争·鲁迅·左翼作家联盟[J].新文学史料,1986(3).

[73]石萌(茅盾)."民族主义文艺"的现形[J].前哨(《文学导报》),1931(4).

[74]李金发.是个人灵感的记录表[J].文艺大路,1935(1).

[75]施蛰存.又关于本刊的诗[J].现代,1933(1).

[76]王友琴.论"社会剖析小说"[J].北京大学学报(哲学社会科学版),1986(5).

[77]潘应.浅议老舍的市民世界[J].安徽教育学院学报,2003(2).

[78]周作人.人的文学[J].新青年,1918(5).

[79]殷国明.再论中国新文学中的"现实主义情结"[J].文艺理论研究,1994(6).

[80]郭沫若.批评与梦[J].创造(季刊),1923(2).

[81]穆木天.谭诗[J].创造月刊,1926(1).

[82]王独清.再谭诗[J].创造月刊,1926(1).

[83]王统照.美与两性[J].曙光,1920(1).

[84]德征.浪漫运动[N].民国日报·觉悟,1922-7-25.

[85]Oscar Wilde. The Decay of Lying, Complete Works of Oscar Wilde[M], Glasgow: HarperCollins Publishers, 1994.

[86]Oscar Wilde. The Preface of Picture of Dorian Gray, Complete Works of Oscar Wilde[M]. Glasgow: HarperCollins Publishers, 1994.

[87]Oscar Wilde. Salome, Complete Works of Oscar Wilde [M]. Glasgow: HarperCollins Publishers, 1994.